NOITES DAS MIL E UMA NOITES

NAGUIB MAHFOUZ

NOITES DAS MIL E UMA NOITES

Tradução
Georges Fayez Khouri
Neuza Neif Nabhan

COMPANHIA DE BOLSO

Tradução publicada por acordo com The American University in Cairo Press

Título original
Layali alf lela

Capa
Jeff Fisher

Texto final
Cid Knipel Moreira
Mustafa Yazbek

Preparação
Marcos Luiz Fernandes

Revisão
Renato Potenza Rodrigues
Flávia Yacubian

Dados Internacionais de Catalogação na Publicação (CIP)
(Câmara Brasileira do Livro, SP, Brasil)

Mahfouz, Naguib, 1911–2006.
Noites das mil e uma noites / Naguib Mahfouz ; tradução Georges Fayes Khouri, Neuza Neif Ñabhan. — São Paulo : Companhia das Letras, 2008.

Título original: Arabian nights and days.
ISBN 978-85-359-1175-6

1. Ficção árabe I. Título.

07-10628 CDD-892.73

Índice para catálogo sistemático:
1. Ficção : Literatura árabe 892.73

2008

EDITORA SCHWARCZ LTDA.
Rua Bandeira Paulista, 702, cj. 32
04532-002 — São Paulo — SP
Telefone: (11) 3707-3500
Fax: (11) 3707-3501
www.companhiadasletras.com.br

SUMÁRIO

SHAHRIAR

Após a oração da alvorada, enquanto as nuvens da escuridão ainda resistiam frente à poderosa investida da luz, o vizir Dandan foi chamado para um encontro com o sultão Shahriar. A serenidade de Dandan desapareceu. O coração paterno estremecia à medida que vestia as roupas e murmurava: "Agora saberemos o resultado... Seu destino, Scherazade".

Seguiu pelo caminho que subia a montanha, montado num velho rocim e acompanhado por alguns guardas. À frente deles ia um homem carregando uma tocha, em um clima que irradiava orvalho e uma leve friagem. Três anos haviam se passado em meio ao medo e a esperança, a morte e a expectativa; três anos se passaram com a narração de histórias, e por causa dessas histórias a vida de Scherazade se estendera por três anos. No entanto, como tudo, as histórias haviam chegado a um fim, haviam terminado ontem. Portanto, que destino estaria a sua espera, querida filha minha?

Entrou no palácio que se equilibrava no alto da montanha. O mordomo o conduziu a uma sacada situada nos fundos, com vista para um imenso jardim. Shahriar estava sentado à luz de um lampião: a cabeça descoberta, o cabelo preto abundante, os olhos brilhantes no rosto comprido e uma vasta barba esparramada no alto do peito. Dandan beijou o solo diante dele, sentindo, apesar de sua longa convivência, um secreto temor daquele homem cujo passado estava cheio de severidade, crueldade e sangue de inocentes.

O sultão fez um sinal para que fosse apagado o único lampião. A escuridão tomou conta e os espectros das árvores que exalavam uma fragrância perfumada foram lançados na semiobscuridade.

— Que fique escuro para que eu possa ver a luz se derramar — murmurou Shahriar.

Dandan percebeu um certo otimismo.

— Que Deus conceda a Sua Majestade tudo o que há de melhor na noite e no dia.

Silêncio. Dandan não conseguiu discernir nem satisfação nem raiva por trás de sua expressão, até que o sultão disse calmamente:

— Nossa vontade é que Scherazade permaneça nossa esposa.

Dandan ergueu-se depressa, curvou-se diante do sultão, beijando-lhe a mão num agradecimento tão sentido que lhe trouxe lágrimas aos olhos.

— Que Deus o proteja em seu reinado para todo o sempre.

— A justiça — disse o sultão, como se recordasse suas vítimas — possui métodos díspares, da espada ao perdão, e Deus tem Sua própria sabedoria.

— Que Deus possa guiar os passos de Sua Majestade até Sua sabedoria.

— As histórias dela são a magia do bem — disse ele, encantado. — Elas revelam mundos que convidam à reflexão.

O vizir ficou subitamente embriagado de alegria.

— Ela me deu um filho e meu espírito agitado se acalmou — disse o sultão.

— Que Sua Majestade possa desfrutar da felicidade, aqui e na eternidade.

— Felicidade! — murmurou bruscamente o sultão.

Dandan ficou preocupado, por alguma razão. Soou o canto dos galos. Como se estivesse falando consigo mesmo, o sultão disse:

— A própria existência é a coisa mais inescrutável da existência.

Mas o seu tom de perplexidade desapareceu quando exclamou:

— Olhe! Lá!

Dandan olhou para o horizonte e o viu incandescente da santa alegria.

SCHERAZADE

Dandan pediu permissão para ver sua filha Scherazade. Uma criada o conduziu ao quarto rosa, decorado com tapete e cortinas cor-de-rosa, bem como divãs e almofadas em matizes de vermelho. Ali, ele foi recebido por Scherazade e sua irmã Duniazade. Dandan disse:

— Estou cumulado de felicidade, graças a Deus, o Senhor do universo.

Scherazade fê-lo sentar-se a seu lado, ao passo que Duniazade se retirou para seu quarto.

— Fui salva de um destino sangrento pela misericórdia de nosso Senhor — disse Scherazade.

Mas o homem mal murmurava suas graças, quando ela acrescentou, amargurada:

— Que Deus tenha piedade das virgens inocentes.

— Como você é sábia, e como é corajosa!

— Mas você sabe, pai — disse ela num sussurro: — eu sou infeliz!

— Cuidado, filha, pois nos palácios os pensamentos assumem formas concretas e falam alto!

— Eu me sacrifiquei — disse ela, triste — para interromper a torrente de sangue.

— Deus tem a Sua sabedoria — murmurou ele.

— E o diabo, os seus seguidores — disse ela, com raiva.

— Ele ama você, Scherazade — disse o pai, suplicante.

— A arrogância e o amor não podem se unir num mesmo coração. Ele ama a si mesmo acima de tudo.

— O amor também tem seus milagres.

— Cada vez que ele se aproxima de mim sinto o cheiro de sangue.

— O sultão não é como o resto da humanidade.

— Mas crime é crime. Quantas virgens ele matou, e quantos crentes fiéis ele exterminou? No reino ficaram somente os hipócritas.

— Minha confiança em Deus nunca se abalou — disse ele, com tristeza.

— Quanto a mim, sei que meu estágio espiritual está na paciência, como me ensinou o grande sheik.

A isso, Dandan respondeu, com um sorriso:

— Que excelente mestre e que excelente discípula!

O SHEIK

O sheik Abdala Al Balakhi vivia numa casa simples do bairro antigo. Seu olhar visionário se refletia no coração de muitos dos seus velhos e novos alunos, e estava profundamente gravado no coração de seus discípulos. Para ele, a adoração completa era apenas um prólogo, pois ele era o sheik do caminho, e nesse caminho já atingira um plano elevado no estágio espiritual do amor e do contentamento.

Quando saiu do seu retiro e foi para a sala de recepção, Zubaida, sua jovem e única filha, disse-lhe, satisfeita:

— A cidade está em festa, meu pai.

— O médico Abdul Kadir Al Mahini ainda não chegou? — perguntou, sem atentar para o que ela estava dizendo.

— Talvez esteja a caminho, meu pai. A cidade está festejando porque o sultão aceitou Schcrazade como esposa e renunciou ao derramamento de sangue.

No entanto, nada o tira de sua calma. A serenidade no seu coração não diminui nem aumenta. Zubaida é filha e discípula, mas ainda está no início do caminho. Ouvindo baterem à porta, ela saiu, dizendo:

— Seu amigo chegou para a visita de costume.

O médico Abdul Kadir Al Mahini entrou, os dois se abraçaram, e então ele sentou-se numa almofada ao lado do amigo. Como sempre, a conversa transcorria à luz de uma lâmpada em um pequeno nicho.

— Com certeza você já soube da boa notícia — disse Abdul Kadir.

— Soube o que é da minha conta saber — disse o sheik, sorridente.

— As vozes se elevam em oração por Scherazade, mostrando que é você quem primeiro merece o crédito — disse o médico.

— O crédito é apenas de Deus, o amado — disse o sheik, em tom de crítica.

— Também tenho fé, mas acompanho promessas e realizações. Se não tivesse sido sua aluna quando criança, Scherazade não teria, apesar do que você possa dizer, encontrado as histórias que desviaram o sultão do derramamento de sangue.

— Meu amigo, seu único problema é exagerar na submissão ao intelecto.

— É o adorno do ser humano.

— É por meio do intelecto que chegamos a conhecer os limites do intelecto.

— Existem fiéis que acham que ele não tem limites — disse Abdul Kadir.

— Meu erro foi atrair muitos para o caminho, e você encabeça a lista.

— As pessoas, mestre, são umas coitadas e precisam de alguém que as esclareça a respeito de suas vidas.

— Muitas almas honestas podem salvar uma nação inteira — disse o sheik, confiante.

— Ali Al Saluli é o governador de nosso bairro. Como pode o bairro ser salvo de sua corrupção? — perguntou o médico, demonstrando súbita indignação.

— Mas aqueles que combatem são de classes diferentes — disse o sheik, triste.

— Eu sou médico, e o que me preocupa é o que é certo para o mundo.

O sheik afagou a mão do médico com carinho. Este sorriu e disse:

— No entanto, você é a própria bondade e a boa sorte.

— Agradeço a Deus, pois nem a alegria me arrebata, nem a tristeza me toca.

— Quanto a mim, querido amigo, estou triste. Sempre que me lembro dos tementes a Deus que foram martirizados por dizerem a verdade em protesto contra o derramamento de sangue e a pilhagem da propriedade, minha tristeza aumenta!

— Como estamos presos às coisas materiais!

— As pessoas honestas e tementes a Deus foram martirizadas — lamentou Abdul Kadir. — Como sinto por você, minha cidade, hoje controlada unicamente por hipócritas. Por que, mestre, somente o pior gado é deixado nos estábulos?

— Como são numerosos os amantes de coisas desprezíveis!

Nesse momento, chegou até eles, vindo dos limites do bairro, o som das flautas e dos tambores, e compreenderam que os moradores estavam comemorando a boa notícia. Diante disso, o médico resolveu ir até o Café dos Príncipes.

O CAFÉ DOS PRÍNCIPES

O café ficava no centro, do lado direito da grande avenida comercial. Era um amplo recinto quadrangular, sua entrada dava para a via principal e suas janelas davam vista para bairros vizinhos. Nas laterais havia poltronas para os clientes da classe alta e, no centro, colchões enfileirados em círculo para a plebe. Diversas bebidas eram servidas, quentes ou geladas, dependendo da estação do ano. Dispunha-se também das melhores variedades de pó, ervas e haxixe. À noite podiam ser encontradas ali muitas pessoas da elite, como Sanaan Al Jimali e seu filho Fadel, Hamdan Tanicha e Karam Al Assil, Sahlul e Ibrahim, o farmacêutico, com seu filho Hassan, Jalil, o vendedor de tecidos, Nuredin e Chamlul, o corcunda.

Havia ali também muitas pessoas do povo, como Rajab, o carregador, e seu colega Sindbad, Ajar, o barbeiro, e seu filho Aladim, Ibrahim, o vendedor de água, e Maaruf, o sapateiro. Nessa noite feliz a alegria tomou conta de todos, e logo o médico Abdul Kadir Al Mahini se juntou a uma roda que incluía Ibrahim, o carregador de água, Karam Al Assil, o milionário, Sahlul, o comerciante de bricabraque. Aquela noite os resgatara de um temor constante que sobre eles pairava, e todo pai de uma bela donzela se sentia aliviado e na certeza de um sono livre de fantasmas assustadores. E as vozes repetiam:

— Vamos orar a *fatiha** pelas almas das vítimas.

— Das virgens e dos homens tementes a Deus.

— Adeus às lágrimas.

* *Fatiha*: a parte do Alcorão correspondente aos versículos de abertura do livro sagrado do islamismo. (N. T.)

— Graças a Deus, o Senhor do universo.

— Longa vida para Scherazade, a jóia das mulheres.

— Graças às histórias maravilhosas.

— Foi apenas misericórdia que Deus concedeu.

A alegria e a conversa continuaram até que se ouviu a voz espantada de Rajab, o carregador:

— Você está louco, Sindbad?

Ajar, que gostava de meter seu nariz em tudo, perguntou:

— O que deu nele nesta noite feliz?

— Parece que passou a odiar seu trabalho e está cansado da cidade. Não quer mais ser carregador.

— Ambiciona governar o bairro?

— Procurou o capitão de um navio e ficou insistindo até que ele concordasse em levá-lo como criado!

Disse Ibrahim, o vendedor de água:

— Quem dá as costas a um sustento garantido em terra para correr atrás de um trabalho incerto na água realmente deve estar louco.

— Água que desde o início dos tempos tira seu sustento de cadáveres — disse Maaruf, o sapateiro.

Ao que Sindbad replicou, em desafio:

— Estou cheio de travessas e becos. Estou cheio também de carregar móveis por aí e sem esperança de encontrar algo de novo. Existe uma outra vida: lá onde o rio se junta com o mar e o mar avança para o fundo do desconhecido, e o desconhecido produz ilhas e montanhas, criaturas vivas e anjos e demônios. É um apelo mágico e irresistível. Eu disse a mim mesmo: "Tente a sorte, Sindbad, e jogue-se nos braços do invisível".

Nuredin, o vendedor de perfumes, disse:

— O movimento é uma bênção.

— Um belo cumprimento de um colega de infância — disse Sindbad.

Ajar, o barbeiro, perguntou com sarcasmo:

— Você está fazendo de conta que é da elite, carregador?

— Sentamos lado a lado na sala de orações, recebendo o ensinamento de nosso mestre Abdala Al Balakhi — disse Nuredin.

— E, como muitos outros, me dei por satisfeito aprendendo os rudimentos de leitura e religião — disse Sindbad.

— Com sua partida, nem a terra firme irá diminuir, nem o mar irá aumentar — disse Ajar.

Nesse momento, o médico Abdul Kadir Al Mahini lhe disse:

— Vá e que Deus o proteja, mas esteja sempre alerta ao perigo. Seria ótimo se você conseguisse registrar as cenas maravilhosas que presenciar, pois Deus nos ordenou fazê-lo. Quando irá partir?

— Amanhã pela manhã — falou em voz baixa. — Fiquem com Deus Vivo, o Eterno.

— Como é triste separar-me de você, Sindbad — disse seu colega Rajab, o carregador.

SANAAN AL JIMALI

I

Dentro dele, o tempo dá uma batida diferente e o desperta. Ele dirige o olhar para uma janela perto da cama e vê a cidade vestida de escuridão. O sono a despoja de todo movimento e som, à medida que ela se aninha em um silêncio cheio de quietude cósmica.

Separando-se do corpo quente de Om Saad, pisou o chão e seus pés afundaram na textura macia do tapete persa. Estendeu o braço no escuro, procurando o castiçal, e bateu em algo sólido e duro. Assustado, murmurou:

— O que é isto?

Uma estranha voz se fez ouvir, uma voz que ele nunca havia ouvido antes: voz que não era nem de homem nem de animal. Ela o privava de toda sensação, como se viesse de todos os cantos da cidade. E a voz dizia, furiosa:

— Você pisou em minha cabeça, seu cego!

De medo, caiu no chão. Era um homem sem um pingo de coragem, e não era bom em nada além de comprar, vender e regatear.

— Você pisou em minha cabeça, seu ignorante! — disse a voz.

— Quem é você? — disse ele com voz trêmula.

— Eu sou Kamkam.

— Kamkam?

— Um gênio dos moradores da cidade.

Quase desmaiando de pavor, ficou totalmente mudo.

— Você me machucou e deve ser punido.

Sua língua não conseguia esboçar defesa alguma.

— Eu o ouvi ontem, seu hipócrita — continuou Kamkam —,

e você estava dizendo que a morte é uma dívida que temos de pagar, então por que está se urinando todo de medo?

— Tenha piedade de mim — suplicou finalmente —, sou chefe de família.

— Meu castigo cairá apenas sobre você.

— Nem por um instante sequer pensei em fazer-lhe mal.

— Que criaturas impertinentes são vocês. Estão sempre nessa ânsia de nos escravizar para realizarem seus objetivos desprezíveis. Escravizar os mais fracos não foi o bastante para satisfazer essa ambição?

— Juro a você...

— Não tenho confiança no juramento de um comerciante — interrompeu o outro.

— Peço-lhe piedade e suplico seu perdão — disse ele.

— E por que eu lhe daria isso?

— Seu grande coração... — disse ele, ansioso.

— Não tente me enganar, como faz com seus fregueses.

— Faça isso de graça, pelo amor de Deus.

— Não há piedade nem perdão que não tenham preço.

Vislumbrou um súbito raio de esperança.

— Faço o que você quiser — disse ele, com fervor.

— De verdade?

— Com toda a força que tenho — disse, impaciente.

— Mate Ali Al Saluli — respondeu, com uma calma espantosa.

A alegria afogou-se numa decepção inesperada, como uma mercadoria trazida do outro lado do oceano com grande risco e que, ao ser examinada, evidenciasse sua insignificância.

— Ali Al Saluli, o governador do nosso bairro? — perguntou, horrorizado.

— O próprio.

— Mas ele é governador e mora na vigiada Casa da Felicidade, enquanto eu não passo de um comerciante.

— Então não há piedade nem perdão — exclamou o gênio.

— Senhor, por que você mesmo não o mata?

— Ele me sujeitou ao seu poder usando magia negra — disse ele, exasperado — e agora me usa na consecução de objetivos que minha consciência não aceita.

— Mas você é uma força que supera a magia negra!

— Entretanto, estamos sujeitos a leis específicas. Chega de discussão: ou você aceita ou recusa.

— Você não tem outros desejos? — disse Sanaan, insistente. — Eu tenho bastante dinheiro, e também mercadorias da Índia e da China.

— Não perca o tempo em vão, seu idiota.

Em extremo desespero, disse:

— Estou às suas ordens.

— Cuidado: não tente me enganar.

— Eu me conformei com meu destino.

— Você estará em meu poder, mesmo que se esconda nas montanhas de Kaf, nos confins do mundo.

Nesse momento, Sanaan sentiu uma dor aguda no braço e soltou um grito arrancado lá do fundo de suas entranhas.

II

Sanaan abriu os olhos ao ouvir Om Saad dizendo:

— O que fez você dormir até tão tarde?

Ela acendeu o castiçal e ele começou a olhar em volta, atordoado. Se era um sonho, por que o absorvia mais do que a própria vigília? Sentiu-se tão vivo que ficou aterrorizado. Mesmo assim, nutriu pensamentos de salvação e foi tomado por sensações de grata serenidade. O mundo foi trazido de volta à ordem depois da total destruição. Como era maravilhoso sentir o encanto da vida após a tortura do inferno!

— Deus me livre do maldito demônio — suspirou ele.

Om Saad olhou para ele enquanto enfiava os cachos soltos do cabelo por baixo do lenço em volta da cabeça, após o sono marcar a beleza de seu rosto com um tom pálido. Embriagado pela sensação de haver se safado, ele disse:

— Louvado seja Deus, que me salvou de um terrível apuro.

— Que Deus nos proteja, pai de Fadel.

— Um sonho horrível, Om Saad.

— Se Deus quiser, tudo ficará bem.

Foi a primeira a ir ao banheiro e acendeu uma pequena lâmpada no nicho. Ele a seguiu, dizendo:

— Passei parte da noite com um gênio.

— Como é possível? Você? Um homem temente a Deus?

— Vou contar o sonho para o sheik Abdala Al Balakhi. Agora vá em paz para que eu possa fazer minhas abluções.

Enquanto assim fazia e lavava o braço esquerdo, parou, todo trêmulo:

— Oh, meu Deus!

Olhou pasmo para uma ferida semelhante a uma mordida. Não era ilusão o que estava vendo, pois havia saído sangue onde os caninos penetraram a carne.

— Não é possível.

Aterrorizado, correu para a cozinha, onde Om Saad perguntou, enquanto acendia o fogão:

— Já fez as abluções?

— Olhe! — disse, estendendo o braço.

— O que mordeu você? — ela perguntou, espantada.

— Não sei.

Muito aflita, ela disse:

— Mas você dormiu tão bem.

— Não sei o que aconteceu.

— Se tivesse acontecido durante o dia...

— Não aconteceu durante o dia — interrompeu ele.

Trocaram um olhar preocupado, cheio de pensamentos contidos.

— Fale-me do sonho — disse ela, atemorizada.

— Eu lhe disse que era um gênio — disse, arrasado. — No entanto, era um sonho.

Mais uma vez, trocaram olhares e preocupações. Om Saad disse, com prudência:

— Deixe esse assunto em segredo.

Compreendeu o que havia por trás dos receios da mulher, que correspondiam aos seus próprios, pois, se mencionasse o gênio, não sabia como ficaria amanhã sua reputação como comerciante, e nem a que estariam sujeitas as reputações de sua filha Husnia e de seu filho Fadel. O sonho poderia provocar a ruína total. Além disso, ele não tinha certeza de nada.

— Um sonho é um sonho — disse Om Saad — e só Deus sabe o segredo da ferida.

— É isso que precisamos ter em mente — disse ele, em desespero.

— O importante agora é você tratar da ferida sem demora. Vá ver seu amigo Ibrahim, o farmacêutico.

Como chegar à verdade? Estava tão oprimido pela preocupação que se irritou até ferver de raiva. Sentiu que sua condição piorava cada vez mais. Todas as suas emoções estavam carregadas de raiva e mau humor, enquanto seu caráter se deteriorava como se ele estivesse sendo moldado de novo numa forma discrepante de sua antiga e arraigada mansidão. Não conseguiu mais suportar os olhares da mulher; começou a detestá-los e a abominar até seus pensamentos. Sentiu um desejo de destruir tudo o que existia. Incapaz de se controlar, perfurou a mulher com um olhar cheio de ódio e indignação, como se fosse ela a responsável por seu tormento. Virando-lhe as costas, saiu.

— Esse não é o velho Sanaan — murmurou ela.

Encontrou Fadel e Husnia na sala, sob a luz fosca que se derramava pelos orifícios do muxarabiê. Seus rostos se crisparam diante do modo como sua voz agitada se elevara. Sua raiva aumentou e, muito fora do seu normal, gritou:

— Sumam da minha frente!

Fechou a porta do quarto e passou a examinar o braço. Corajosamente, Fadel foi ao seu encontro.

— Espero que você esteja bem, pai — disse ele, preocupado.

— Deixe-me sozinho — respondeu o pai, mal-humorado.

— Um cachorro mordeu você?

— Quem disse isso?

— Minha mãe.

Apreciou a prudência da mulher por haver dito aquilo e concordou, embora seu humor não tivesse melhorado.

— É coisa sem importância. Estou bem, mas me deixe sozinho.

— Você precisa ir ao farmacêutico.

— Não preciso que ninguém me lembre disso — respondeu, contrariado.

Lá fora, Fadel disse a Husnia:

— Como o pai está mudado!

III

Pela primeira vez na vida, Sanaan Al Jimali saiu de casa sem fazer suas orações. Foi direto para a loja de Ibrahim, o farmacêutico, antigo amigo e vizinho na avenida comercial. Quando o farmacêutico viu o braço, disse, admirado:

— Que espécie de cão foi esse? Mas então existem muitos cães abandonados...

Pôs-se a preparar uma mistura de ervas, dizendo:

— Tenho uma receita que nunca falha.

Ferveu as ervas até se depositar uma matéria viscosa. Após lavar a ferida com água-de-rosas, cobriu-a com a mistura, espalhando-a com uma espátula de madeira e depois enfaixou o braço com gaze damascena, murmurando:

— Que seja curada, com a vontade de Deus.

Diante do que Sanaan disse, a despeito de si mesmo:

— Ou que o diabo faça o que quiser.

Ibrahim, o farmacêutico, olhou curioso para o rosto congestionado do amigo e, admirado com tanta mudança, disse:

— Não deixe que uma ferida sem importância afete sua natureza bondosa.

Com ar sombrio, Sanaan apressou-se a sair, dizendo:

— Não confie neste mundo, Ibrahim.

Como estava apreensivo! Era como se tivesse se lavado numa poção de água de pimenta ardida. O sol estava quente e implacável. As pessoas traziam os rostos taciturnos.

Seu filho Fadel já estava na loja e o recebeu com um sorriso radiante que apenas aumentou seu mau humor. Praguejou contra o calor, apesar de sua notória aceitação de qualquer tipo de clima. Não cumprimentou ninguém e mal retribuiu cumprimentos. Nenhum rosto ou palavra o animou. Não riu de brincadeira nenhuma e não pressentiu nenhum aviso na passagem de um funeral. Nenhum rosto atraente lhe trouxe satisfação. O que acontecera? Fadel esforçou-se para que seu pai ficasse o mais longe possível dos fregueses. Mais de um deles perguntou a Fadel em voz baixa:

— O que seu pai tem hoje?

O rapaz conseguia apenas replicar:

— Ele está indisposto. Que Deus afaste você de todo mal.

IV

Não demorou muito para que seu estado ficasse conhecido também pelos freqüentadores do Café dos Príncipes. Ia encontrar-se com eles com o semblante abatido. Sentava-se, ora calado, ora conversando apenas indiferente. Não fazia mais seus comentários divertidos e rapidamente se entediava e saía do café.

— Foi mordido por um cachorro selvagem — disse Ibrahim, o farmacêutico.

Jalil, o vendedor de tecidos, comentou:

— Nós o perdemos totalmente.

Karam Al Assil, o milionário com cara de macaco, disse:

— Mas o seu negócio está progredindo.

E o médico Abdul Kadir Al Mahini disse:

— O valor do dinheiro desaparece quando se está doente.

Então falou Ajar, o barbeiro, o único entre aqueles sentados no chão que às vezes metia o nariz nas conversas da elite. Disse, filosofando:

— O que é o ser humano? Uma mordida de cão ou uma picada de mosquito...

Mas Fadel Sanaan gritou com ele:

— Meu pai está bem. Só está indisposto. Vai ficar bem antes do dia nascer!

No entanto, Sanaan mergulhava cada vez mais em um estado incontrolável. Por fim, certa noite, engoliu uma quantidade incrível de droga e saiu do café, cheio de energia e disposto a enfrentar o desconhecido. Avesso à idéia de ir para casa, ia tropeçando pelo escuro, à mercê de imagens enlouquecidas. Desejou que acontecesse algo que pudesse diluir seu estado incontrolado de tensão e amenizar um pouco aquele tormento. E lembrou-se de mulheres de sua família que morreram fazia muito tempo e surgiram para ele nuas, em posições eróticas, sedutoras, e lamentou não ter conseguido ir para a cama com nenhuma delas. Passou pelo beco da casa do sheik Abdala Al Balakhi e pensou um instante em ir vê-lo e confidenciar-lhe o que acontecera. Mas se afastou rápido e, à luz de um lampião pendurado no alto da porta de uma casa, viu uma menina de dez anos andando na rua, carregando uma grande tigela de metal. Correu em sua direção, bloqueou-lhe a passagem e perguntou:

— Aonde você está indo, menininha?

— Estou voltando para a casa da minha mãe — disse ela, com inocência.

Ele mergulhou na escuridão até não conseguir mais ver a menina e disse:

— Venha cá, vou lhe mostrar uma coisa engraçada.

Levantou-a nos braços e a água do picles da tigela se derramou em sua roupa de seda. Levou a menina para debaixo da escada da escola primária. A menina ficou embaraçada com esse carinho misterioso e não se sentiu à vontade com ele.

— Minha mãe está me esperando — disse ela, nervosa.

Mas, tal como despertou medo, também despertou curiosidade na menina. A idade dele — que a fez lembrar-se de seu pai — induziu nela uma espécie de confiança, na qual uma ansiedade desconhecida se mesclava à expectativa de algum sonho extraordinário. Ela deu um grito choroso que cindiu seu impulso humanitário e fez surgir fantasmas assustadores em sua imaginação tenebrosa. Tapou-lhe rapidamente a boca com a palma trêmula da mão. Uma súbita recuperação dos sentidos foi como um tapa na cara, quando novamente voltou à realidade.

— Não chore. Não tenha medo — sussurrou encarecidamente.

O desespero o inundou até desmoronar os pilares que sustentavam a realidade. Em meio à total destruição ouviu o som de passos se aproximando. Rapidamente agarrou o fino pescoço com mãos que lhe eram estranhas. Como um monstro voraz cujos pés escorregassem, desabou num abismo. Entendeu que chegara o seu fim e percebeu uma voz chamando:

— Bassima... Bassima, minha menina.

Num completo e total desespero, disse a si mesmo:

— É inevitável.

Agora estava claro que os passos se aproximavam do seu esconderijo. Surgiu a luz fraca de uma lâmpada. Um desejo o impeliu a sair carregando o corpo. Então a presença de alguma coisa pesada alcançou sua própria presença em colapso e foi assaltado pela lembrança do sonho. Ouviu a voz, que escutara dois dias atrás, perguntar:

— Foi isso que combinamos?

— Então você é real e não um sonho! — disse Sanaan, entregando-se.

— Você está louco, sem dúvida.

— É verdade, mas por sua causa!

— Nunca pedi para você fazer o mal — disse a voz, furiosa.

— Não há tempo para discussão. Salve-me para que eu possa fazer para você o que foi combinado.

— Foi por isso que vim, mas você não entende.

Sentiu que estava se movendo no vácuo, num mundo totalmente silencioso. Ouviu então novamente a voz:

— Ninguém vai achar um rastro seu. Abra os olhos e verá que você está parado na frente da porta de sua casa. Entre em paz, estarei esperando.

V

Num esforço sobre-humano, Sanaan conseguiu controlar-se. Om Saad não notou que seu estado havia piorado. Refugiando-se no escuro por trás de suas pálpebras, pôs-se a recordar o que fizera. Ele era uma outra pessoa. O assassino estuprador era outra pessoa. Sua alma engendrara criaturas desumanas e monstros que ele não conhecia. Agora, despojado de seu passado e com todas as esperanças sepultadas, oferecia-se ao desconhecido. Embora não tivesse dormido, não fez nada que demonstrasse sua insônia. Logo de manhã, ouviu o som de lamentação. Om Saad se ausentou durante algum tempo e depois voltou, dizendo:

— Oh, mãe de Bassima, que Deus esteja com você.

— O que aconteceu? — perguntou ele, baixando o olhar.

— O que houve com as pessoas, pai de Fadel? A menina foi estuprada e assassinada debaixo da escada da escola. Meu Deus, uma garotinha. Debaixo da pele de alguns homens há monstros ferozes.

Ele inclinou a cabeça até que sua barba assentou desgrenhada sobre o peito.

— Que Deus me proteja do maldito demônio — murmurou ele.

— Esses monstros não conhecem Deus nem o Profeta.

A mulher desatou a chorar.

Começou a se perguntar: teria sido o gênio? A droga que havia engolido? Ou teria sido Sanaan Al Jimali?

VI

Os pensamentos de todos no bairro estavam conturbados. O crime era o único assunto de conversa. Ibrahim, o farmacêutico, disse a Sanaan enquanto trocava o curativo:

— A ferida não cicatrizou, mas o perigo já passou.

Depois, enquanto enfaixava-lhe o braço com gaze:

— Ficou sabendo do crime?

— Que Deus me proteja — ele disse, com aversão.

— O criminoso não é humano. Nossos filhos se casam logo que chegam à puberdade.

— É um louco. Não há dúvida disso.

— Ou é um daqueles miseráveis que não conseguiram obter os recursos para se casarem. As ruas estão cheias deles, como cachorros sem dono.

— Muitos estão dizendo isso.

— O que Ali Al Saluli está fazendo no palácio do governo?

Diante da menção do nome, Sanaan estremeceu, lembrando-se do pacto que havia feito, um pacto que pendia sobre sua cabeça como uma espada.

— Está ocupado com seus interesses pessoais — concordou ele — e contando os presentes e as propinas.

— Não há dúvida dos benefícios que ele presta a nós, comerciantes — disse o farmacêutico —, mas ele precisa lembrar que seu principal dever para conosco é manter a ordem.

Sanaan foi embora dizendo:

— Não deposite sua confiança no mundo, Ibrahim.

VII

O governador do bairro, Ali Al Saluli, ficou sabendo, por meio de seu secretário particular, Baticha Murjan, o que se falava a respeito da segurança. Receou que os comentários pudessem chegar ao vizir Dandan que, por sua vez, os levaria até o sultão. Por isso, chamou o chefe da guarda, Jamsa Al Balti, e disse-lhe:

— Sabe o que estão dizendo sobre a segurança durante o meu mandato?

Por saber dos segredos e da corrupção de seu superior, o chefe da guarda não se abalou em sua tranqüilidade interior.

— Desculpe-me, governador — disse ele —, mas não fui negligente nem deixei de espalhar informantes. Acontece que o patife não deixou nenhum rastro e não encontramos nenhuma testemunha. Interroguei pessoalmente dezenas de vagabundos e mendigos, mas é um crime insondável, diferente de tudo que já aconteceu antes.

— Como você é idiota! Prenda todos os vagabundos e mendigos. Você é perito nos métodos eficazes de interrogatório.

— Não temos prisões para abrigá-los — disse Jamsa, com prudência.

— Que prisões, homem? Você quer impor aos cofres públicos a despesa por sua alimentação? — disse o governador, furioso. — Leve-os para o campo aberto, busque ajuda dos soldados e traga-me o criminoso antes do anoitecer.

VIII

Os guardas avançavam pelos lotes desabitados, prendiam os mendigos e vagabundos e depois os levavam em grupos até o campo aberto. De nada adiantava a queixa ou o juramento, e nem os idosos eram poupados. A violência era utilizada contra eles até que fervorosamente oravam pedindo a ajuda de Deus, de seu Profeta e dos membros da família deste.

Sanaan Al Jimali acompanhava as notícias alarmado e preocupado. Não havia dúvida de que ele era o único culpado, mas continuava em liberdade, tratado com respeito. Como se tornara o pivô de todo esse sofrimento? Algo desconhecido estava a sua espreita, indiferente a tudo que havia ocorrido, enquanto ele, totalmente perdido, sucumbia, desamparado. Quanto ao velho Sanaan, estava morto e enterrado, nada restando dele além de uma mente confusa que ruminava lembranças como se fossem miragens.

Percebeu que um tumulto invadia a avenida comercial. Era Al Saluli, o governador do bairro, cruzando a rua à frente de uma tropa de cavaleiros: um lembrete ao povo sobre o poder e a vigilância do governador no combate à desordem. Enquanto caminhava, Al Saluli respondia aos cumprimentos dos comerciantes à direita e à esquerda. Esse era o homem que havia se encarregado de matar. E seu coração se encheu de medo e asco. Era esse o segredo de seu sofrimento. Sobre ele recaíra a escolha de libertar o gênio de sua magia negra! Fora o próprio gênio que o escolhera. Sua salvação estava condicionada à eliminação de Al Saluli. Fixou seus olhos no rosto de Al Saluli, no rosto escuro e sorridente, na barba pontuda e no corpo atarracado. Quando Al Saluli passou diante da farmácia de Ibrahim, este se apressou a cumprimentá-lo calorosamente. Então, quando Al Saluli passou diante da loja de Sanaan e voltou os olhos em sua direção, sorrindo, Sanaan viu-se na obrigação de cruzar a rua e apertar-lhe a mão, diante do que Al Saluli lhe disse:

— Em breve o veremos, se Deus quiser!

Sanaan Al Jimali voltou para sua loja, imaginando o que o outro teria querido dizer. Por que estaria ele convidando-o para um encontro? Por quê? O caminho seria facilitado para ele, de uma forma que não esperava? Um arrepio o atravessou da cabeça aos pés. Aturdido, repetiu as palavras:

— Em breve o verei, se Deus quiser!

IX

Quando se deitou para dormir naquela noite, a outra presença assumiu o comando e a voz disse com escárnio:

— Você come, bebe e dorme e cabe a mim exercitar a paciência!

— É uma missão penosa. Quem tem uma força como a sua não entende o quanto é penosa — disse ele, desconsolado.

— Mas é mais fácil que matar a garotinha!

— Que desperdício! Eu sempre havia sido considerado entre os melhores.

— As aparências não me enganam.

— Não eram apenas aparências.

— Você se esquece de coisas que fariam uma pessoa suar de vergonha.

— A perfeição só a Deus pertence! — disse ele, atrapalhado.

— Também não nego que você tenha suas virtudes e por isso o escolhi para ser salvo.

— Se você não tivesse invadido minha vida eu não teria me envolvido nesse crime — ele disse com medo.

— Não minta — disse o gênio, ríspido. — Só você é responsável por seu crime!

— Eu não o compreendo.

— Eu realmente o superestimei.

— Tudo que eu queria era que você tivesse me deixado em paz!

— Eu sou um gênio crédulo e disse a mim mesmo: "A bondade desse homem excede sua perversidade. Por certo, ele tem relações duvidosas com o chefe da guarda e não hesita em se aproveitar dos tempos de inflação, mas é o mais honesto dos comerciantes, além de caridoso, e cumpre seus deveres religiosos e tem piedade dos pobres". Por isso escolhi você para ser salvo, salvar sua alma pecadora e salvar o bairro do chefe da corrupção. Entretanto, em vez de atirar no alvo visível, toda a sua estrutura entrou em colapso e você cometeu esse crime hediondo.

Sanaan resmungou e ficou em silêncio, enquanto a voz prosseguia:

— A oportunidade ainda está aí.

— E o crime? — perguntou, desamparado.

— A vida oferece oportunidades tanto para reflexão quanto para arrependimento.

— Mas o homem está numa fortaleza inexpugnável — disse ele, agarrando-se a um resto de esperança.

— Ele o convidará para um encontro.

— Isso parece improvável.

— Ele o convidará. Pode estar certo e pode se preparar.

Sanaan refletiu um pouco e depois perguntou:

— Você me promete a libertação?

— Exatamente para isso o escolhi.

E, de tanto cansaço, Sanaan caiu num sono profundo.

X

Ele estava se preparando para ir ao café quando Om Saad disse:

— Um mensageiro da parte do governador está esperando você na sala de visitas.

Encontrou o secretário particular Baticha Murjan na sala, com seus olhos brilhantes e sua barba curta.

— O governador deseja vê-lo.

Seu coração bateu mais depressa. Concluiu que estava saindo para cometer o crime mais grave da história do bairro. Talvez o preocupasse o fato de que Baticha Murjan pudesse estar ciente das circunstâncias da visita, mas se tranqüilizou com a promessa de Kamkam.

— Espere um pouco — disse ele. — Vou acabar de me vestir.

— Devo ir na frente para não chamar atenção.

Portanto, o homem estava empenhado em deixar o encontro em segredo, facilitando, assim, a missão de Sanaan. Começou a se untar de almíscar, enquanto Om Saad observava, nutrindo uma inquietação que não a abandonara desde a noite do sonho. Estava tomada por uma sensação de estar vivendo com outro homem e de que o antigo Sanaan havia desaparecido na escuridão. Sem que ela notasse, ele enfiou no bolso um punhal da Índia com cabo de prata legítima que recebera de presente.

XI

Ali Al Saluli o recebeu no jardim de verão da sede do governo. Trajava uma túnica branca, solta sobre o corpo, tinha a cabeça descoberta, o que atenuava o temor que sua posição inspirava. Diante dele havia uma mesa, cheia de garrafas e copos e um sortimento de castanhas, frutas secas e doces, o que evidenciava sociabilidade. O governador convidou Sanaan a sentar-se em uma almofada ao seu lado e pediu a Baticha Murjan que ficasse.

— Bem-vindo, mestre Sanaan, comerciante autêntico e homem generoso.

Sanaan resmungou alguma coisa, ocultando seu embaraço com um sorriso:

— Graças a este representante do sultão.

Murjan encheu três copos. Sanaan ficou a pensar se Murjan ficaria ali até o final do encontro. Era uma oportunidade que talvez não se repetisse e, então, o que fazer?

— Uma noite agradável de verão — disse Al Saluli. — Você gosta do verão?

— Eu gosto de todas as estações.

— Você é um dos que satisfazem a Deus, e é por Sua satisfação completa que começamos uma vida nova e frutífera.

Movido pela curiosidade, Sanaan disse:

— Peço a Deus que complete Sua consideração por nós.

Beberam e o vinho os inspirou e revigorou.

— Eliminamos a escória do bairro para vocês — continuou Al Saluli.

— Que firmeza e determinação — disse ele, com secreta tristeza.

— Agora quase não se ouve falar de roubo ou de outro crime — disse Baticha Murjan.

— Vocês descobriram o culpado? — perguntou Sanaan, cautelosamente.

— Já são mais de cinqüenta os que confessaram o crime! — disse Saluli, rindo.

Murjan também riu, mas disse:

— O verdadeiro culpado, sem dúvida, está entre eles.

— Isso é problema de Jamsa Al Balti! — disse Saluli.

— Temos que aumentar também os sermões nas mesquitas e nas festas religiosas — disse Murjan.

Sanaan começava a se desesperar mas Saluli fez um determinado gesto a Murjan e este saiu. Mesmo assim, os guardas estavam espalhados pelo jardim e não havia jeito de fugir. Mas nem por um instante a promessa de Kamkam lhe saía da cabeça.

— Vamos encerrar a conversa de crime e criminosos — disse Saluli, mudando o tom de voz.

— Que sua noite seja feliz, senhor — disse Sanaan, sorrindo.

— Na verdade existem outros motivos pelos quais o convidei para vir aqui.

— Estou às suas ordens.

— Gostaria de me casar com sua filha — disse ele, confiante.

Sanaan ficou atônito. Ficou triste também por uma oportunidade que estava fadada a abortar antes de nascer. No entanto, disse:

— Isto é uma grande honra e a maior felicidade!

— Também tenho uma filha que será presente para seu filho Fadel.

Espantando sua perplexidade, Sanaan disse:

— Ele é um rapaz de sorte.

Por um momento, o outro ficou calado e depois continuou:

— Quanto ao último pedido, está relacionado ao interesse público.

Vislumbrando o olhar inquiridor de Sanaan, o governador disse:

— O empreiteiro Hamdan Tanicha é seu parente, não é?

— Sim, senhor.

— O caso é que eu decidi construir uma estrada margeando o deserto por toda a extensão do bairro.

— Realmente é um projeto fabuloso.

— Quando você o trará para conversar comigo? — perguntou o outro numa entonação muito significativa.

Sentindo a ironia da situação, Sanaan disse:

— Nosso encontro será amanhã à noite, senhor.

Saluli lhe dirigiu um olhar penetrante e indagou, sorrindo:

— Gostaria de saber se ele virá devidamente preparado.

— Exatamente como o senhor espera — disse Sanaan com sutileza astuta.

Saluli riu e disse, jovial:

— Você é inteligente, Sanaan. Não esqueça que somos parentes!

Sanaan de repente receou que ele fosse chamar Baticha Murjan e disse a si mesmo: "É agora ou a oportunidade se perderá para sempre".

Sem saber, o homem havia facilitado as coisas para ele ao relaxar e esticar as pernas, deitando-se, acomodando as costas e depois cerrando os olhos. Sanaan estava imerso em pensamentos sobre o crime e se arrojava no que o destino ainda lhe reservava. Tirando o punhal da bainha e apontando-o para o coração, enterrou-o com uma força absorvida da determinação, do desespero e de um extremo desejo de fuga. O governador estremeceu violentamente, como se lutasse contra uma força desconhecida. Seu rosto se contraiu e assumiu um ar vidrado e insano. Começou a juntar os braços como se tentasse agarrar o punhal, mas não conseguiu. Seus olhos aterrorizados emitiram palavras mudas e, então, imobilizou-se para sempre.

XII

Trêmulo, Sanaan olhava fixamente para o punhal, cuja lâmina agora não via, e para o sangue que jorrava. A custo desviou os olhos e olhou, temeroso, para a porta fechada. O silêncio se interrompeu com a palpitação de suas têmporas, e pela primeira vez enxergou as lâmpadas penduradas nos cantos. Viu também um suporte de madeira decorado em madrepérola e sobre ele um grande Alcorão. Com todo seu sofrimento, suplicou por Kamkam, seu gênio e seu destino. A presença secreta apareceu e ele ouviu a voz dizendo, tranqüila:

— Muito bem — e depois, com alegria: — Agora Kamkam se livrou da magia negra.

— Salve-me — disse Sanaan —, eu abomino este lugar e este cenário.

— Minha fé me impede que eu interfira agora que assumi meu livre-arbítrio — disse a voz, com calma compreensiva.

— Não entendo o que está dizendo — disse Sanaan, apavorado.

— Seu defeito, Sanaan, é que você não pensa como um ser humano.

— Meu Deus, não há tempo para discussão. Você pretende me abandonar à minha própria sorte?

— Isso é exatamente o que exige o meu dever.

— Que baixeza, você me enganou! — gritou Sanaan.

— Não, eu dei a você a oportunidade de salvação, raramente concedida a uma alma viva.

— Você não se intrometeu em minha vida e me levou a matar este homem?

Eu estava ansioso para me livrar do mal da magia negra e o escolhi por sua fé, apesar do modo como você oscilava entre o bem e o mal, e calculei que você era melhor que qualquer outro para salvar seu bairro e sua alma.

— Mas você não deixou claro para mim os seus pensamentos — disse ele, em desespero.

— Eu os deixei suficientemente claros para quem pensa.

— Duplicidade insidiosa. Quem disse que eu era responsável pelo bairro?

— É um encargo geral do qual ninguém está isento, mas recai principalmente sobre pessoas como você, que ainda têm boas intenções.

— Você não me salvou da desgraça sob a escada da escola?

— Na verdade foi difícil para mim aceitar que, devido à minha intervenção, você sofresse o pior dos fins sem esperança de reparação ou arrependimento, e então decidi lhe dar uma nova oportunidade.

— E agora que eu fiz o que lhe prometi, é seu dever me salvar!

— Então será uma conspiração, e seu papel nela é o de instrumento, o que exclui merecimento, reparação, arrependimento e salvação.

Ele se ajoelhou, implorando:

— Tenha piedade de mim. Salve-me.

— Não desperdice seu sacrifício no ar.

— Este é um destino negro!

— Quem faz o bem não é prejudicado pelas conseqüências.

— Não quero ser herói! — gritou, aterrorizado.

— Seja herói, Sanaan, esse é seu destino! — disse Kamkam, pesaroso.

A voz começou a sumir enquanto dizia:

— Que Deus esteja com você e peço a Ele que perdoe a você e a mim.

Sanaan soltou um grito que chegou até Baticha Murjan e os guardas lá fora.

JAMSA AL BALTI

I

O espírito de Sanaan Al Jimali pairou no ar do Café dos Príncipes e deixou seus freqüentadores consternados.

Haviam assistido ao seu julgamento, ouviram sua confissão completa, e viram a espada de Chabib Rama, o carrasco, cortar-lhe a cabeça. Sanaan tinha uma boa posição entre os comerciantes e a elite. Era uma das raras pessoas benquistas pelos pobres, e diante deles sua cabeça foi decepada e sua família destituída dos bens. Sua história circulou entre todas as bocas e comoveu os corações do bairro e da cidade inteira. O sultão Shahriar a evocaria muitas vezes e, no café, cujo clima se amenizara pelos prenúncios do outono, Hamdan Tanicha, o empreiteiro, disse:

— Deus, o Criador e Dono do reino, que dispõe Seus misteres como Lhe apraz, diz a uma coisa "Seja", e ela será. Qual de vocês imaginava esse destino para Sanaan Al Jimali? Sanaan raptar e estuprar uma menina de dez anos? Sanaan matar o governador do nosso bairro no primeiro encontro com ele?

— Se o gênio for uma invenção, a história se torna um enigma — disse Ibrahim, o farmacêutico.

— Talvez tenha sido a mordida do cachorro — disse o médico Abdul Kadir Al Mahini. — Se foi essa a causa principal, é possível, então, que as fantasias tenham sido provocadas por uma doença maligna que não foi devidamente tratada!

— Não há ninguém — disse Ibrahim, o farmacêutico, com veemência — mais experiente do que eu no tratamento de mordidas de cão. O último foi Maaruf, o sapateiro, não é, Maaruf?

Ao que Maaruf, de seu lugar no meio da plebe, respondeu:

— Graças a Deus, que completou a bênção da cura.

— E por que não deveríamos acreditar na história do gênio? — perguntou Ajar, o barbeiro.

— Eles são mais numerosos que os seres humanos — disse Ibrahim, o carregador de água.

— A morte não necessita de causas — disse Sahlul, o comerciante de bricabraque.

— Já tive muitíssimas experiências com gênios — disse Maaruf, o sapateiro, ao que Chamlul, o corcunda, palhaço do sultão, emendou:

— Sabemos que os gênios evitam sua casa com medo de sua esposa.

Maaruf deu um sorriso, submetendo-se a sua sorte, mas a brincadeira não prosperou naquele clima fúnebre.

Jalil, o vendedor de tecidos, disse:

— Sanaan se arruinou e sua família também.

Karam Al Assil, o milionário com cara de macaco, disse:

— Ajudar sua família seria considerado um desafio ao governo. Não há força ou poder senão em Deus.

— A coisa que mais receio — disse Ibrahim, o farmacêutico — é que as pessoas se afastem da família por medo do poder maligno dos gênios.

Hassan, o filho do farmacêutico, disse:

— Não admito que alguma coisa possa mudar minha relação com Fadel Sanaan.

— Ele diz a uma coisa "Seja" e ela será — repetiu Hamdan Tanicha, o empreiteiro.

II

Jamsa Al Balti, o chefe da guarda, dirigia-se ao rio para mais uma vez se entregar a seu passatempo favorito, a pesca. Abstivera-se por quarenta dias, em luto por seu superior, Ali Al Saluli. Também estava triste pelo assassino, já que eram vizinhos e uma antiga amizade unia as duas famílias. Fora ele quem o prendera, quem o jogara na prisão, quem o conduzira até o tribunal e, por fim, o entregara ao carrasco Chabib Rama; ele também o que havia pendurado sua cabeça no alto da casa, confiscado seus bens e transferido sua família da casa para a ruína. Embora conhecido por sua severidade e rigidez, sua tranqüilidade havia sido perturbada e seu coração se entristecera — pois ele tinha um coração, embora muitos pudessem pensar que não. De fato, esse coração amava Husnia, filha de Sanaan, e ele teria pedido sua mão, não fosse a intervenção dos acontecimentos.

Hoje o dia estava bonito e brancas nuvens outonais passeavam pelo céu. Seu amor, contudo, havia sido triturado pela roda das circunstâncias.

Deixou a mula com o escravo e depois empurrou o barco até o meio do rio e jogou a rede: gotas de relaxamento em meio ao turbilhão do trabalho árduo e estúpido. Sorriu. Em pouco tempo se entendera com o novo governador, Kalil Al Hamazani. De onde o sultão Shahriar trazia esses governadores? O sujeito se traiu logo na primeira oportunidade: os bens confiscados de Sanaan. Apropriou-se de uma parte considerável, deu um pouco a Baticha Murjan e outro tanto a Jamsa. O restante foi para o fisco. Jamsa acabou aceitando sua parte apesar da tristeza pelo destino de seu amigo, dando a si mesmo a desculpa de que recusar seria considerado um desafio ao novo governador. Em seu coração havia um lugar para as emoções e outro para a rigidez e a ambição. Pensou: "Quem tem dignidade passa fome nesta cidade". E perguntou-se, divertido: "O que seria de nós se um governador justo assumisse o poder?". Não foi o próprio sultão quem matou centenas de virgens e muitos homens devotos? Como eram leves os seus atos comparados aos dos grandes monarcas.

Respirou fundo: era realmente um lindo dia, o céu se enfeitava de nuvens, a brisa suave e perfumada pelo cheiro de mato e água, a rede se enchendo de peixes. Mas onde estava Husnia? A família de Sanaan morava agora num quarto de uma casa de cômodos, depois de todo aquele luxo, as jóias e a cavalariça. Om Saad agora faz doces que deliciam o coração dos hóspedes — e Fadel os vende como ambulante, enquanto Husnia espera um noivo que nunca virá. Sanaan, foi de fato um gênio que provocou sua ruína, ou foi uma mordida de cachorro que o destruiu? Não vou esquecer seu olhar vidrado e seu pedido de socorro: "Minha família, Jamsa!". É impraticável alguém oferecer ajuda para sua família. Além disso, seu filho Fadel tem seu próprio orgulho. Você morreu, Sanaan, e o que passou, passou. Se o seu gênio é fiel de verdade, ele que faça alguma coisa. Que reino extraordinário, como sua gente e seus gênios! Empunha a bandeira de Deus e, no entanto, mergulha na sujeira.

De repente sua atenção se desviou para a sua mão. O peso da rede era bastante promissor. Animado, puxou-a até que ela ficasse ao lado do barco. Mas não via nem um único peixe!

III

Jamsa Al Balti estava atônito. A rede continha apenas uma bola de metal. Apanhou-a, desanimado, girou-a entre as mãos e então a jogou no fundo do barco. Produziu um ruído grave e ecoante. Alguma coisa estranha acontecia: era como se estivesse prestes a explodir. Dela emanou algo parecido com poeira, que subiu em espiral até abraçar as nuvens de outono. Assim que a poeira desapareceu, deixou uma presença que pairou sobre ele e o encheu com a sensação de que era muito poderosa. Apesar de estar acostumado a situações de perigo, Jamsa se assustou com a experiência e compreendeu que estava diante de um gênio que havia sido libertado de uma garrafa. Apenas conseguiu invocar:

— Proteção contra o mal, por Nosso Senhor Salomão!

— Como é doce a liberdade após o inferno da prisão! — disse uma voz em nada parecida a algo que já tivesse ouvido antes.

Com a garganta seca, Balti disse, tentando obter suas boas graças:

— Sua libertação foi alcançada por minhas mãos.

— Antes de mais nada, diga-me: o que Deus fez com Salomão?

— Nosso Senhor Salomão morreu há mais de mil anos.

A cabeça de Jamsa balançava de exultação, e o outro disse:

— Bendita seja a vontade de Deus, que impôs sobre nós a sentença de um ser humano, cujo pó não se eleva até nosso fogo, e esse humano é aquele que me castigou por um deslize do coração. Que Deus, em Sua misericórdia, perdoe erros piores.

— Parabéns por sua liberdade. Vá embora e aproveite-a.

Vejo que você está ansioso para dar o fora disse, zombeteiro.

— Considerando que eu fui instrumento de sua libertação.

— Foi apenas o destino que me libertou.

— E eu fui instrumento do destino — disse Jamsa, ansioso.

— Em minha longa prisão — disse o outro — fiquei cheio de raiva e do desejo de vingança.

— Perdoar quando se pode é uma característica natural das pessoas generosas — implorou Jamsa.

— Vocês humanos são habilidosos para a memorização, a citação e a hipocrisia. E sua avaliação deve ser proporcional ao seu conhecimento, senão, ai de vocês!

— Travamos uma batalha constante contra nós mesmos, as pessoas e a vida — disse Jamsa, suplicante. — E essa batalha deixa inúmeras vítimas, mas nunca se perde a fé na misericórdia do Misericordioso.

— Misericórdia é para quem merece misericórdia — disse o gênio, implacável. — A imensidão de Deus se dissemina com as oportunidades concedidas aos que aceitaram a sabedoria. Por isso, a misericórdia é direito apenas dos esforçados, caso contrário, os odores fétidos conspurcariam a pureza da atmosfera iluminada pela luz divina. Portanto, não faça da corrupção uma desculpa para a corrupção.

— Nós acreditamos na misericórdia mesmo quando laceramos pescoços e cortamos cabeças.

— Como você é hipócrita. Qual é seu trabalho?

— Sou chefe da guarda.

— Que título! Você cumpre seu dever de maneira a agradar a Deus?

— Meu dever é executar ordens — disse Jamsa, apreensivo.

— Um lema conveniente para acobertar todo tipo de maldade.

— Não estou em condições de fazer nada a respeito.

— Se chamados a fazer o bem, vocês se dizem incapazes. Se chamados a fazer o mal, a ele se prestam em nome do dever!

Jamsa estava encurralado. As ameaças pairavam sobre ele e ele recuava para a borda do barco tremendo e, ao mesmo tempo, sentindo a penetração de uma nova presença tomando posse do local. Sabia que outro gênio havia chegado e convenceu-se de que estava perdido. O recém-chegado dirigiu-se ao primeiro gênio:

— Parabéns pela liberdade, Sanjam.

— Graças a Deus, Kamkam.

— Não vejo você há mais de mil anos.

— Como são curtos, comparados com a vida, e como são longos quando passados numa garrafa!

— Eu também caí na arapuca da magia que, em sua tortura, é como a prisão.

— Não há dano que nos atinja que não venha dos humanos.

— Na sua ausência, muita coisa aconteceu e talvez você queira saber o que perdeu.

— De fato, mas primeiro gostaria de tomar uma decisão a respeito deste humano.

— Deixe-o por ora. Não há como ele escorregar de sua mão se você precisar dele, mas não tome uma decisão enquanto estiver furioso. Nenhum de nós jamais morreu, exceto vitimado pela própria raiva. Vamos para a montanha de Kaf para comemorar sua libertação.

— Até a vista, chefe da guarda — disse Sanjam, dirigindo-se a Balti.

A presença dominante foi diminuindo até desaparecer totalmente. Jamsa recuperou a liberdade de seus membros, mas desmontou no banco do barco, exaurido e, ao mesmo tempo, embriagado com a esperança de salvação.

IV

Jamsa Al Balti pulou para a praia e foi recebido pelo escravo, que lhe fez uma reverência e depois foi dobrar a rede.

— Não há nenhum peixe na rede — comentou.

— Você estava olhando em minha direção, enquanto eu estava no barco? — perguntou Jamsa, com a garganta seca.

— O tempo todo, meu amo.

— E o que você viu?

— Eu o vi jogar a rede, esperar, depois puxá-la, e por isso fiquei surpreso quando vi a rede vazia.

— Você não viu nenhuma fumaça?

— Não, senhor.

— E não ouviu um som estranho?

— Não.

— Talvez você tenha cochilado!

— De jeito nenhum, meu amo.

Era impossível duvidar do que havia acontecido. Era mais real que a própria realidade. O nome de Kamkam estava gravado em sua memória com a mesma força que o nome de Sanjam. Viu com novos olhos as confissões de Sanaan e agora lhe parecia que seu velho amigo havia sido uma vítima infeliz. E perguntou a si mesmo, preocupado, o que o oculto poderia estar lhe reservando.

V

Enterrou o segredo no peito. Nem sua esposa Rasmia ficou sabendo. Era um segredo muito pesado, mas o que se podia fazer? Se um dia o divulgasse, prejudicaria sua posição e perderia seu cargo. Passou as noites acordado, pensando nas conseqüências, e decidiu ser cauteloso. Ao que parecia, Sanjam era um gênio devoto e levaria em conta a boa ação que ele havia praticado ao libertá-lo, ainda que tivesse sido por acaso. Depois das preces da alvorada, dormiu um pouco e acordou melhor. Era de uma natureza forte e enfrentaria as dificuldades e apreensões. Havia conseguido se entender com Saluli e Hamazani, e Sanjam não era mais intratável que eles.

Quando estavam tomando o leite matinal, Rasmia lhe disse:

— Ontem nossa antiga vizinha Om Saad me visitou.

De repente sentiu os nervos tensos. Considerava o perigo da visita, como um policial que sabe o que se esconde por trás de determinadas circunstâncias.

— É uma pobre viúva, e ainda... — disse, com aversão.

Hesitou por um momento e então continuou:

— Mas sua visita é prejudicial a minha posição.

— A situação dela é de partir o coração.

— É a situação do mundo, Rasmia, mas vamos deixar a Deus o que é de Deus.

— Ela veio na esperança de que você pudesse ajudá-la a fazer uma solicitação ao governador para reaver os bens da família.

— Que mulher imprudente! — exclamou.

— Ela disse que Deus não castiga os filhos pelos pecados dos pais.

— Foi o próprio Shahriar que pronunciou a sentença.

Depois continuou, com franqueza:

— Sanaan era meu amigo, mas o que estava escrito aconteceu. Matar a menina depois de estuprá-la talvez não seja nada comparado com o assassinato do governador do bairro, pois o sultão considera o golpe contra seu representante como se fosse dirigido contra sua própria pessoa, e apesar de sua mudança repentina o sultão continua sanguinário. Portanto, não a encoraje a repetir essas visitas ou uma maldição cairá, uma maldição contra a qual estaremos impotentes.

Deprimida, a mulher se calou.

— Estou tão triste quanto você — disse ele —, mas não há nada que possamos fazer a respeito.

VI

Era sincero no que dizia. Sua tristeza pela família de Sanaan não desaparecera, e isso não se devia somente à paixão. Ele havia gostado do homem antes de gostar de sua filha. Nem sempre era destituído de bons sentimentos e lembranças religiosas, mas não fazia objeções quanto a praticar corrupção em um mundo corrupto. Na verdade, não havia no bairro um coração igual ao dele para misturar o preto e o branco. Foi assim que ele convidou Fadel Sanaan para ir a sua casa, numa visita cercada de sigilo.

O moço chegou em sua nova vestimenta, que consistia de bata e sandálias, o traje de um vendedor ambulante. Jamsa sentou-se ao seu lado na sala de visitas e disse:

— Fico contente, Fadel, por ver a coragem com que está enfrentando a reviravolta que as coisas tiveram em sua vida.

— Agradeço a Deus que preservou minha fé, após a perda da posição e da riqueza — disse Fadel.

Realmente impressionado, Jamsa disse:

— Chamei você em consideração ao nosso longo conhecimento.

— Deus o abençoe, senhor.

Olhou para ele por um momento e então disse:

— Não fosse por isso, eu teria me permitido prender você.

Espantado, Fadel perguntou:

— Prender-me? Por que, senhor?

— Não finja que não sabe. Não lhe basta o mal que os atingiu? Busque seu ganha-pão longe da companhia dos elementos perniciosos que são inimigos do sultão.

— Eu não passo de um vendedor ambulante — disse Fadel, pálido.

— Pare de dissimular, Fadel. Nada se esconde de Jamsa Al Balti, e minha primeira missão, como você sabe, é perseguir os xiitas e os karijitas.

— Não sou um deles — disse Fadel em voz baixa. — No início de minha vida fui discípulo do sheik Abdala Al Balakhi.

— Eu também fui discípulo dele. Muitos se formaram na

escola de Balakhi: os que seguem o Caminho e os que seguem a Suna do Profeta, sufis e sunitas. Também se formaram alguns demônios que se desviam do Caminho.

— Esteja certo, senhor, que estou o mais longe possível desses demônios.

— Você tem muitos companheiros entre eles!

— Não tenho nada a ver com suas crenças.

— Começa com amizade inocente, depois vem a degeneração. Eles são loucos, acusam os governadores de infiéis e enganam os pobres e escravos. Nada está bom para eles, nem mesmo jejuar no mês do Ragab. É como se Deus tivesse escolhido apenas eles dentre todos os fiéis. Tenha cuidado para não ter o mesmo destino de seu pai, pois o diabo tem todo tipo de caminhos e instrumentos. Quanto a mim, conheço apenas meu dever, e jurei ao sultão, e também ao governador do bairro, eliminar todos os pagãos.

— Pode ter certeza, senhor — disse Fadel, num tom apático —, estou muito distante dos apóstatas.

— Eu lhe dei um conselho paternal. Lembre-se disso — disse Jamsa.

— Obrigado por seu interesse, senhor.

Jamsa passou a perscrutar seu rosto, procurando semelhanças entre ele e sua irmã Husnia. Por alguns momentos ficou perdido no êxtase do amor. Depois disse:

— Tem mais uma coisa. Por favor, informe sua mãe que fazer uma solicitação de devolução dos bens da família seria considerado um desafio ao sultão. Não há poder nem força senão por intermédio de Deus.

— Essa também é minha opinião, senhor — disse Fadel, humilde.

E o encontro terminou como começara, em segredo. Jamsa perguntou a si mesmo se algum dia teria a oportunidade de chamá-lo para pedir a mão de Husnia.

VII

Talvez o crime de Sanaan Al Jimali fosse o único acontecimento importante verificado durante o mandato de Jamsa Al Balti. Ninguém o responsabilizou, especialmente depois que se soube da interferência do gênio. Mas isso não se aplicava ao que agora estava ocorrendo no bairro, pois diversos assaltos em vias públicas dentro dos limites da cidade haviam se sucedido com uma regularidade inquietante: dinheiro e mercadorias eram saqueados e pessoas eram agredidas. Jamsa Al Balti foi tomado pela raiva própria a um policial competente dotado de autoconfiança. Destacou policiais à paisana para lugares afastados e ordenou patrulhamento constante, dia e noite. Ele próprio investigou lugares suspeitos mas os incidentes continuaram acontecendo, zombando de sua operação, e nem um só criminoso foi detido.

No Café dos Príncipes, Karam Al Assil, o milionário, disse:

— A segurança, na época do falecido Saluli, era melhor.

— Na época dele não havia ladrões além do próprio! — disse o médico Abdul Kadir Al Mahini, rindo.

— Sem dúvida — disse Ajar, o barbeiro —, Jamsa Al Balti é o pior.

Afinal de contas, ele via pessoalmente como tais senhores se comportavam quando prestava seus serviços de barbeiro em suas casas.

— A segurança — disse Ibrahim, o farmacêutico — é a alma do comércio, o comércio é a alma da nação, e eu sugiro que formemos uma comissão para ir até Hamazani, o governador do nosso bairro.

VIII

Kalil Al Hamazani chamou Jamsa Al Balti ao palácio do governo.

— A cidade está prestes a se arruinar e você dorme profundamente — disse o governador, com severidade.

— Eu não tenho dormido e nem sido negligente — disse o chefe da guarda, em tom de frustração.

— A gente julga por aquilo que a gente vê.

— Minhas mãos estão atadas.

— O que você quer?

— Os vagabundos que prendemos antes estão agora começando a se vingar.

— Depois da confissão de Sanaan, ficou provado que eram inocentes.

— Por isso estão se vingando, e não há remédio a não ser prendê-los outra vez.

E o governador disse, veemente:

— O vizir Dandan ficou irado quando das primeiras detenções e não vai permitir isso novamente.

— De qualquer forma, estou travando uma batalha contra uma força inabalável — disse Jamsa Al Balti, triste.

— Você precisa controlar a segurança, senão vou demiti-lo — disse o governador.

Jamsa Al Balti deixou o palácio do governo, sentindo-se humilhado pela primeira vez em sua vida.

IX

Jamsa ficou furioso por ser insultado e passou a ser dominado por sua natureza forte e indomável. Sua inclinação para o bem desapareceu em um buraco sem fundo. Reagiu à derrota com a animalidade de um homem que acha que tudo é válido para manter seu poder. O poder o absorveu inteiramente e fez dele uma nova criatura, que deixou no esquecimento as boas palavras aprendidas com o sheik na sala de orações, na idade da inocência. Reuniu rapidamente seus auxiliares e derramou sobre eles a enxurrada de invectivas que recebera no corredor do palácio e escancarou as janelas do inferno. E cada vez que acontecia um novo incidente ele prendia dezenas de pessoas sem provas e as torturava sem piedade. Em conseqüência, diminuiu sua perseguição aos xiitas e karijitas, que aproveitaram para redobrar suas atividades e editaram boletins clandestinos que incriminavam o sultão e os governadores, e exigiam que o Alcorão e os ensinamentos tradicionais do Profeta se tornassem a base dos procedimentos legais. Alucinado, prendeu também muitos deles até que uma atmosfera de anticlímax pairou sobre todo o bairro e tudo passou a ser temor e tremor. Hamazani ficou horrorizado com a violência das medidas mas fechou os olhos, no anseio de que os incidentes tivessem um fim. Apesar de tudo isso, aumentaram em número e violência.

X

Embora derrotado, Jamsa Al Balti negou-se a admiti-lo. Começou a passar muitas noites no posto da guarda até que o cansaço dominou sua força descomunal. Um dia, foi vencido pelo sono em sua sala de trabalho e a ele se rendeu como um leão ferido. Entretanto, não obteve o descanso desejado mas sentiu-se subjugado pelo peso de uma entidade que assumiu o controle de todo o seu corpo.

— Sanjam! — murmurou, perplexo.

E a voz veio, invadindo sua consciência:

— Sim, chefe da guarda.

— O que o traz aqui? — perguntou, com repulsa.

— A ignorância daqueles que se acham inteligentes!

De repente, o espírito de Jamsa viu a luz.

— Agora sabemos — disse ele — o segredo dos bandidos que nunca deixam rastro.

— Só agora?

— E como eu iria adivinhar que você é o mestre deles?

— Apesar de seu convencimento, admita que é um idiota.

Em tom de desafio, perguntou a Sanjam:

— Como pode ser tão indiferente ao roubo da propriedade das pessoas e o nome de Deus estar sempre em sua boca?

— Minha ira apenas se abateu sobre o grupo de pessoas que tiram partido de outros seres humanos!

Jamsa suspirou e disse, como se falasse consigo mesmo: — E eu vou perder meu emprego por causa disso.

— Você também faz parte do grupo dos corruptos.

— Sou incomparável no modo como cumpro meu dever.

— E o dinheiro ganho de forma desonesta?

— São apenas migalhas que caem da mesa dos grandes.

— Uma desculpa vergonhosa.

— Eu vivo no mundo dos humanos.

— E o que você sabe a respeito dos grandes?

— Os mínimos detalhes. Não passam de ladrões e cafajestes.

— Mas você os protege com sua espada afiada — disse a voz, zombeteira — e persegue seus inimigos, que são gente honrada, de opinião e discernimento.

— Estou cumprindo ordens e o meu caminho é claro.

— Não, você está sendo perseguido pela maldição de proteger criminosos e perseguir gente honrada.

— Qualquer um que pense ao realizar uma tarefa como a minha estará perdido.

— Então você é um instrumento irracional.

— Minha mente está exclusivamente a serviço de meu dever.

— Uma desculpa que tende a anular a humanidade de um homem.

Dentro dele acendeu-se uma idéia que abriu portas e janelas a sua frente.

— A verdade é que não estou satisfeito comigo mesmo — disse em tom de lamúria.

— Pura mentira.

— Nunca consegui calar as vozes bondosas dentro de mim. Elas sempre conversam comigo no silêncio da noite.

Não vejo nenhum sinal delas em sua vida.

— Eu preciso — disse ele com astúcia — de uma força para me apoiar quando necessário.

— Mas você persegue as vozes bondosas como persegue as pessoas honestas.

— Eu me disponho a ser testado — disse, desafiador.

— Deixe claro o que pretende.

— Use sua força para me apoiar e não para me contrariar.

— O que você quer?

— Eliminar os criminosos e governar o povo de maneira justa e honesta!

Uma estrondosa gargalhada eclodiu, enchendo o universo.

— Você gostaria de me usar para realizar seus sonhos secretos de poder e autoridade!

— Como método, não como objetivo.

— Seu coração continua naufragado na escravidão.

— Se quiser, pode me testar.

— Eu sou um gênio de fé e nunca ultrapasso meus limites.

— Então saia do meu caminho, em paz — disse Jamsa mais uma vez, desesperado.

— A verdade é que pensei com calma no alto da montanha de Kaf e me convenci de que você me prestou um favor que eu não posso negar, embora não fosse premeditado, e resolvi retribuir com um favor parecido, mas sem ultrapassar os limites.

— Mas você está fazendo o oposto exato do que pretendia.

— Como você é estúpido!

— Explique-me qual é sua intenção — disse, suplicando.

— Você tem mente, vontade e espírito.

Estava prestes a implorar de novo, mas o gênio soltou uma risada de escárnio, retirou rapidamente sua presença e desapareceu.

Jamsa Al Balti acordou com batidas à porta. Seu auxiliar entrou para avisá-lo de que estava sendo convocado para uma reunião com o governador Hamazani.

XI

Desejava ficar a sós para refletir, mas não tinha outra escolha senão ir. Não esperava nada de bom dessa reunião. Desapareceram do céu outonal os lampejos de esperança e os tambores da vitória se calaram. Por muito tempo ele iria oscilar entre o governador e as travessuras de Sanjam. Sobre a sela de sua mula, no caminho para o palácio do governo, mergulhou num redemoinho de especulações sem fundo. No caminho movimentado e ruidoso, era engolfado pelas exigências da vida e espreitado por olhares de desprezo. Não havia mais alegria nem ilusões: os dias de orgulho haviam terminado. Uma pessoa desprezível que se alimenta da ignomínia — Sanjam o convencera de que não passava disso. Seu único consolo era ser a espada da nação. Mas a espada perdera o gume, a segurança entrara em colapso e, assim, que importância tinha ele? Um ladrão assassino, protetor de criminosos e torturador de inocentes. Havia se esquecido de Deus até que um gênio o fizera lembrar-se.

XII

Encontrou Kalil Al Hamazani parado no meio do pátio como uma lança pronta para a luta.

— Que a paz de Deus esteja consigo, ó príncipe — disse Jamsa, com delicadeza, ao que o governador gritou com uma voz trêmula de raiva:

— Com sua presença, a paz não existe!

— Eu me mato de trabalhar.

— Por isso as jóias das minhas mulheres são roubadas, de dentro de minha própria casa!

Aquilo passava dos limites. Ele perguntou a si mesmo o que Sanjam desejava. Ficou estupefato.

— Você não passa de um viciado em haxixe, um comparsa dos ladrões.

— Eu sou o chefe da guarda — disse ele, em tom áspero.

— Nos vemos à noite — gritou o governador —, senão coloco você no olho da rua e corto sua cabeça.

XIII

De que adiantava procurar? O que os seus homens podiam fazer diante da força de Sanjam? Ele seria despedido, perderia sua honra e também sua cabeça. Era um destino para o qual ele havia enviado tantas pessoas e, assim, como poderia culpar Sanjam? Mas Jamsa não iria aceitar o destino sem defender-se, e ferozmente. Sua vida era como uma página aberta diante de seus olhos: um testemunho concreto e assustador. Começava com um pacto com Deus e terminava com um pacto com o diabo. Ele devia reverter a situação antes de morrer. E o sheik passou por seu pensamento como uma brisa perdida em um dia de calor infernal: passou carregada por puros pensamentos nostálgicos. Disse a si mesmo: "Esta é a vez dele". Foi buscá-lo no mais fundo de si quando as tristezas haviam rompido a sólida crosta manchada de sangue.

Encontrou o sheik na modesta sala de visitas como se estivesse esperando por ele. Calado, curvou a cabeça em reverência e sentou-se sobre os calcanhares em uma almofada a sua frente. Respirou as lembranças como o aroma de uma rosa murcha e, no vazio, materializaram-se diante dele versículos do Alcorão e ditos do Profeta e restos de boas intenções, como gotas de sangue. Saciou sua sede na imanência da paz de inspiração divina até que foi tomado por uma sensação de vergonha.

— Posso ver como se sente a meu respeito, mestre — disse ele, triste.

— Quem sabe disso é apenas Deus — disse Abdala Al Balakhi, com sua calma imutável. — Não se julgue conhecedor daquilo que você não sabe.

— Na opinião das pessoas sou um policial sanguinário — disse ele, tristemente.

— Eu me pergunto por que me visitam os que derramam sangue?

— Como você é afável, mestre — disse ele, recuperando a coragem. — A verdade é que tenho uma história que gostaria que ouvisse.

— Não tenho nenhum desejo de ouvi-la — disse ele, orgulhoso.

— Preciso tomar uma decisão e é impossível entender seu significado sem contar a história.

— A decisão é suficiente para entender a história.

— O assunto requer aconselhamento — disse, incomodado.

— Não, a decisão é apenas sua.

— Escute minha estranha história — suplicou.

— Não, somente uma coisa me interessa — disse, calmamente.

— E o que é, mestre?

— Que você tome sua decisão apenas em nome de Deus.

— É por essa razão que necessito de sua opinião — disse ele, desamparado.

Com uma calma inalterada, o sheik disse:

— A história é apenas sua e a decisão também.

XIV

Deixou a casa do sheik dividido entre a dúvida e a certeza. Como se o sheik conhecesse sua história e sua decisão, e como se ele abençoasse sua decisão desde que ela fosse tomada apenas em nome de Deus. Não seria o desespero um fator na decisão? Não seria a autodefesa um outro fator? Não seria o desejo de vingança ainda um terceiro fator? Será que a decisão diminuiria o arrependimento se fosse precedida de um pecado? O fator a ser levado em conta era a intenção última, na qual persistir até o fim. Em todo caso, ele estava enterrando o antigo Jamsa e invocando outro.

Quando tomou sua decisão suspirou com profundo alívio. Sua energia se redobrou. Esteve em casa, sentou-se com sua esposa Rasmia e sua filha Acraman, e seu coração inundou-se de emoções calorosas e inexplicáveis que o fizeram sentir-se cada vez mais solitário. Até Sanjam o abandonou a sua solidão. Mas sua decisão era definitiva e não admitia incertezas. E ele enfrentou a situação mais perigosa de sua vida com extraordinária coragem e inabalável determinação.

Voltando ao seu trabalho, libertou, por iniciativa própria, os xiitas e os karijitas. Fez isso num transe total, deixando soldados e vítimas igualmente espantados com seu gesto. E no início da noite foi direto para o palácio do governo. No caminho, desviava o olhar dos rostos e lugares como se não significassem mais nada para ele. Finalmente, viu Kalil Al Hamazani que o aguardava impassível e não teve dúvida de que ele também havia tomado sua decisão. A sala de recepção envolveu a ambos em total ausência, exceto pelos sofrimentos humanos acumulados sob as almofadas e finas tapeçarias e pelas testemunhas de todas as gerações passadas. Sem se cumprimentarem, o governador lhe perguntou com frieza:

— O que você tem a dizer?

— Está tudo bem! — respondeu Jamsa Al Balti com confiança.

— Você prendeu o ladrão? — perguntou o homem, com súbito otimismo.

— Para isso estou aqui.

O governador franziu o cenho, intrigado: — Você acha que ele está em minha casa?

Jamsa apontou para ele:

— Aí está ele — disse — falando descaradamente.

— Pelo Senhor da Caaba, você enlouqueceu! — gritou Kalil Al Hamazani, horrorizado.

— É a verdade que está sendo dita pela primeira vez.

Quando o governador se preparava para reagir, Jamsa desembainhou sua espada.

Você terá o castigo que merece.

— Você enlouqueceu, não sabe o que está fazendo.

— Estou cumprindo meu dever — disse com calma.

— Tenha juízo! Você está se jogando nas mãos do carrasco — disse o governador extremamente confuso e aterrorizado.

Mas Jamsa desfechou-lhe um golpe fatal no pescoço. Os gritos de terror se misturaram ao seu urro sufocado enquanto o sangue jorrava como de um chafariz.

XV

Jamsa Al Balti foi detido e teve a espada arrancada de sua mão. Não tentou fugir e nem resistiu: acreditava que a missão estava cumprida. E então foi tomado por uma sensação de calma e serenidade. Uma onda extraordinária de coragem se elevou fazendo-o sentir que estava pisando em seus carrascos, que ele era maior do que imaginava e que as vilanias que havia praticado não eram dignas de seu caráter. Submeter-se a sua influência era uma degradação que havia provocado sua ruína e o havia alienado de sua natureza humana. Disse a si mesmo que estava agora praticando uma forma de adoração cuja pureza limparia a sujeira de longos anos de dissipação.

A notícia se espalhou com o vento do outono e virou assunto de conversa do povo e da elite. A consternação gerou inúmeras dúvidas. As previsões entravam em conflito e recrudesciam os delírios dos fanáticos, enquanto a desordem começava a grassar pelo bairro e pela cidade, chegando seus falsos rumores até o palácio do sultão. E logo o vizir Dandan foi até a sede do governo no bairro, acompanhado de um grupo de cavaleiros.

XVI

Jamsa Al Balti, acorrentado, foi trazido diante do trono no Salão de Julgamento. Shahriar apareceu com seu manto vermelho, que vestia quando sentava-se para julgar. Sua cabeça tinha um turbante alto adornado com jóias preciosas. A sua direita estava Dandan em pé, e a sua esquerda os representantes do governo, enquanto os soldados formavam filas dos dois lados. Atrás do trono estava Chabib Rama, o carrasco.

O sultão tinha uma expressão carregada e pensativa. Perscrutou por algum tempo o semblante do chefe da guarda e então lhe perguntou:

— Não admite que lhe demonstrei meu apoio, Jamsa?

O outro respondeu com uma voz forte e provocadora:

— Certamente, ó sultão.

O sultão esperava por algum sinal de desafio, apesar do prisioneiro estar acorrentado.

— Confessa que matou Kalil Al Hamazani, meu representante no seu bairro? — perguntou, franzindo o cenho.

— Sim, ó sultão.

— O que o fez cometer esse crime hediondo?

— Realizar a vontade justa de Deus — disse ele claramente, sem ligar para as conseqüências.

— E você sabe o que Deus Todo-Poderoso deseja?

— Fui levado a isso por uma estranha história que alterou o curso de minha vida.

A palavra história chamou a atenção do sultão, que perguntou:

— E que história foi essa?

Jamsa Al Balti contou sua história: o nascimento entre a gente comum, o estudo na sala de orações do sheik Abdala Al Balakhi, a separação do sheik depois de aprender rudimentos de religião, leitura e escrita, sua força física que o havia qualificado para o serviço na guarda, sua escolha para chefe da guarda devido a uma rara capacidade, sua corrupção gradual até se transformar no protetor dos corruptos e um carrasco para as pessoas dotadas de razão e discernimento, o aparecimento de Sanjam em sua vida, as crises por que havia passado e, por fim, seu sangrento ato de arrependimento.

Shahriar seguia atentamente, com reações em flagrante conflito com as palavras que ouvia.

— Primeiro, Kamkam com Sanaan Al Jimali. Agora, Sanjam com Jamsa — disse, com frieza. — Estamos numa era de gênios que não têm nada melhor a fazer que matar governadores.

— Não acrescentei uma só palavra aos fatos, e Deus é minha testemunha — disse Jamsa.

— Talvez você esteja imaginando que isso o salvará do castigo.

— Minha audácia demonstra que não me importo — disse com desdém.

Shahriar, perdido, disse:

— Então, que sua cabeça seja cortada e pendurada na porta de sua casa e que seus bens sejam confiscados.

XVII

Numa prisão subterrânea e escura, ele combateu suas dores e apegou-se a sua coragem. Provocara a ira do sultão e o vencera, deixando-o em seu trono ruminando a derrota. Com tristeza, lembrou-se de Rasmia e de Acraman. Husnia também passou por seus pensamentos. Sua família passaria pela mesma humilhação que a de Sanaan, mas a piedade de Deus era mais forte que o universo. Pensou que iria ficar insone, mas, na verdade, dormiu um sono profundo e somente foi despertado por um forte ruído e pelo clarão de tochas. Talvez fosse de manhã, e ali estivessem os soldados que vinham levá-lo à execução. A praça estaria repleta de curiosos e ali haveria uma massa de emoções conflitantes. Que assim fosse. Mas, o que estava vendo? Via os soldados dando pontapés em Jamsa Al Balti, enquanto o homem acordava aterrorizado e gemendo. O que isso significava? Estaria sonhando? Se aquele era Jamsa Al Balti, então quem era ele? Por que ninguém o notava, como se não existisse? Espantado, receou estar perdendo a razão. Estava vendo Jamsa Al Balti bem ali diante dele. Os soldados o estavam levando para fora. E aquele — ao contrário dele — estava extremamente aterrorizado e prostrado. Também percebeu que estava livre das algemas e decidiu deixar a prisão. Seguiu os outros e ninguém o notou.

A cidade inteira se apinhava na praça onde ocorreria a punição: homens, mulheres e crianças. Na frente estava o sultão com os representantes do governo. A esteira de couro, sobre a qual se realizaria a execução, jazia ao centro, tendo ao seu lado Chabib Rama e um grupo de ajudantes. Rasmia não viera, nem Acraman, o que era bom. Quantos rostos de pessoas que conhecera e com quem se relacionara! Andava de um lado para o outro, mas ninguém ligava para ele. Quanto a Jamsa Al Balti, este se aproximava da esteira de couro entre seus guardas. Um único rosto se apresentou muitas vezes diante dele e o surpreendeu: o rosto de Sahlul, o comerciante de bricabraque. Quando o momento de silêncio aterrador reinou e a esteira de couro atraiu a atenção de todos, seu coração se acelerou e ele achou que daria seu último suspiro assim que a cabeça do outro fosse cortada. Num momento de pesado silêncio, a espada de Chabib Rama ergueu-se no ar, depois desceu como um raio e a cabeça caiu, encerrando a história de Jamsa Al Balti.

Jamsa Al Balti esperava a morte mas esta passou por ele e se foi. Sua perplexidade aumentava à medida que ia caminhando em meio à torrente de pessoas que deixavam a praça até que esta ficou totalmente vazia. Perguntou a si mesmo: "Sou eu, Jamsa Al Balti?". Então a voz de Sanjam veio em resposta:

— Como você pode duvidar disso?

O homem, em um estado de extrema excitação, exclamou:

— Sanjam, é você o responsável por esse milagre!

— Você está vivo. Eles mataram apenas uma cópia feita por mim.

— Devo minha vida a você. Não me abandone.

— Não — disse ele, claramente. — Agora, estamos quites. Confio você à proteção de Deus.

— Mas como posso aparecer diante das pessoas? — gritou, assustado.

— É impossível alguém reconhecer você. Olhe no primeiro espelho que encontrar.

O CARREGADOR

I

Do alto da porta da casa pendia a cabeça de Jamsa Al Balti. As pessoas que iam e vinham olhavam para ela, paravam um pouco e depois continuavam. Jamsa Al Balti era uma delas. Olhavam por curiosidade, pena ou malicioso prazer. Quanto a ele, olhava estupefato. Não havia ainda se recuperado da aflição de assistir à expulsão da esposa e da filha de sua casa. Elas passaram por ele com indiferença, já que havia assumido a figura de um etíope esguio, cabelo crespo e barba rala. Não cessava de se admirar com sua aparência, nem de se entristecer por sua família. Rodeava a casa e escutava os comentários contraditórios manifestados sob a cabeça pendurada. A elite, como Karam Al Assil, e o farmacêutico e o negociante de tecidos, o amaldiçoava sem piedade, ao passo que o povo demonstrava compaixão.

O novo governador Yussef Al Tahir supervisionou o confisco de sua casa, acompanhado de seu secretário Baticha Murjan e o novo chefe da guarda, Adnan Chuma. Ele se perguntou quanto teria ido para o fisco e quanto teria sido enfiado nos bolsos. E ficou perto da cabeça pendurada, olhando, refletindo e ouvindo. Viu Ajar, o barbeiro, dizer a Ibrahim, o carregador de água, apontando para a cabeça:

— Eles o mataram como recompensa pela única boa ação que fez na vida.

— Por que será que o seu gênio maometano não o salvou? — perguntou o carregador de água.

— Não se meta no que você não conhece — advertiu o barbeiro, e Maaruf, o sapateiro, apoiou o que ele disse.

Jamsa viu também Sahlul, o comerciante de bricabraque, olhando para a cabeça com indiferença, e lembrou-se de sua estranha movimentação no dia da execução. Quando o comerciante ficou sozinho, aproximou-se e perguntou:

— Você pode esclarecer a um forasteiro a história do dono dessa cabeça?

Sahlul dirigiu-lhe um olhar que fez seu corpo estremecer. Sentiu esse olhar penetrar até o seu íntimo, conferindo àquele homem um mistério ainda maior. Afastando-se, Sahlul lhe disse:

— Não sei sobre ele mais do que as outras pessoas.

Jamsa seguiu-o com os olhos até que o outro desapareceu e depois pensou: "Talvez ele se ache importante demais para falar com um forasteiro etíope".

Recuperou, de sua longa história como guarda, o conhecedor das particularidades das pessoas, e lembrou que Sahlul era o único comerciante influente que não tinha relações suspeitas com ele ou com o governador. Mas logo se esqueceu dele no turbilhão de suas reflexões. Em seguida, viu Rajab, o carregador, juntar-se à roda formada por Ajar, Ibrahim e Maaruf, e foi ao seu encontro impelido por algo que tinha planejado. Cumprimentou-os e disse:

— Sou um imigrante etíope e quero trabalhar como carregador.

Rajab lembrou-se de seu primeiro amigo, Sindbad, e disse:

— Venha comigo, pois Deus é generoso e dá o sustento.

II

Rondou sua família em corpo e espírito. O que valia sua vida se estava separado de sua família e de sua cabeça? Continuou seguindo Rasmia e Acraman até elas se estabelecerem num quarto numa casa de cômodos onde a família de Sanaan vivia. Sem hesitar, alugou para si um quarto na mesma casa, onde ficou conhecido como Abdala, o carregador. Na bruma de seu desassossego, ficou contente por ver Om Saad guiar sua família para o novo lar. Alegrou-se por ela não haver esquecido de que eram antigos vizinhos e de que Rasmia procurara ajudá-la na adversidade. Ela passaria a contar com Rasmia na fabricação de doces e Fadel Sanaan os venderia em proveito das duas famílias. Ficou contente com isso, bem como por estar perto deles. Gostou de vê-las e saber que estavam bem. Expressaria seu amor por elas e, de longe, cuidaria de deveres de marido e pai que estivessem ao seu alcance, e sua situação não seria conhecida por ninguém. Presumiu que Fadel se casaria com sua filha Acraman conforme havia combinado com Sanaan, assim como um dia sonhara também ele casar-se com Husnia, a irmã de Fadel.

Continuou nessa estranha vida, sentindo às vezes que estava vivo e às vezes que estava morto.

III

Com efeito, ele era Abdala, o vivo, e Jamsa, o morto, ao mesmo tempo. Uma estranha experiência que nunca homem algum conhecera. Saindo para ganhar o pão na agradável companhia de Rajab, se lembraria de que estava vivo. Atravessando a rua por debaixo da sua cabeça pendurada ou vendo Rasmia e Acraman se lembraria de que estava morto. Sem nunca perder de vista sua fuga miraculosa da morte, decidiu trilhar até o fim o caminho da santificação. Ele encontraria sua alegria na adoração e tiraria prazer de sua solidão lembrando-se de Deus. Assim falaria interiormente com sua cabeça pendurada: "Permaneça como símbolo da morte de um homem perverso que por muito tempo abusou de sua alma". Mas seu coração constantemente se encheria de nostalgia por sua personalidade efêmera. Aquela personalidade que havia coroado sua vida com um arrependimento sincero, sempre impelida pelo pensamento de que um homem poderia morrer quando vivo ou viver quando morto. Quem poderia acreditar que ele era Jamsa Al Balti em sua essência oculta? Seria possível para sempre manter esse segredo apenas consigo? Mesmo Rasmia e Acraman olhavam para ele como um estranho vindo de terras estranhas. Por isso, seu olhar indiferente produziria nele uma sensação cruel de alienação e de uma extrema injustiça. Em momento algum se davam conta desse amor profundo que jazia por trás de seus olhares furtivos. Não davam nenhum sinal de correspondência aos seus anseios. Nos seus olhos ele apenas via a cena da execução repetindo-se a cada manhã e noite, e a tristeza que sentiam pela lembrança dele dilacerava-lhe a alma à medida que mergulhavam nas preocupações cotidianas. Jamais acreditariam que a vida lhe fora concedida por um milagre, nem seriam capazes de aceitar esse fato. Haviam engolido as agonias de sua morte, passado pelo luto, experimentado a vida sem ele, e seria tão difícil sair dessa nova situação quanto havia sido difícil nela entrar. Ele não ousaria destruir a nova situação, não seria capaz de fazer isso. Aquele que morre deve continuar morto, como compaixão por aqueles a quem ama. Restava a ele acostumar-se com sua morte em sua nova vida. Que fosse Abdala, o carregador, e não Jamsa Al Balti. Que sua felicidade residisse no trabalho e na adoração. No entanto, seu trabalho o levava muitas vezes às casas de seus antigos amigos e às mansões dos influentes e poderosos: o mundo da devoção aparente e da corrupção latente. Tudo isso o levou novamente a pensar em si mesmo e nas particularidades de cada pessoa e perturbou a tranqüilidade de sua paz espiritual. Era perseguido pela tortuosidade e pela divergência, como se a tempestade tivesse carregado seus membros e lhes roubasse as funções. E pensou que, tal como as estrelas prosseguiam em seu caminho com uma ordem extraordinária, assim também deveriam proceder as preocupações das criaturas de Deus.

"Será que um milagre me manteve na vida para que pudesse trabalhar como carregador?", perguntou-se, preocupado.

IV

Shahriar olhava para a sombra das árvores que à noite cochichavam. O sultão recostou-se em seu assento na varanda dos fundos, embora o outono estivesse se retirando antes dos prenúncios do inverno. Ele tinha mais capacidade para suportar o frio que para lutar contra o dilúvio de seus pensamentos. Voltou-se para o vizir Dandan e perguntou:

— Você detesta a escuridão?

— Eu gosto do que Sua Majestade gosta — disse o vizir, com lealdade.

Sempre se perguntava se o sultão mudara de verdade ou se era apenas uma fase passageira. Mas, paciência. No passado, havia sido decidido, claro, cruel e insensível, e agora um olhar perplexo não demorava a surgir em seus olhos.

— A nação está feliz e não poupa agradecimentos — disse Dandan.

— Ali Al Saluli foi morto — disse o sultão, bruscamente — e logo Kalil Al Hamazani o seguiu.

— O bem e o mal são como o dia e a noite — disse Dandan, compadecido.

— E os gênios?

— No momento da execução o criminoso inventa a história que puder.

— Mas eu lembro das histórias de Scherazade — disse, com calma.

O coração de Dandan se acelerou e ele disse:

— O criminoso precisa encontrar o seu castigo.

— A verdade é que estive a ponto de me contentar apenas em prender Jamsa Al Balti. — E completou, com ira: — Mas eu o executei como castigo por sua insolência ao se dirigir a mim.

Dandan disse a si mesmo que seu senhor mudara apenas superficialmente. Contudo, comentou:

— De qualquer forma o culpado recebeu o que merecia.

— E eu recebi minha cota de tristeza — disse, ríspido.

— Majestade, certamente é um mal-estar passageiro.

— Não, é uma das condições da existência... e as histórias de Scherazade me falam de alguma coisa além da morte?

— A morte! — disse o vizir, preocupado.

— Nações são devoradas por outras nações, e a suas portas sempre acaba batendo uma única e determinada vencedora: a Destruidora de Prazeres.

— É a vontade de Deus, e que Sua Majestade tenha uma longa estada na vida.

— O coração é um local de segredos — disse, com uma voz neutra —, e a melancolia é tímida. Os reis antigos se curavam à noite fazendo caminhadas, pesquisando a situação do povo.

Agarrando o salva-vidas, Dandan disse:

— Fazendo caminhadas e pesquisando a situação do povo: que inspiração!

E disse a si mesmo: "Uma criatura sem limites para sua força: pode mostrar-se como uma flor ou provocar um terremoto".

V

Abdala, o carregador, continua sua rotina incessante. Nos becos sem saída, nas alamedas sinuosas, nos bairros dos comerciantes e dos artesãos, ao longo dos atracadouros, nos campos de caça e tiro, na praça de execuções e sob os enormes portões que marcam fronteiras, com aromas difusos como marcos sinalizadores: o cheiro penetrante da drogaria, as essências narcóticas, os tecidos prurientes, as comidas apetitosas, os couros fedorentos. Rasmia e Acraman passam por ele, e Om Saad e Husnia. Oferece um cumprimento com uma língua que vacila neste mundo e um coração que habitava o outro. Em suas andanças passou a conhecer Fadel Sanaan e consolidou seu relacionamento com ele. Algumas pessoas mantêm contato, como Hassan, o farmacêutico, e Nuredin, enquanto outras o evitam como ao diabo.

Abdala estava preocupado com a possibilidade de que a história do gênio se espalhasse e destruísse o futuro de Acraman e Husnia, ambas com boas condições para o sucesso no casamento. Gostou de Fadel Sanaan por sua seriedade, sua fé e sua coragem, e acabou fazendo da escada para o chafariz público o local de descanso de seu trabalho cotidiano, onde se encontravam e conversavam. Certa vez, disse-lhe:

— Você é um rapaz devoto que faz todas as suas orações. Então, por que não preserva sua virtude com o casamento?

— Eu não consigo arcar com as despesas necessárias — disse Fadel, triste.

— Não é preciso muito.

— Eu tenho amor-próprio e orgulho.

— Você tem Acraman bem a sua frente — disse Abdala, provocador.

Os olhos de ambos se encontraram num sorriso que traía muitos segredos.

— E você, tio Abdala, quarenta anos ou mais e não é casado — disse Fadel.

— Sou viúvo e também gostaria de preservar minha virtude.

— Parece que você não precisa de nenhum casamenteiro.

— Dona Rasmia, mãe de Acraman — disse o carregador, com brandura.

Fadel riu e disse:

— Vamos esperar um pouco e depois nos apresentamos juntos.

— Esperar por quê?

— Até que se apague a lembrança de Jamsa Al Balti.

Seu coração se apertou: sua lealdade e devoção o levavam a querer Rasmia. Mas se seguisse seus desejos não escolheria outra senão Husnia. No dia em que Rasmia o aceitasse, ele se rejubilaria com metade de seu coração, enquanto a outra metade estaria de luto.

VI

Sempre que estava a sós, perguntava: "Será que um milagre me manteve em vida para que eu pudesse trabalhar como carregador?". E perguntava-se também: "Por que Sanjam não me abandonou no momento crítico como Kamkam abandonou Sanaan Al Jimali?". Cheio de perplexidade, como uma vasilha aberta sob a chuva, descobriu que seus pés o haviam levado até a casa do sheik Abdala Al Balakhi. Beijou-lhe a mão e sentou-se diante dele com as pernas cruzadas, dizendo:

— Sou estrangeiro.

— Todos nós somos estrangeiros — interrompeu o sheik.

— Seu nome é como uma flor que atrai as abelhas errantes.

— Boas ações são melhores que belas palavras.

— Mas o que são as boas ações? Esse é meu problema.

— Vindo para cá, por acaso não encontrou um homem desorientado?

— Onde, mestre?

— Entre o estágio da devoção e o do sangue? — disse, mansamente.

Ele tremeu de medo e percebeu que o sheik conseguia ver o que estava velado.

— Na noite negra, não é possível encontrar a lua cheia — disse o carregador, suspirando.

— Conheci três tipos de discípulos — disse o sheik.

— Em todos os casos, eles são felizes.

— Alguns aprendem os princípios e se dedicam ao mundo; alguns mergulham fundo no aprendizado e assumem o controle das coisas, e alguns persistem na jornada rumo ao estágio espiritual do amor. Mas como estes são poucos!

Abdala, o carregador, refletiu por um momento e então disse:

— Mas a humanidade carece de supervisão.

Sem perder a serenidade, o sheik disse:

— Cada um em proporção ao seu empenho.

Abdala superou sua própria hesitação, dizendo:

— Mas eu tinha você como minha meta, mestre.

Gaguejava em silêncio como se juntasse os pensamentos e o sheik disse:

— Não me fale de sua meta.

— Por que não?

— Cada um em proporção ao seu empenho — e fechou os olhos, retirando-se para dentro de si mesmo.

Abdala esperou que ele os abrisse novamente, mas ele não o fez. Então, inclinou-se, beijou-lhe a mão e saiu.

VII

Abdala pensou que o sheik estava a par de suas aflições e o havia trazido de volta a si mesmo. Precisava admitir isso, uma vez que havia depositado sua confiança em alguém. Amanhã os malfeitores encontrarão a desgraça pela decisão de um penitente e pela astúcia de um guarda experiente. Foi trabalhando enquanto clareava suas idéias e se concentrava. E da piedade que enchia seu coração surgiram em sua mente idéias que não conheciam a piedade, tão afiadas como o fio da espada. Logo a vida o surpreendeu com suas sátiras contraditórias, seus destinos sangrentos e sua prometida felicidade. Ele recusou a retirada porque recusara recolher o presente da vida sem pagar o preço. Então Husnia apareceu-lhe como uma esperança brilhando no céu de outro mundo. No final da tarde foi até a escada da fonte, onde se encontrou com Fadel Sanaan. E notou que o moço havia saltado por sobre o tempo mais rápido do que pensara. E Fadel disse:

— Eu vou pedir a mão de Acraman.

— Mas você não estava achando melhor esperar um pouco? — perguntou, abismado.

— Não. Mudei de idéia e vou pedir a mão da senhora Rasmia, falando em seu nome.

Abdala calou-se, refletindo. Sem dúvida, ela precisava de um homem na fase difícil que vivia, e era impossível que estivesse cobiçando algum melhor do que ele.

— Como é bonito mãe e filha casando-se na mesma noite — disse Fadel, feliz.

Como Abdala tinha conquistado sua confiança, contou-lhe as histórias de Sanaan Al Jimali e Jamsa Al Balti.

VIII

Quando terminou sua interessante narrativa, Abdala comentou:

— Deus honra a quem deseja honrar e humilha a quem deseja humilhar.

— Cada um de acordo com seu empenho — murmurou Fadel Sanaan.

A frase o atingiu como o cheiro de pimenta e ele se perguntou se Fadel havia recebido aquelas palavras da mesma fonte. E disse, preparando um novo rumo para a conversa:

— A prudência é o complemento do empenho.

Por um momento, cada um revirou seus próprios pensamentos e então Abdala disse:

— Estamos quase nos tornando uma só família e por isso eu lhe digo que um carregador entra em casas que apenas se abrem para a elite.

Fadel achou que seu amigo estava prestes a fazer uma confidência. Dirigiu-lhe um olhar inquiridor e Abdala disse:

— Nas casas do governador Yussef Al Tahir e do chefe da guarda Adnan Chuma às vezes há conversas sobre os inimigos do governo.

— Não é nada de admirar — disse Fadel, fingindo indiferença.

— Ninguém imagina que eu compreenda o sentido do que está se passando ou que esteja prestando atenção.

— Você é um homem fora do comum, tio Abdala, e continua a me surpreender.

— Não há nada de surpreendente na esperteza de um homem que passou por diversos lugares e situações.

— Estou realmente feliz por estar com você — disse Fadel.

Abdala prosseguiu com aquilo que tinha a dizer:

— São pessoas obcecadas por ilusões, e quanto mais se excedem em crimes mais conjuram os fantasmas dos xiitas e dos karijitas.

— Sei disso muito bem.

— Por isso eu disse que a prudência é o complemento do empenho.

Fadel dirigiu-lhe um olhar interrogativo:

— O que você quer dizer?

— Você é bastante inteligente para saber.

— Parece que você está me advertindo.

— Não há nada de mal nisso.

— Eu não passo de um vendedor de doces. Há alguma coisa em mim que o inquieta?

Deu um sorriso enigmático e disse:

— Gosto da prudência, tanto quanto gosto dos xiitas e dos karijitas.

— Você pertence a qual deles? — perguntou Fadel, ansioso.

— Nem a uns nem a outros, mas sou inimigo dos malfeitores.

Abdala encontrou-se diante de um convite explícito mas, como ex-guarda, preferiu proceder a sua maneira.

IX

Abdala, o carregador, lançou-se como uma flecha no céu do que considerava sua guerra santa. Evocando sua força dos velhos tempos, submeteu-a dessa vez a sua vontade sólida e pura. Imediatamente, Baticha Murjan, o secretário, foi abatido, assassinado. Havia saído do palácio do governo após a meia-noite e, em meio a seus guardas, dirigia-se para casa quando, partindo da escuridão, uma flecha o atingiu e se alojou em seu coração. Ficou escarrapachado sobre a mula, entre as lanças e lanternas de seus guardas, que imediatamente se lançaram pelos bairros vizinhos, detendo todo transeunte que encontravam, os que perambulavam e os que dormiam nas esquinas. A casa do secretário se consumiu em pesar e o palácio do governo se abalou, colocando Yussef Al Tahir como um louco, saindo à frente de suas tropas. A notícia chegou ao vizir Dandan que, aterrorizado, ficou acordado até de manhã. E pela manhã a notícia havia se espalhado pelo bairro e pela cidade inteira. As pessoas entraram em um estado de agitação e inúmeros rumores passaram a circular. Era um novo elo na corrente das mortes violentas de Saluli e Hamazani, uma nova confirmação do mundo misterioso dos gênios. Ou seria obra dos xiitas e karijitas? Ou teria sido talvez um evento isolado, atrás do qual se ocultava o ciúme de uma mulher ou a inveja de um homem?

Os céus despejaram chuva pesada, que continuou pelo dia todo, de sorte que a lama se acumulou e a água coberta de espuma corria pelas alamedas e vielas, prejudicando a cerimônia do funeral e do enterro de Baticha, e anunciando a chegada de um inverno impiedoso. Abdala, o carregador, se esgueirou em meio à plebe do Café dos Príncipes, com os sentidos alertas e a atenção dissimulada. A conversa toda girava em torno do assassinato, com as opiniões divergindo entre os pensamentos declarados da elite e a troca de cochichos entre a plebe. Abdala descobriu Sahlul, o comerciante de bricabraque, envolvido em uma longa conversa com Karam Al Assil, o milionário, e seu coração se apertou. Não se esquecia do olhar penetrante que Sahlul lhe havia dirigido sob sua cabeça pendurada e lembrou-se de que o tinha visto rodeando a comitiva do secretário, enquanto ele, Abdala, se preparava para atirar a flecha. Como então não havia sido detido? Como desaparecera da vista dos guardas? O coração de Abdala se contraiu, atemorizado. Estranhou o fato de ser aquele homem o único no bairro de quem não ficara sabendo de nenhum segredo durante toda a época em que fora chefe da guarda. Ele era versado nas particularidades, abertas ou camufladas, de todas as pessoas de posição, exceto nas que diziam respeito a esse homem, que era um completo mistério.

X

A fúria das autoridades não diminuiu, nem a severidade de suas medidas. Quanto ao resto do povo, foi se habituando e se entediando de conversar sobre o incidente, e então o esqueceu. Em breve, as exigências da vida retomaram seu curso após os acontecimentos históricos e Om Saad, viúva de Sanaan, disse a dona Rasmia, viúva de Jamsa Al Balti:

— Com a bênção de Deus e Sua sabedoria, meu filho Fadel gostaria de se casar com Acraman.

O consentimento foi obtido em meio a uma alegria geral. Viviam no mundo real e não iriam permitir que águas passadas estragassem tudo. Om Saad disse ainda:

— Você também, dona Rasmia!

E fez saber o desejo de Abdala, o carregador, de casar-se com ela. Rasmia deu uma ligeira risada de surpresa. Não ficou contente com a notícia e nem a saudou.

— O casamento é para Acraman e para Husnia, não para nós — disse, envergonhada. Então, após um silêncio, continuou: — Jamsa não morreu, sua memória continua viva em mim.

Fadel e Abdala ficaram felizes, cada um com a notícia que havia recebido. É verdade que Abdala ficara magoado por ter seus sentimentos frustrados, mas o Jamsa que se escondia dentro dele estava cheio de alegria.

XI

O casamento foi comemorado no quarto de Om Saad. A platéia era constituída pelas duas famílias. Abdala, o carregador, foi convidado e trouxe de presente para o casal um pouco de âmbar e incenso, juntamente com o dinheiro que havia ganho durante o dia varrendo o pátio. Varrera com o mesmo ardor que havia investido na iniciativa de matar Baticha Murjan, ficando embriagado com a fragrância calorosa da família, que infundiu em seus membros um permanente estado de embriaguez. Seu coração fervilhava com as emoções de ser pai e marido, ao mesmo tempo que o amor se submetia ao controle da fé e do amor de Deus Misericordioso. Reconquistou o tesouro de uma emoção antiga, e deleitava-se com tanta proximidade, enterrando seu segredo num poço transbordante de tristeza.

Husnia se prontificou a animar a festa do casamento de seu irmão, valendo-se de seu domínio da poesia e do canto, e de sua bela voz. Ao ritmo das palmas, cantou melodiosamente:

Meu olhar traduz de minha língua para que saibam,
revelando a vocês o que esconde meu coração.
Quando nos encontramos e as lágrimas se derramaram
fiquei muda e meu olhar falou dos tormentos de meu secreto amor.

Ficaram todos emocionados. Abdala ficou tão comovido que seu coração se encheu de lágrimas. Erguendo-se para jogar lenha no fogo, ouviu batidas na porta. Quando a abriu, três figuras fantasmagóricas assomaram na fria escuridão.

— Somos mercadores estrangeiros — disse um deles. — Ouvimos um maravilhoso canto e achamos que pessoas generosas não se negam a receber estranhos.

Fadel fez um sinal para as mulheres e elas se esconderam atrás de uma cortina que dividia o quarto.

— Entrem em paz — disse ele aos estranhos. — É uma festa simples de casamento, só para as pessoas envolvidas.

Queremos apenas desfrutar de uma atmosfera cordial com pessoas amigas — disse um dos estranhos.

— Aqui está muito aconchegante — disse outro.

Fadel trouxe-lhes dois pratos com doces: um com *basima* e outro com *machbak*.

— É só o que temos — disse ele —, e é com isso que ganhamos a vida.

— Louvamos a Deus, que nos propiciou essas coisas deliciosas para comer e tornou nossa noite tão agradável.

O que comandava inclinou-se e disse algo no ouvido de um dos outros, que saiu dali apressado. Abdala surpreendeu alguns olhares do primeiro e pareceu-lhe que não era a primeira vez que o via. Tentou lembrar-se onde e quando havia sido, mas a memória o traiu. O outro voltou carregado com peixe frito e assado. O apetite de todos foi estimulado pela perspectiva de tão deliciosa comida.

— Nossa casa não está à altura de alguém com sua posição — disse Fadel, agradecendo.

— O que importa não é a casa, mas quem nela reside — disse o homem, com cortesia, e então pediu: — Vamos ouvir música, pois foi ela que nos deu alegria para vir conhecê-los.

Fadel foi para trás da cortina e antes que se sentasse novamente, a voz de Husnia chegou a eles, cantando:

Se soubéssemos de vossa vinda, teríamos servido
até nossos corações ou o negror de nossos olhos;
teríamos servido nossas faces para nos encontrar
pela troca de olhares.

Todos se emocionaram, e um dos estranhos gritou:

— Louvado seja o Grande Criador!

O que comandava perguntou a Fadel: — Como você tem essa escrava se é pobre como afirma?

— Ela é apenas minha irmã — respondeu Fadel.

— Tem uma voz educada, que indica uma origem nobre.

Fadel ficou mudo e foi Abdala, o carregador, quem disse:

— Realmente ele é de origem nobre, mas seu caminho foi obstruído pela perfídia do tempo.

— Qual é a história dessa perfídia?

— Não há ninguém em nossa cidade que não conheça a história do comerciante Sanaan Al Jimali — respondeu Abdala, o carregador.

O comerciante calou-se por um momento e então disse:

— É uma das estranhas histórias que ouvimos sobre sua cidade.

— Mas vocês acreditam no que se conta sobre o gênio? — perguntou um de seus companheiros.

— Por que não — perguntou Fadel, por seu turno —, quando catástrofes como essa se abatem sobre nós?

— Mas o governador não pode convocar gênios para testemunharem ou serem interrogados. Portanto, como se poderá fazer justiça?

— Cabe ao governador distribuir justiça desde o início, para que os gênios não se intrometam em nossas vidas — disse Abdala, o carregador.

O que comandava os estranhos perguntou:

— Vocês sofrem injustiça em suas vidas?

A prudência adquirida com a experiência passada na guarda veio em seu auxílio:

— Temos um sultão justo, graças a Deus. Mas a vida não está isenta de provações.

A conversa continuou mais um pouco até que os estranhos se levantaram e partiram.

XII

Os três mergulharam silenciosamente na escuridão. O segundo mercador voltou-se para o primeiro e disse:

— Sua Majestade porventura encontrou a diversão que desejava?

— Um exame das aflições do coração — murmurou o outro.

Um pouco depois, disse:

— A companhia dos poetas não me anima mais; nem as palhaçadas de Chamlul, o corcunda, me fazem rir.

— Que Deus o tome a Seu cuidado, Majestade.

— Um sonho curto e insignificante — disse ele, dirigindo-se a si mesmo. — Nenhuma verdade se mostra, mas sim desaparece.

O outro esperou que o sultão lançasse alguma luz sobre aquelas palavras, mas ele ficou calado.

XIII

Fadel e Acraman ficaram num quarto, e Rasmia, Om Saad e Husnia em outro. Apesar de sua vida simples, os recém-casados desfrutavam de uma serena felicidade, e Fadel desejou para sua irmã Husnia um destino feliz como o seu.

Ele tivera mais êxito que as mulheres em esquecer o passado, pois tinha com que se ocupar, ao passo que para elas não se apagavam da memória a glória e o brilho dos dias passados.

Passava parte do seu tempo a sós com Abdala, o carregador, compartilhando idéias e sentimentos. O homem era feito de metal nobre e tinha uma alma generosa; sua atenção estava voltada para os sofrimentos da humanidade, como se ele fosse um religioso e não um carregador. Se um passante se pusesse a ouvir a conversa entre os dois, teria ficado surpreso e os tomaria por homens importantes disfarçados de ambulante e carregador.

Um dia, Fadel disse:

— Abri meu coração a você, mas você mantém o seu fechado.

Abdala negou com um movimento de cabeça.

— Há um segredo em sua vida — continuou Fadel — e você não é um simples carregador.

— Eu tinha um guia espiritual em minha terra natal — disse Abdala, tranqüilizando-o. — Não há segredo nenhum nisso.

— Ah, então está explicado.

— Em todo caso, ambos saciamos a sede intelectual em uma mesma fonte.

— Por isso vou lhe pedir um favor — ousou Fadel.

Abdala o encarou, inquiridor, e o outro disse, sugestivamente:

— Em razão de seu trabalho, você entra e sai de todos os tipos de casa.

Abdala sorriu com perspicácia, e esperou que o outro continuasse.

— E você às vezes se dispõe a levar mensagens?

— Existem pessoas que dão sentido a suas vidas caçando problemas — disse sorrindo, lembrando-se de Acraman com carinho.

— Você aceita? — perguntou Fadel, ignorando o que Abdala havia dito.

— O que você quiser e até mais — respondeu calmamente.

XIV

Realizou essa missão secundária com total desembaraço e convicção, pois julgou que ela em nada aumentava o peso de sua obrigação básica. Suas preocupações pessoais — Rasmia e Husnia, e sua oscilação entre a vida e a morte —, embora ainda presentes em seu espírito, não mais o incomodavam, ao passo que seus problemas gerais haviam desaparecido como as ondas do rio desaparecem no oceano. A segunda pessoa em seu plano era Yussef Al Tahir ou Adnan Chuma, o que fosse o mais fácil. Mas deu precedência a Ibrahim, o farmacêutico, por uma estranha desfeita que não lhe havia ocorrido antes: Abdala carregara certa vez algumas mercadorias para ele e haviam discordado quanto ao valor do pagamento, e o poderoso comerciante o tinha amaldiçoado e humilhado.

A flecha mortífera fincou-se no coração de Ibrahim, o farmacêutico, quando este voltava para casa após a noitada no café. O terror se espalhou pela cidade e voltaram as lembranças das mortes de Saluli, Baticha Murjan e Hamazani.

No auge do tumulto, Abdala e Fadel se encontraram na escada da fonte. Trocaram olhares alarmados, embora não conseguissem disfarçar sua alegria.

— Que acontecimentos terríveis — murmurou Abdala.

O outro intuiu suas opiniões e disse em total inocência:

— O assassinato não estava em nossos planos.

Aparentando consternação, Abdala disse:

— Talvez tenha sido um ato de vingança pessoal.

— Não acredito.

— Mas ele não era mais corrupto do que os outros.

— A elite sabe que ele colocava veneno nos remédios dos inimigos do governador.

Abdala pensou que o amigo conhecia tantos segredos das pessoas quanto ele mesmo conhecia, ou talvez mais.

— Se o assassinato não estava em nossos planos, então quem o cometeu?

— Deus é quem sabe — disse Fadel, irritado. — Outro mata e nós pagamos o preço.

XV

Quando apagou a vela e deitou-se na cama, sentiu a presença estranha que se comprimia sobre ele. Seu coração estremeceu e ele murmurou:

— Sanjam!

A voz lhe perguntou friamente:

— O que você fez?

— Eu faço à minha maneira aquilo que acredito ser o melhor.

— Isso foi mais uma reação ao insulto que lhe foi feito.

— Tudo que fiz foi lhe dar precedência — disse, exaltado. — Mais cedo ou mais tarde chegaria sua vez.

— Você presta contas é com Aquele que sabe o que há no coração das pessoas. Cuide-se, homem.

Sanjam desapareceu e Abdala não conseguiu pregar o olho.

XVI

Sobre a abóbada da mesquita do Décimo Imã, numa sessão repleta de tranqüilidade e do frio do inverno, Kamkam e Sanjam estavam sentados, envolvidos pelo manto da noite, enquanto lá embaixo as forças da guarda se amontoavam em busca de vingança, soltando chispas pelos olhos injetados. Kamkam sussurrou, com escárnio:

— Ah, o sofrimento da humanidade!

— Tudo que fiz — disse Sanjam, se desculpando — foi salvar a alma de Jamsa Al Balti do inferno.

— Nunca antes interferimos em suas vidas quando as coisas corriam como desejávamos.

— E ser coniventes com eles é mais do que podemos suportar.

Naquele momento, lá embaixo passou Sahlul, o comerciante de bricabraque. Kamkam apontou para ele, dizendo:

— Eu o invejo por sua convivência com eles como se fosse um humano também.

Dando sua opinião, Sanjam disse:

— Mas ele é um anjo, o Anjo da Morte, agente de Azrael no bairro. Seu dever exige que se misture com eles dia e noite, e ele tem permissão para fazer coisas que não nos são permitidas.

— Vamos pedir a Deus que nos inspire para fazer o que é certo — disse Kamkam.

— Amém — respondeu Sanjam.

XVII

As atividades de Abdala, o carregador, foram interrompidas por um incidente que o perturbou. Havia se dirigido com uma enorme carga de castanhas e frutas secas até a casa de Adnan Chuma, o chefe da guarda. Não parava de ruminar sobre o assassinato de Ibrahim, o farmacêutico: quanto daquilo era verdadeira guerra santa e quanto era raiva e desejo de vingança? O caminho de Deus era claro e não podia ser misturado com raiva ou orgulho, senão a construção desabaria pela base.

A casa de Adnan Chuma ficava na avenida dos desfiles e comemorações, a pouca distância do palácio do governo. Era uma avenida nobre e em ambos os lados se erguiam mansões particulares e grandes hospedarias. Havia ainda um parque e um espaço livre para a venda de escravas. Pensou, quando entrava na casa: "Está chegando sua vez, Adnan". E quando estava prestes a sair, um escravo o deteve, e lhe pediu para ir ver o dono da casa. Foi até a sala de visitas com o coração estremecendo de inquietação. O homem olhava para ele com seu pequeno rosto redondo e cruel, os olhos apertados enquanto cofiava a barba, e então perguntou:

— De onde você é?

— Da Etiópia — respondeu Abdala, humilde.

— Disseram-me que sua reputação é boa e que você não esquece de fazer nenhuma oração.

— Graças à bondade e misericórdia de Deus — disse ele, recebendo o primeiro sopro de alívio.

— Por isso minha escolha recaiu sobre você.

O significado dessas palavras circulou em sua cabeça como um cheiro forte num lugar fechado. Quantas vezes — quando era chefe da guarda — ele havia dirigido exatamente essas palavras a um homem, antecipando seu recrutamento para o grupo dos informantes, sabendo tal homem que tentar se esquivar da atribuição equivalia a uma sentença de morte e que não havia escolha senão obedecer!

— Assim — disse Adnan Chuma —, você ganha reputação a serviço do sultão e da religião.

Abdala fingiu estar encantado e orgulhoso e deu ao outro os sinais que o tranqüilizariam, recebendo em resposta:

— Tome cuidado com o que leva o traidor à ruína.

— Fico contente por servir nas fileiras de Deus — murmurou enigmaticamente.

— As casas estão abertas para você em virtude de seu trabalho — disse Adnan —, e tudo que lhe falta são algumas orientações, que estão anotadas em registros secretos desde a época de Jamsa Al Balti.

XVIII

Saiu da casa de Adnan Chuma com um novo carregamento, mais pesado do que aquele que havia trazido. Ao encontrar Fadel Sanaan, colocou-o a par de seu novo segredo. Fadel pensou bastante no assunto e depois disse:

— Agora você passou a ter dois olhares: um para nós e outro contra nós.

Mas Abdala estava mergulhado em suas preocupações.

— Você não considera isso uma vantagem para nós? — perguntou Fadel.

— Exigirão que eu prove minha lealdade ao trabalho — disse Abdala, desanimado.

Fadel refugiou-se no silêncio de seus pensamentos e Abdala prosseguiu:

— Fico imaginando se ele me convocou porque desconfia de mim.

— São adeptos da violência e não têm nenhuma necessidade de subterfúgios — respondeu Fadel.

— Concordo, mas como provarei minha lealdade?

Fadel voltou a pensar no assunto e depois disse:

— As circunstâncias às vezes exigem que enviemos gente nossa ao estrangeiro. Vou lhe indicar um desses para que você possa denunciá-lo, e ele escapará no momento exato, como por acaso.

— Uma solução feliz, embora não possa ser repetida — disse Abdala, com os olhos brilhando diante da perspectiva.

— Na verdade, é uma maneira de colocá-los numa sinuca — disse Fadel para si mesmo.

— Então, você finalmente está pensando como eu. — E ficou a imaginar se seria capaz de continuar executando seu plano secreto.

De repente, seus pensamentos se dispersaram quando viu mestre Sahlul atravessando a rua diante deles, sem prestar atenção a nada. Como de hábito, sentiu um aperto no coração e cutucou Fadel com o cotovelo, perguntando:

— O que você sabe sobre esse homem?

— Sahlul, o comerciante de bricabraque — disse Fadel em um tom natural. — Era um dos amigos de meu pai e talvez seja o único comerciante que tem um passado irrepreensível.

— O que mais sabe sobre ele?

— Nada.

— Seu caráter impenetrável não desperta sua curiosidade?

— Impenetrável? Ele é a simplicidade em pessoa, um homem ocupado e instruído, que não se preocupa com os demais. Por que cismou com ele?

Após uma breve hesitação, disse:

— Tem um olhar penetrante que me incomoda.

— Suas suspeitas não têm fundamento. Ele é uma exceção virtuosa para uma regra corrupta.

Abdala desejou que Fadel estivesse com a razão e que suas suspeitas se mostrassem equivocadas.

XIX

Por sua experiência anterior ele tinha certeza de que seria colocado sob vigilância, como acontecia com todos os novos guardas à paisana. Toda iniciativa agora estava fora de cogitação, a menos que tirasse de seu caminho, com um golpe certeiro, o próprio Adnan Chuma.

Dessa forma, esgueirou-se até a casa de Adnan para um encontro secreto, e disse a ele:

— Em breve, muitos frutos cairão. O bairro está cheio de infiéis, mas acho melhor não vir vê-lo com muita freqüência.

— Vou designar um intermediário para você — disse Adnan Chuma, contente.

— Isso é suficiente para os assuntos corriqueiros. Mas para os importantes, meu contato será direto com você.

— Acertaremos isso mais tarde.

— Quanto mais cedo é feito, melhor é o favor — disse Abdala, citando o provérbio.

— Ocasionalmente você pode me encontrar do lado de fora da muralha do bairro — disse Adnan Chuma, após pensar um pouco. — Acho que é um lugar conveniente.

Seu plano havia funcionado melhor do que ele esperava.

XX

Com a ajuda de Fadel Sanaan, Abdala enviou uma denúncia sobre um rapaz solteiro que morava sozinho numa casa de cômodos no beco dos curtumes. Quando o destacamento da guarda invadiu o local em que morava, constatou-se que ele havia saído alguns minutos antes para viajar. Adnan Chuma ficou furioso e disse a Abdala:

— Sem perceber, você despertou suspeitas nele!

Abdala concordou que o rapaz era mais astuto do que imaginava, mas Adnan o despachou, insatisfeito.

XXI

A residência do governador tremeu nas bases, tal como o bairro e a cidade inteira, com a descoberta do cadáver de Adnan Chuma, do lado de fora da muralha do bairro. O próprio Shahriar se enfureceu. Misteriosos temores assomavam aos olhos de pessoas importantes, que saíam furtivamente de seus esconderijos na escuridão. Abdala soube, por fontes próprias, que a investigação se concentrava em saber por que o chefe da guarda havia ido secretamente para o lado de fora da muralha. E ele foi o primeiro a saber que sua vítima freqüentava em segredo uma casa retirada, onde se encontrava com Julnar e Zahriar, as duas irmãs de Yussef Al Tahir, o governador do bairro. A verdade é que desde que entrara para a guarda, e antes mesmo que Yussef Al Tahir assumisse o governo, Abdala sabia como viviam as duas mulheres. Aconteceu que o chefe da guarda o chamou para um encontro no pavilhão do jardim da mansão e em seguida o dispensou. Entretanto, ele não voltou para o bairro e ficou por ali esperando no escuro até antes do amanhecer, quando Adnan saiu da mansão e foi atingido pela flecha fatal. Agora o seu sentido de segurança estava desaparecendo e ele considerava a possibilidade de que alguém chegado a Adnan Chuma, mulher ou homem, tivesse sabido do encontro secreto entre os dois.

Decidiu fugir, ainda que por pouco tempo. Assim, deixou a área do bairro e se afastou para um lugar desabitado à margem do rio, perto da faixa verde de terra onde costumava praticar seu passatempo favorito, a pescaria, no mesmo lugar onde encontrara Sanjam. Encontrando uma imponente palmeira, jogou-se ali no chão e mergulhou em pensamentos. Veio a noite, pouco a pouco as estrelas começaram a brilhar e fez mais frio. Havia planejado as coisas direito, perguntava-se, ou sua ansiedade para executar o plano frustrara seu objetivo? Quando e como teria oportunidade de entrar novamente em ação? Como iria evitar seus inimigos e contatar seu amigo Fadel Sanaan?

Na calada da noite uma voz chegou até ele, dizendo:

— Hei, Abdala!

Olhou em direção ao rio, de onde vinha a voz, e perguntou:

— Quem está chamando?

— Chegue mais perto — disse a voz em um tom que transmitia segurança, paz e tranqüilidade.

Caminhando com cautela, aproximou-se do rio até ver a superfície escura sob a luz das estrelas. Viu também uma forma espectral, metade na água e metade apoiada com os braços na margem.

— Você precisa de ajuda? — perguntou.

— É você quem está precisando de ajuda, Abdala.

— Quem é você e o que sabe a meu respeito? — perguntou, preocupado.

— Eu sou Abdala do Mar, assim como você é o Abdala da Terra, e as garras do mal estão se fechando em seu pescoço.

— Senhor, o que o mantém na água? Que tipo de criatura é você?

— Sou apenas um devoto no reino infinito das águas.

— Quer dizer que é um reino que existe debaixo da água?

— Sim. Nele a perfeição se realizou e as contradições desapareceram. A única coisa que perturba sua tranqüilidade é a desgraça dos que moram na terra.

— São extraordinárias as coisas que estou ouvindo, mas não há limites para o poder de Deus — disse Abdala, maravilhado.

— E também para a Sua misericórdia. Então, tire a roupa e mergulhe na água.

— Por que, senhor? Por que me pede isto nesta noite fria?

— Faça como eu digo antes que as garras fatais se fechem em torno de sua garganta.

Abdala do Mar imediatamente mergulhou na água do rio,

deixando-o a sós com sua escolha. Movido por alguma louca inspiração, tirou a roupa e mergulhou no rio até desaparecer totalmente. Então, ouviu a voz lhe dizer:

— Volte para a terra em segurança.

Assim que ele sentiu o chão sob seus pés, seu coração acomodou-se entre as costelas e sentiu como se fosse um dos predadores do céu, da terra e da noite. Sentiu também que estava aquecido. Foi então vencido pelo sono e dormiu profunda e tranqüilamente como se as estrelas brilhassem apenas para velar por ele. Acordou antes do dia raiar. Olhou para seu espelho aos primeiros raios de luz e viu diante de si uma face nova que antes não conhecia.

— Benditas as coisas maravilhosas quando são obra de Deus! — exclamou.

Não era o rosto de Jamsa Al Balti nem o de Abdala. Era um rosto com a cor do trigo e uma pele lisa, uma longa barba negra, um cabelo abundante e repartido que lhe caía pelos ombros, enquanto a expressão de seus olhos cintilava na linguagem das estrelas. A morte surpreendera Abdala como antes havia surpreendido Jamsa Al Balti. Fadel e Acraman haviam desaparecido, bem como Rasmia e Husnia e também Om Saad. Mas novas vozes se materializavam e as aventuras chegavam com o nascer do dia, e um novo mundo desvendava coisas maravilhosas.

XXII

Achou a vida aprazível naquele lugar desabitado, perto da ponta verde de terra que avançava rio adentro. Tinha a companhia da tamareira, pescar no rio lhe fornecia o alimento, e o ar puro estava sempre com ele. Os que chegavam em busca de folguedos amorosos ou musicais conquistavam sua antipatia, embora ganhassem seu perdão. Quanto à tranqüilidade de espírito, ele a encontrava conversando com Abdala do Mar.

Os que cruzavam o rio traziam notícias da cidade. Uma das coisas que ficou sabendo foi que o governador Yussef Al Tahir havia escolhido Hussam Al Faki como secretário particular e

Baiumi Al Armal como chefe da guarda. Soube também que as forças da guarda haviam tomado o bairro de assalto, procurando Abdala, o carregador. Haviam detido seus amigos e levado para a prisão Rajab, o carregador, Fadel Sanaan e sua esposa Acraman. Dessa forma, seu sentimento de segurança depressa chegou ao fim e seu coração se inquietou. Mais uma vez ele se mobilizou para entrar em ação.

XXIII

Ele não foi para matar mas para se apresentar como refém por aqueles que amava. Não percebeu nenhum sentimento de temor ou apreensão. Seu sentido de iluminação o elevou acima de sua inquietação. Foi direto até Baiumi Al Armal na base da guarda e disse com tranqüilo autodomínio:

— Vim a sua presença para confessar que sou o assassino de Adnan Chuma.

O chefe da guarda olhou atentamente para ele e perguntou:

— E quem é você?

— Abdala da Terra, o pescador.

Pela aparência, o chefe da guarda suspeitou que se tratava de um louco e mandou acorrentá-lo, para o caso de ser ele perigoso, e então perguntou:

— E por que você matou Adnan Chuma?

— Estou encarregado de matar os malfeitores — respondeu, com simplicidade.

— E quem o encarregou disso?

— Sanjam, um gênio fiel, e por inspiração dele matei Kalil Al Hamazani, Baticha Murjan e Ibrahim, o farmacêutico.

— O antigo chefe da guarda, Jamsa Al Balti, já confessou ter assassinado Hamazani — disse o homem, condescendente.

— A princípio eu era Jamsa Al Balti! — exclamou ele.

— Mas a cabeça dele está pendurada na porta de sua casa!

— Eu a vi com os meus próprios olhos.

— E você insiste que a cabeça é sua?

— Não há dúvida quanto a isso e vai acreditar em mim quando ouvir minha história.

— Mas como e quando você colocou essa nova cabeça?

— Deixe-me chamar Sanjam como testemunha.

— Você deve ser trancado para sempre em um hospício! — gritou o outro e ordenou que o levassem direto para o hospício.

— Socorro, Sanjam! — gritava, enquanto o levavam. — Venha me salvar, Abdala do Mar!

Fadel foi torturado por muito tempo na prisão, até que o governador não teve outra alternativa senão libertá-lo, junto com os outros. Ao mesmo tempo, ordenou que se descobrisse o paradeiro de Abdala, o carregador.

NUREDIN E DUNIAZADE

I

O luar banhou as árvores no campo de tiro, fazendo brilharem as flores lisas da buganvília. Banhou também Kamkam e Sanjam, que estavam assentados em um dos galhos da árvore mais alta, numa noite onde as brisas do inverno que findava se misturavam às da primavera que estava pronta para surgir.

— Como o tempo é bom quando flui ao sabor da Providência! — disse Kamkam.

— Quando impera a imanência divina, pode-se ouvir o sussurro das flores glorificando e orando a Deus — disse Sanjam.

— O que falta ao ser humano para desfrutar das bênçãos do tempo e do lugar?

— É isso que me desconcerta, irmão: não foi ele dotado de inteligência e alma?

Atento, Kamkam empinou as orelhas e aí perguntou:

— Não sente um sinal de alarme no ar?

Nesse momento, num galho próximo, pousou um casal de gênios descaradamente embriagados.

— Sakharbut e Zarmabaha — murmurou Sanjam.

— Perversidade e maldade — acrescentou Kamkam.

Sakharbut riu, zombeteiro, e comentou:

— Aproveitamos a existência sem medo.

— Não há felicidade para quem não tem Deus no coração — gritou-lhe Kamkam.

— É mesmo? — disse Zarmabaha, sarcástica.

E ela e seu companheiro começaram a fazer amor, e voaram faíscas do seu abraço. Kamkam e Sanjam desapareceram, diante do que Sakharbut e Zarmabaha soltaram um grito de triunfo e ele disse a ela:

— Você ficou longe de mim uma eternidade.

— Estava pregando uma peça num templo na Índia. E onde você esteve?

— Fiz uma viagem pelas montanhas.

— Na minha volta — disse Zarmabaha, sedutora — vi uma moça cuja beleza me estonteou. Deve-se admitir...

— Eu também vi um moço muito bonito no bairro dos perfumes, de uma beleza sem par entre os humanos.

— Um olhar para minha moça apagaria de sua memória a imagem de seu moço.

— Isso é um exagero desnecessário.

— Pois venha e veja com seus próprios olhos.

— Onde se encontra sua moça?

— No próprio palácio do sultão.

Num piscar de olhos, os dois estavam na ala de recepção do palácio do sultão. Uma moça apareceu: uma beleza prodigiosa. Estava tirando seu manto bordado com fios de ouro para vestir sua camisola de seda damascena.

— Duniazade, irmã de Scherazade, esposa do sultão — disse Zarmabaha.

— Realmente, sua beleza é maior que a própria vida. Nenhum frágil ser humano é contemplado com tal beleza.

— Você tem razão: seu brilho dura apenas alguns dias e, então, o tempo o estraga.

— E você se delicia tripudiando sobre sua desgraça.

— Eles possuem um intelecto mas levam uma vida de imbecis.

— Quão imortal ela parece!

— Talvez agora concorde que é mais bonita do que seu moço.

— Não sei — disse Sakharbut, após certa hesitação. — Venha ver você mesma.

Num átimo já estavam na loja do rapaz, um modelo de beleza perfeita. Ele estava fechando a loja e apagando o lampião para ir embora.

— Este é Nuredin, o vendedor de perfumes — disse Sakharbut.

— Sua beleza também é evidente. De onde é seu amigo?

— Como você vê, é um vendedor. O que nos importa saber de onde ele é?

— De todos os homens ele é o mais adequado para minha moça e entre as mulheres ela é a mais adequada para ele.

— Vivem na mesma cidade mas estão separados como o céu e a terra.

— É realmente uma ironia. E depois nós é que somos acusados de pregar peças.

— Como é possível que os casamenteiros não estejam disputando essa moça?

— Calma aí! Muitos gostariam de possuí-la, entre eles Yussef Al Tahir, o governador do bairro, e também Karam Al Assil, o milionário, mas quem está à altura da irmã da esposa do sultão?

— Zarmabaha, este mundo está esfalfado de tanta ignorância.

— Tive uma idéia — gritou Zarmabaha com alegria.

— Qual é?

— Uma idéia digna do próprio diabo.

— Você acendeu minha curiosidade.

— Vamos fazer uma brincadeira esperta e unir os dois.

II

Os olhos negros de Duniazade brilharam. Era a festa de casamento no palácio do sultão, uma maravilha de esplendor exuberante. O palácio oscilava à luz das velas e lanternas, que cintilavam nas jóias dos convidados, e ecoava o canto dos artistas que se apresentavam. O sultão Shahriar em pessoa concedeu-lhe a bênção presenteando-a com a jóia da noite de núpcias.

— Abençoada seja sua noite, Duniazade — disse a ela.

No fim da noite, ela esperou no quarto de dormir com uma roupa enfeitada de ouro, pérolas e esmeraldas. Sua mãe e sua irmã Scherazade se despediram, e esperou sozinha, perdida em pensamentos, preocupada apenas com a ansiosa espera e o coração palpitante. A porta se abriu e Nuredin entrou com um refinado traje damasceno, turbante iraquiano e chinelos marroquinos. Como a lua cheia, foi ao seu encontro e retirou o véu de seu rosto. Ajoelhou-se a sua frente, abraçou-lhe as pernas junto ao seu peito e suspirou, dizendo:

— A noite de uma vida inteira, minha querida.

Começou a despi-la, peça por peça, no silêncio do quarto que estava tomado por secretas melodias.

III

Duniazade abriu os olhos quando a claridade começou a passar pela cortina. Viu-se mergulhada nas lembranças da fonte mágica da qual havia bebido. Seus lábios estavam úmidos de beijos, os ouvidos embriagados das mais doces palavras, a imaginação plena de afetuosos suspiros. A sensação de ser abraçada não deixara o seu corpo, nem tampouco a ternura. Agora era a manhã, mas... Muito depressa os ventos cruéis da consciência sopraram sobre ela. Onde estava o noivo? Como ele se chamava? Quando se haviam realizado as formalidades do casamento? Ó Senhor, não lhe haviam pedido, ela não havia sido dada em casamento, e não tinha havido festa nenhuma no palácio. Estava sendo arrancada de seu sonho como alguém que está sendo conduzido para a esteira da execução. Teria sido realmente um sonho? Mas é da natureza dos sonhos que desapareçam e não que se tornem tão consolidados e corpóreos a ponto de serem tocados e sentidos. O quarto ainda exalava o perfume de seu hálito. Ela pulou para o chão e viu que estava nua e que a inocência lhe havia sido roubada. Foi assaltada por uma terrível e incontrolável tremedeira.

— É loucura! — exclamou, desesperada.

Pasma, olhou a sua volta e exclamou novamente:

— É desonra!

E a loucura se avultou como um monstro que a perseguia.

IV

Quanto ao despertar de Nuredin, ficou irritado e confuso por ver o quarto simples na residência que ficava em cima de sua loja no bairro dos perfumes. Tinha sido um sonho? Mas que sonho extraordinário: tinha a força e o peso da realidade! Aqui estava a noiva em toda sua beleza, uma realidade que não poderia ser esquecida ou apagada de seu coração. Quando e como havia tirado suas roupas? Sentia ainda o adorável perfume que em nada se comparava com suas essências. Ainda podia ver o dormitório luxuoso com suas cortinas, seus divãs e sua cama fantástica.

— Qual o sentido de pregar uma peça em uma pessoa religiosa e sincera como eu?

Estava atormentado não somente pela realidade, mas também pelo amor.

V

Zarmabaha desatou na gargalhada e perguntou a Sakharbut:

— Qual a sua opinião sobre esta paixão impossível?

— Uma piada realmente excepcional.

— Os humanos jamais conheceram uma coisa assim.

— Não é bem verdade — disse Sakharbut. — Eles adoram criar ilusões.

— Mas como?

— Existe muita gente que imagina possuir inteligência ou capacidade para compor poesia, ou que imagina ter coragem.

— Como são ignorantes! — disse ela, rindo.

— O que me espanta é por que deveriam ter primazia sobre nós.

VI

Duniazade se rendeu ao fato de que seu segredo era pesado demais para carregá-lo sozinha. Correu para o pavilhão de Scherazade logo depois que Shahriar havia saído para o Conselho da Justiça. Assim que Scherazade a viu, perguntou preocupada:

— O que você tem, minha irmã?

Sentando-se numa almofada aos pés da sultana, Duniazade ergueu os olhos rogando ajuda. Engasgando em soluços, disse:

— Gostaria que fosse doença ou morte.

— Que Deus me proteja... não diga uma coisa dessas. Ontem quando nos despedimos você estava ótima.

— Depois aconteceu uma coisa que não acontece no mundo dos sensatos.

— Conte-me, pois você transtornou a paz de minha alma.

Baixando os olhos, ela relatou a história que havia começado com um casamento imaginário e terminara em sangue verdadeiro. Scherazade acompanhou o relato incrédula e inquieta, e depois disse, encorajadora:

— Não esconda nada de sua irmã.

— Juro pelo Senhor do Universo que não adicionei nem tirei nenhuma palavra de minha história.

— Será que foi um dos canalhas do palácio? — perguntou Scherazade.

— Não, não. Meus olhos nunca o viram antes.

— Qual pessoa sensata aceitaria sua história?

— É o que eu digo a mim mesma. Parece mais uma de suas estranhas histórias.

— Minhas histórias são tiradas de um outro mundo, Duniazade.

— Caí prisioneira da verdade desse mundo misterioso, mas não quero ser sua vítima.

Scherazade disse com tristeza:

— Mais cedo ou mais tarde, saberei a verdade, mas receio que até lá, a vergonha já tenha nos alcançado.

— É isso que me deixa morta de medo e aflição.

— Se o sultão vier a saber de sua história, isso despertará novamente suas suspeitas e ele voltará a ter uma opinião desfavorável sobre nós, mulheres, talvez me mande para o carrasco, voltando a ser como era antes.

— Não permita Deus que algum mal lhe aconteça por minha causa — exclamou Duniazade.

Scherazade pensou um pouco e então disse:

— Vamos manter nossa história em segredo, sem que o sultão ou meu pai tomem conhecimento dela. Vou combinar com minha mãe o que fazer, mas você deve voltar para nossa casa com a desculpa de estar com saudades.

— Como sou infeliz — murmurou Duniazade.

VII

Nuredin chamou sua mãe Kalila Al Damar e a velha chegou movendo os lábios em silenciosa recitação de versos do Alcorão. Seu rosto macilento trazia sinais de uma antiga beleza. Nuredin pediu que ela sentasse ao seu lado numa poltrona persa e perguntou:

— Enquanto eu dormia algum estranho nos visitou?

— Ninguém bateu a nossa porta.

— Não se ouviram vozes vindo de meu quarto?

— Nenhuma. Eu posso estar dormindo mas meus sentidos não dormem, e o menor barulhinho me acorda. Por que você está fazendo essas perguntas estranhas?

— Talvez tenha sido um sonho, mas totalmente diferente dos outros sonhos.

— O que você viu, meu filho?

— Eu me vi na presença de uma linda moça.

— É um convite ao casamento vindo do mundo oculto — disse Kalila, sorrindo.

— Era uma realidade palpável e inteligível — disse ele, bruscamente. — Não sei como posso duvidar disso, mas também não consigo acreditar.

A velha disse simplesmente:

— Não se preocupe. Arrume um casamento.

— Você já ouviu falar de uma realidade que desaparece num sonho?

— O Senhor é onipotente. Não vai passar uma hora e você já terá esquecido tudo.

— Sim — disse ele, suspirando.

Ele sabia que estava mentindo e que não iria esquecer, que o verdadeiro amor palpitava em seu coração e que sua amada era de carne e osso, uma amada que não seria esquecida e cuja marca era indelével.

VIII

Nuredin abriu sua loja e olhou para as pessoas com uma nova face. Durante toda sua vida adolescente, tinha sido conhecido por sua beleza pura e agilidade mental. Porém, naquela manhã de primavera, parecia distraído e confuso. Os que costumavam se alegrar com sua presença ficavam a pensar sobre o que o havia mudado e passado a ocupar sua mente. Também ficava o tempo todo a se perguntar sobre o estranho sonho que superava a realidade em seu efeito devastador. Havia chegado à idade de vinte anos sem se casar devido a um antigo desejo de desposar Husnia, irmã de seu amigo Fadel Sanaan. Anteriormente hesitara devido à diferença entre sua renda limitada e a grande riqueza do pai dela. Depois hesitou devido à oposição de sua mãe ao casamento com a filha de um homem cuja vida havia se confundido com um gênio.

— Fique longe do mal, pois nada sabemos sobre esses segredos — havia dito a velha.

Mantivera sua amizade com Fadel, deixando que o tempo cuidasse de Husnia. Mas onde estava ela agora? E, também, onde estava o mundo e tudo o que havia nele? Nada existia além daquela imagem cintilante, o quarto suntuoso e o leito, que era maior até que o quarto de sua casa. Havia tido uma visão da realidade, fizera amor de verdade, e agora ali estava ele amando de uma forma única, à qual nenhuma outra forma poderia ser comparada sem parecer fraca e medíocre. Ali estava ele sofrendo o abatimento da vida, a solidão, a melancolia e a tristeza permanente de estar separado dela: aquilo perdurava em suas narinas. Quanto às palavras que ela sussurrara, repetiam-se a cada vez que ele respirava.

Lembrou-se da juventude passada sob a proteção do sheik Al Balakhi aprendendo a ler e escrever e os rudimentos da religião. Quando havia aprendido o suficiente e estava prestes a dar adeus ao sheik, este lhe disse:

— Você é muito melhor talhado para o amor!

Entendendo que o sheik o estava convidando para continuar com ele, disse:

— Meu pai está doente e preciso substituí-lo na loja.

— Não aceito entre meus discípulos alguém que não trabalhe — disse o sheik.

— Permita que me baste o culto e a devoção — disse ele, como se estivesse se desculpando.

Nesse ponto, manteve-se fiel ao que pensava e não se desviou do caminho correto. Lembrava-se agora das palavras espontâneas do sheik: "Você é muito melhor talhado para o amor!". Será que deveria visitar o sheik para pedir conselhos? Mas ficou com medo e achou mais apropriado manter o segredo em seu coração.

Acompanhou com os olhos a torrente de mulheres veladas. Seria sua amada uma delas? Ela se encontrava em algum lugar e disso não tinha dúvidas: ela se encontrava em algum lugar neste tempo e não em outro. Talvez nossos anseios divaguem loucamente por aí no empenho de encontrar o ser amado. Talvez Aquele que realizou o milagre do sonho efetue, mediante outro sonho, sua interpretação e realização. Não era possível que um sonho simplesmente desaparecesse como se nunca tivesse existido. Não era possível que anseios tão fortes fossem despertados sem nenhuma explicação. O amante precisa atingir sua meta; com razão ou loucura, precisa atingi-la. Mas como está perdido aquele que procura sem um guia!

IX

O vizir Dandan ficou contente com a volta de sua filha Duniazade para sua espaçosa casa. Quanto à mãe, apenas ela sofreu, ao lado de Duniazade, a dor de conviver com o segredo.

— Você fez mal, Duniazade... — disse ela à filha, com tristeza e irritação.

— Eu me coloco nas mãos do Senhor dos Mundos — disse ela, chorando.

— ...e a conseqüência não vai ser boa.

— Eu me coloco nas mãos do Senhor dos Mundos — repetiu ela, mansamente.

Quando os sinais de sua condição se tornaram aparentes, a mulher se pôs a arranjar um aborto para sua filha, embora pedindo perdão a Deus.

— Estamos protelando a desgraça, mas o que fazer se um noivo se apresentar?

— Não tenho nenhuma vontade de me casar — exclamou Duniazade.

— E o que vamos dizer ao seu pai se ele encontrar alguém adequado?

— Eu me coloco nas mãos do Senhor dos Mundos.

Quando ficou sozinha, esqueceu dos perigos que a cercavam e somente se lembrou do amado ausente. Quando assim fez, até a morte pareceu insignificante. Tampouco se importou com a desonra, apenas se perguntando, angustiada: "Onde está você, meu amor? Como me encontrou? Qual é seu segredo? O que o mantém longe de mim? Minha beleza não o cativou como a sua a mim? O fogo que me queima a alma não o marcou? Você não sente pena de meu tormento? Não sente falta do meu amor e de meu desejo por você?".

X

No curso dos acontecimentos surgiu um obstáculo que arrebatou o sentimento popular. O pregoeiro da cidade passou montado em sua mula conclamando os súditos do sultão para informá-los do ataque do rei de Bizâncio a um dos portos e dos preparativos do exército para uma guerra santa de expulsão dos invasores. A angústia se espalhou e as mesquitas ficaram repletas de fiéis; dedicaram-se preces em favor da vitória do sultão Shahriar. À noite, elite e povo se reuniram no Café dos Príncipes. Uma bancada estava ocupada por Hassan Al Atar, filho de Ibrahim, o farmacêutico, e Fadel Sanaan e Nuredin. Ninguém conversava de outra coisa que não fosse a guerra. E ouviram o médico Abdul Kadir Al Mahini dizer:

— Vocês nunca testemunharam uma invasão do inimigo. É um temporal de destruição que varre as cidades e seus habitantes.

— O exército de Deus é invencível — disse Jalil Al Bazaz, o negociante de tecidos.

— Deus também tem Suas razões fundamentais para as coisas — disse Maaruf, o sapateiro.

— Talvez o navio de Sindbad caia nas mãos dos inimigos — disse Rajab, o carregador.

Ao que Aladim, filho de Ajar, o barbeiro, lhe disse:

— Você só pensa em si mesmo e em seu amigo.

Então disse Ajar, o barbeiro:

— Tive um sonho muito esquisito.

Mas ninguém lhe perguntou sobre o sonho porque não acreditavam nele e sabiam que gostava de se intrometer nos assuntos alheios.

Nuredin estremeceu diante da menção de um sonho. Disse a seus amigos Hassan e Fadel:

— Não há nada mais impressionante na vida das pessoas que o sonho. — E ouviu uma voz comentando:

— Você tem razão no que está dizendo, meu filho...

Voltou-se para a poltrona ao lado e viu Sahlul, o comerciante de bricabraque, que olhava atentamente para ele e sorria.

— Você é sábio e experiente, senhor.

— Aquele que domina os sonhos, domina o amanhã — disse Sahlul.

Nuredin se entregou inteiramente à conversa, mas Fadel, lembrando o que lhe havia dito seu amigo ausente, Abdala, o carregador, discretamente o cutucou com o cotovelo e murmurou em seu ouvido:

— Pare de falar com ele.

— Mas ele não é um homem experiente? — perguntou Nuredin.

— É também tão misterioso quanto o sonho — disse Fadel Sanaan, sussurrando.

Ouviram então o médico Abdul Kadir Al Mahini dizendo:

— Em minha opinião, o exército do sultão vai vencer, mas a coruja se fará ouvir nas ruínas do erário público.

XI

Nuredin suspirou de tristeza e se perguntou quando terminaria esse seu anseio. Seus olhos estavam exauridos e seu coração apertado. Ficava vagando pelas ruas, às vezes durante o dia e às vezes durante a noite, atraído especialmente pelos lugares preferidos pelas mulheres nos mercados. E mais de uma vez passou pela casa do vizir Dandan no momento em que Duniazade parara atrás do muxarabiê olhando para fora, mas ele não a notou e nem ela a ele. A experiência única por que passara parecia-lhe um fenômeno irracional situado muito além dos domínios da esperança, e por vezes era como um sussurro sobre uma verdade extraordinária que lhe seria revelada assim que a graça de Deus o permitisse. Em outra ocasião, no fim da noite, viu aproximar-se um vulto que, à luz da porta de uma casa, revelou a face de um anão. Era Karam Al Assil, o milionário. O que o havia tirado de sua suntuosa casa a essa hora da noite? O que lhe tirara o sono? O que estava procurando? Ficou a imaginar se o milionário havia sido aprisionado por um sonho tal como ele mesmo o fora, e se sua riqueza lhe valeria para descobrir quem o aprisionara. Seu coração se encolheu ao vê-lo na rua sem motivo aparente.

XII

Karam Al Assil gostava de andar à noite pelas ruas desertas. Adorava perambular pelo bairro, e não havia local onde não existisse uma casa ou uma pousada de caravanas de sua propriedade. Em sua espaçosa residência ele tinha uma esposa e dezenas de escravas, mas não possuía seus corações da mesma maneira como possuía seres humanos e coisas. Tinha poder para mudar destinos, mas não sua própria imagem ou forma. Por isso, muitas vezes achava a vida tão insípida quanto seu próprio rosto. Os negócios o obrigavam a lidar com as pessoas, mas gostava mesmo da solidão da noite. Não gostava de cantar e se entediava com as conversas, mas adorava a riqueza e cultuava o poder. Tivera o prazer de ser aceito como confidente do sultão. Podia pagar a esmola legal mas não praticava nenhuma forma de caridade. Cuidava com orgulho de sua barba, pois era a coisa mais bela que possuía, com seu crescimento exuberante. Havia gerado vinte filhas, mas não lhe fora concedido nem um só filho homem. Possuía milhões e era o homem mais rico do bairro e, de fato, da cidade inteira.

Era também amante de mulheres e talvez fosse isso que fizera Nuredin seguir sua sombra com o coração soturno e profundamente inquieto.

XIII

Karam foi tomado de paixão quando o véu deslizou da face de Duniazade, que passava, assentada sobre as andilhas de sua montaria, na comemoração de Achura, aniversário do martírio do neto do Profeta. Seu coração, imerso em preocupações com os negócios, vibrou como um relâmpago que eclode em nuvens escuras. Inclinou-se na direção de Baiumi Al Armal, chefe da guarda e um dos escravos de suas esmolas.

— Quem é a escrava?

— É Duniazade, a irmã da sultana — respondeu, sorrindo.

Seu peito se apertou quando percebeu que nenhum dinheiro poderia comprá-la.

Era assim que naquela noite caminhava em companhia de pensamentos nada agradáveis. Quando viu Nuredin, ignorou-o. Ele invejava seus belos traços e ao mesmo tempo se recriminava, com raiva por invejar outro ser humano. Passou pela casa de Sahlul, o comerciante de bricabraque, e pensou: "Este homem será meu rival na riqueza". Ele o considerava entre aquela minoria que obriga as outras pessoas a lhe demonstrar respeito, e, por isso, o odiava mais do que aos outros. Dirigindo-se para casa, pensou ainda: "Karam Al Assil ou Abdala Al Balakhi, qual dos dois decifrará para nós o desconhecido? Minha fortuna deveria me proporcionar muitas vezes mais felicidade do que tenho".

XIV

O porteiro disse-lhe:

— Meu amo, o secretário Hussam Al Faki o aguarda na sala de espera.

O que o trazia ali àquela hora da noite? Imediatamente foi vê-lo. Abraçaram-se e o secretário disse:

— Meu superior, Yussef Al Tahir, governador do bairro, o está esperando agora na casa dele.

— Que assunto urgente o traz aqui?

— Não sei. Sei apenas que é importante.

Saíram às pressas. Quando ficou a sós com ele, Yussef Al Tahir começou, com falsa imponência:

— Em concomitância aos esforços populares...

Karam Al Assil olhou para ele com interesse e o outro continuou:

— Nosso exército foi vitorioso. Você é o primeiro a ser informado das boas novas.

— Uma graça do Senhor dos Mundos — resmungou, confuso.

O governador dirigiu-lhe um olhar demorado e então disse:

— O tesouro incorreu em despesas que estão além de suas possibilidades.

Seu coração se esfriava à medida que ia entendendo do que se tratava.

— O sultão — prosseguiu Yussef Al Tahir — necessita de um empréstimo a ser pago após a arrecadação do imposto sobre a terra.

— E o que isso tem a ver comigo? — perguntou, meio em tom de brincadeira.

— O sultão — disse Yussef Al Tahir, com um sorriso — escolheu você para essa honra.

— Quanto? — perguntou, sem entusiasmo.

— Cinco milhões de dinares.

Não havia escolha nem escapatória, mas uma idéia se iluminou naquela cabeça tão experiente para fazer negócios.

— Uma oportunidade para me aproximar do sultão e conseguir a recompensa do Misericordioso.

— Muito bem!

— Mas tenho um pedido que não sei como expressar — disse com calma.

Yussef Al Tahir continuou a sorrir, calado, até que Karam Al Assil disse:

— A mão de Duniazade, minha última esperança de obter a honra de ser parente do sultão.

Embora surpreso, Yussef Al Tahir não demonstrou. Lembrou-se de como ele mesmo desejava Duniazade para si. Sentiu-se incrivelmente irritado diante de Karam Al Assil, mas disse, tranqüilo:

— Encaminharei o pedido como deseja.

XV

— Aquilo que se temia aconteceu!

Foi com essas palavras que a mãe se expressou, muito nervosa. Por outro lado, Duniazade já o esperava.

— O noivo chegou. Conseguiu a concordância do sultão e o consentimento de seu pai.

Como podia ser isso? Será que o destino reservava um novo milagre que trazia uma cura? Seus olhos fizeram a pergunta, sem que ela proferisse uma só palavra.

— É Karam Al Assil, o milionário.

Duniazade fechou a cara e o desânimo roubou o sangue de sua face.

— O escândalo, como trovão, bate à porta — disse a mãe.

— Sou inocente e Deus é minha testemunha — disse Duniazade, chorando.

— Ninguém jamais acreditará em sua história.

— Para mim basta Deus.

— Com Ele está a remissão e o perdão.

— Não me cabe o direito de aceitar ou recusar?

— É a vontade do sultão — disse a mãe, rejeitando a hipótese.

— Ah, se eu pudesse fugir deste mundo! — lamentou.

— Seria um escândalo ainda maior e talvez sua irmã não escapasse das conseqüências.

Como seu choro aumentasse, a mãe disse:

— Se lágrimas resolvessem problemas...

— Mas tudo o que tenho são minhas lágrimas! — exclamou Duniazade.

XVI

Sakharbut disse a Zarmabaha, rindo satisfeito:

— A peça que aplicamos está ficando bastante complicada e trará conseqüências interessantes.

Participando de sua alegria, Zarmabaha disse:

— Uma rara diversão.

— Você acha que a linda jovem vai se suicidar ou vai ser assassinada?

— Melhor seria se ela fosse morta e seu pai se suicidasse.

— Existe uma chance de aumentar mais a diversão?

— Não, vamos deixar as coisas seguirem seu curso, considerando que não precisam de nossa intervenção.

— A verdade é que receio...

— O que você receia, meu querido? — interrompeu ela.

— Que a bondade surja sorrateira de onde não esperamos.

— Não seja tão pessimista — disse ela, zombeteira.

Sakharbut riu e não disse nada.

XVII

A notícia do noivado de Karam Al Assil com Duniazade espalhou-se pelo bairro, trazendo consigo um rastro de alegria, curiosidade e comentários maldosos. Os pobres sonharam com um generoso maná de caridade provindo de um homem que nem mesmo conhecia a alegria de ser caridoso. A elite, por sua vez, alegrou-se diante dessa relação entre o sultão e o seu bairro por meio do casamento, embora se espalhassem boatos alarmantes sobre o casamento de um macaco com um anjo. Duniazade, em sua solidão, lamentava e ao mesmo tempo comungava com o desconhecido: "Onde está você, meu amor? Quando você virá me salvar da desgraça?".

Nuredin continuava a vagar pelos becos. A notícia do casamento despertou sua tristeza à medida que também ele comungava com a desconhecida: "Onde está você, minha amada?". Enquanto isso, Kamkam e Sanjam acompanhavam os sussurros da comunhão com profunda tristeza.

— Olhe — disse Sanjam ao colega — o que fazem o tempo e o lugar.

— Os gemidos da humanidade — disse-lhe Kamkam —

desde muito tempo são vertidos no rio das lamentações entre as estrelas.

Sob a árvore em que estavam, Sahlul passou apressado.

— La vai ele para uma missão — disse Kamkam.

— Às vezes recebo ordens incompreensíveis — disse Sahlul, confuso, e foi em frente.

XVIII

Sahlul deteve-se diante do muro do hospício, onde ficou parado no escuro.

— Não fosse por minha fé, eu perguntaria o significado disso tudo...

Impôs sua vontade sobre o terreno entre ele e a cela de Jamsa Al Balti, e escancarou-se um túnel que nenhum ser humano conseguiria abrir em menos de um ano. Em segundos ele estava em pé no escuro, inclinado sobre a cabeça de Jamsa Al Balti e ouvindo sua respiração regular. Suavemente o sacudiu até que ele acordou, perguntando:

— Quem é?

— Não importa. A libertação do sofrimento veio até você, então me dê sua mão para que eu o leve para a liberdade.

Sem ousar acreditar, Jamsa entregou-se a Sahlul até que foi banhado por uma fresca brisa primaveril.

— Oh, misericórdia de Deus! — murmurou Jamsa. — Quem é você, estranho? Quem o enviou?

— Vá para seu antigo retiro à margem do rio! — disse Sahlul, empurrando-o para diante.

XIX

Quando o estranho partiu, Jamsa Al Balti disse a si mesmo:

— Isso não é trabalho de um ser humano. Lembre-se disso, Jamsa, lembre-se e reflita.

Vivera entre loucos até se acostumar com a loucura. Havia

percebido que a loucura era um segredo cerrado e uma revelação emocionante, e desejou mergulhar em suas profundezas e enfrentar seus desafios.

Revigorado pela brisa, seu coração se voltou para Acraman, Rasmia e Husnia. Desejou poder visitar a casa de cômodos e juntar-se àqueles que amava. Mas quem era ele agora? Haviam-lhe raspado cabelo e barba e por duas vezes o açoitaram. Hoje não havia mais Jamsa, nem mesmo Abdala. Hoje ele estava sem identidade, sem nome, cheio de angústias e um esforço em direção à religiosidade.

Encaminhou-se para a tamareira na ponta de terra à margem do rio. Lembrou-se do amigo do sonho, Abdala do Mar, e voltou a pensar: "Uma criatura sem identidade, seu objetivo está além do cosmos, mas lembre-se e reflita, pois a libertação do sofrimento não veio até você sem alguma razão".

XX

Duniazade foi levada até o palácio para que seu casamento fosse celebrado sob a égide do sultão, de acordo com sua sublime vontade. Ventos de terror assolaram o coração da noiva e o de sua irmã, a dona das histórias. Scherazade aconselhou sua irmã a fingir-se de doente e pediu ao sultão para adiar o casamento até que ela se recuperasse. O médico Abdul Kadir Al Mahini foi chamado e começou a tratá-la. Mas, em pouco tempo, ficou desconfiado. Astuto e engenhoso, experiente não só no trato das almas humanas como também de seus corpos, achou provável que a noiva sentisse aversão pelo macaco que iria ser seu marido. Entretanto, em respeito à vontade de Duniazade, ardilosamente fingiu ignorância, enterrando seu segredo bem no fundo do sacrossanto poço de sua profissão, e declarou que o tratamento seria demorado. Mas Karam Al Assil ficou irritado com a decisão e, assaltado também por dúvidas, suplicou ao sultão que permitisse a realização do contrato de casamento, mas que as núpcias fossem adiadas até que a noiva fosse curada.

O sultão concordou e o cádi chefe foi chamado e o contrato celebrado. Assim, Duniazade passou a ser esposa legítima de Karam Al Assil, o milionário. Alguns aguardavam ansiosos pelo esplendor das festividades, enquanto outros esperavam uma catástrofe iminente.

XXI

Os passos indecisos de Nuredin o levaram, certa noite, até o rio, onde sentou-se sozinho na ponta de terra. Em uma mansa solidão, perturbada apenas pela brisa primaveril e esbraseada por labaredas de desejo, ouviu o som de alguém comungando. Teve a certeza de que era a voz de alguém em oração. Em sua busca de conforto e alívio, deixou-se atrair pela voz. Encontrou um velho sob a tamareira e, sem querer interrompê-lo, sentou-se e ficou escutando. Quando terminou sua oração, o homem lhe perguntou:

— Quem é você? E o que o trouxe aqui?

— Estou vivendo um tormento — respondeu Nuredin. — E você? É deste lugar?

— Lugares não importam para aqueles que fazem da devoção um prazer. Mas qual é o segredo do seu tormento?

— Tenho uma estranha história.

Era movido por um forte desejo de desabafar e, por isso, contou-lhe todos os detalhes de seu sonho e da loucura que se seguiu. Depois perguntou:

— Você acredita em mim?

— Os loucos não mentem — respondeu o homem.

— Você tem alguma explicação para o segredo?

— Atrás de você há um anjo ou um demônio, mas é real.

— E como devo me livrar de meus desejos?

O outro disse suavemente:

— Sofremos inúmeros desejos para que no final eles possam nos guiar até o desejo depois do qual não há mais desejo. Portanto, ame a Deus e tudo Ele fará supérfluo para você.

Após um silêncio, Nuredin disse:

— Sou um fiel, e sou sincero em minha devoção, mas ainda estou apaixonado pelas criaturas de Deus.

— Então não pare de procurar.

— Mas já estou cansado e com insônia.

— O apaixonado não se cansa.

— Parece-me que você é uma pessoa experiente.

— Conheci um homem que foi privado não só daqueles a quem amava, mas de sua própria existência.

— Pela morte?

— Não, em vida.

— Você tem dúvidas sobre meu estado mental?

— É loucura genuína.

— E juízo também.

Depois de hesitar, Nuredin disse:

— Você é difícil de compreender e cada vez fica mais complicado.

Com um sorriso, o velho perguntou:

— Então, o que você diz a respeito de seu sonho?

XXII

Nuredin voltou para a cidade debatendo-se em mares obscuros. O devoto não havia saciado sua sede causticante, ou apenas em parte a havia saciado. Ele o havia instigado a procurar, mas não lhe augurava sucesso nem o advertia contra o desespero. Depois havia esclarecido que era um dos atormentados por Deus. Nuredin não viera ao mundo para ser um asceta, mas para amar a Deus. Foi com esse entendimento que, naquele dia, havia deixado o sheik Abdala Al Balakhi. Naquele instante só tinha a certeza de que sua amada existia em algum lugar, e de que ela estava marcada com os sinais de seu amor. Foi isso que lhe contaram as suaves brisas noturnas, e o mesmo lhe dizia o cintilar das estrelas que mergulhavam entre as abóbadas e os minaretes. Em sua solidão, clamou:

— Alivie meu tormento, oh, Você que é bondoso com Seus criados.

— Quem se queixa a esta hora da noite? — perguntou uma voz grave.

Percebeu a forma dos dois homens que bloqueavam seu caminho.

— Vocês são da guarda? — perguntou.

— Somos forasteiros, comerciantes que nesta noite comprida se distraem passeando em seu velho bairro.

— Sejam ambos bem-vindos.

— Qual é sua queixa, rapaz?

— As pessoas estão aí para se ajudarem — disse seu companheiro —, e as queixas não ficam sem resposta entre homens dignos.

Por ter nobres sentimentos, Nuredin disse:

— Eu os convido à minha humilde casa, que fica perto daqui.

Logo estavam sentados num aposento elegante, onde ele lhes ofereceu roscas conhecidas como *zalabiya* e copos de *karkadi*, refresco feito das pétalas do hibisco. Sondaram a questão de sua queixa mas ele lhes perguntou de onde eram, ao que responderam que vinham de Samarcanda. Novamente tentaram introduzir na conversa o assunto de sua queixa, ao que ele replicou:

— Aquele que está perdido revela seu segredo a um estranho.

— E talvez encontre nele algo inesperado — disse o que tinha a voz grave.

— Então, que os céus enviem chuva inesperada sobre nós — disse Nuredin, suspirando, e passou a relatar-lhes a história de seu estranho sonho até que sua voz desapareceu num silêncio que a tudo envolveu, e ele ficou a olhar fixamente para eles, acanhado. Então, disse o da voz grave:

— Travamos conhecimento por meio de nossos corações, como cabe a pessoas francas, mas agora está na hora de nos conhecermos pelos nomes. Eu sou Uzadin de Samarcanda, e este é meu sócio Kairadin Al Anassi.

— Eu sou Nuredin, vendedor de perfumes.

— Uma ocupação tão bela quanto o seu rosto.

— Deus me livre. Não sou bonito. Deus só coloca Sua beleza onde quer colocar Seu consentimento. — E depois perguntou: — Vocês acreditaram em mim?

— Sim, meu rapaz — disse Uzadin —, sou muito viajado e ouvi histórias sobre nossos ancestrais que não ocorreriam a corações humanos. Por isso, não duvido da verdade do seu sonho.

As esperanças renasceram no coração de Nuredin.

— Posso alcançar minha meta de encontrar minha amada?

— Não tenho dúvida.

— Mas como e quando? — perguntou, num lamento.

— Com paciência e perseverança o encontro será realizado.

Kairadin Al Anassi perguntou-lhe:

— Você está precisando de dinheiro?

— Tudo que peço a Deus é alcançar meu objetivo.

— Aceite de bom grado a remissão divina que está ao alcance da mão.

XXIII

Scherazade nunca havia visto o sultão em tal estado de agitação. Estavam na varanda que dava para o jardim. Ele tinha acabado de fazer suas orações matinais e estava tomando seu desjejum de leite e maçã. Logo após vestiria sua roupa oficial e iria para a sala das sentenças, mas naquele momento parecia uma criança feliz com uma nova descoberta.

— Ontem à noite — disse ele —, enquanto dava meu passeio, deparei com uma história que parece uma das suas, Scherazade.

Apesar do seu sofrimento recolhido, ela disse sorrindo:

— O fato de que as histórias se repitam é uma indicação de sua verdade, Majestade.

— Sim, sim. Os segredos da existência são esplêndidos e são mais deliciosos que o vinho.

— Que Deus lhe conceda o desfrute da existência e seus segredos.

Após pensar um pouco, ele disse:

— A verdade é que estou sempre em movimento e meu coração nunca se aquieta. Sou disputado pelo brilho do dia e pela escuridão da noite.

— Assim é o homem vivo — disse ela com alegria, ocultando sua apatia.

— Não se apresse. Chegou minha vez de lhe contar uma história estranha.

E contou a ela o sonho de Nuredin, o vendedor de perfumes. Notando a expressão em seu rosto, disse-lhe, admirado:

— Como isso a impressionou, Scherazade.

— Acordei indisposta esta manhã — disse ela, como se estivesse se desculpando.

— Apenas uma friagem que logo vai passar. O médico virá examiná-la. Quanto a mim, quero incumbir os pregoeiros de espalharem a história a fim de unir os apaixonados.

— É melhor proceder com cautela, para que duas pessoas inocentes não sejam expostas às más línguas — disse ela com cuidado.

Ele pensou um pouco e então perguntou:

— E eu não sou capaz de protegê-los?

Scherazade disse a si mesma que esse homem costumava se ocupar apenas em cortar cabeças, e que o demônio dentro dele ainda tinha influência que não devia ser subestimada, embora não o possuísse inteiramente.

XXIV

Scherazade disse a sua mãe, que continuava no palácio com a desculpa de cuidar de Duniazade em sua doença:

— Um acontecimento extraordinário exigirá de nós uma sabedoria ainda maior.

— Meu coração — disse a mãe, suspirando — não está em condições de enfrentar mais acontecimentos.

— Mãe, o homem do sonho se tornou uma realidade!

A mulher escancarou a boca, admirada:

— Não me fale de sonhos — murmurou ela.

— Não é outro senão Nuredin, o vendedor de perfumes.

E contou-lhe em detalhes a aventura do sultão, ao que a mãe disse, perplexa:

— É impossível que alguém como ele conseguisse entrar, à noite, no palácio do sultão.

— Se suas dúvidas têm fundamento, mãe, teria sido fácil para ela fugir com ele.

— Mas, de que isso adiantaria? Sua irmã é a esposa legítima de Karam Al Assil e a cada hora que passa a catástrofe está mais perto.

— E os pregoeiros irão espalhar a história e não é difícil que a verdade apareça.

— O perigo nos pega de surpresa — gemeu a mãe.

— É a terrível verdade.

— Vamos esperar como alguém que foi jogado na esteira da execução?

— Estou assustada — disse Scherazade, intranqüila — por Duniazade e por mim também. Não há como confiar num sanguinário. A pior doença que alguém pode sofrer é a ilusão de ser deus.

— É como a morte: não há escapatória.

— Às vezes, parece-me que ele está mudando.

— Seu pai também diz isso.

— Mas o que se passa dentro dele? Em minha opinião ele continua a ser um enigma e não se pode confiar nele.

— A história talvez o agrade enquanto acontecer longe, mas quando bater na sua porta e o envolver, será outra coisa e talvez ele recaia na ilusão.

— E ele voltará a ser o demônio que era, ou algo ainda mais horrível.

— E o que *você* fez de errado?

— Acho que devemos dividir nossas preocupações com Duniazade.

— Estou muito apreensiva com isso.

— Por que fugir da verdade, quando ela está nos cercando?

A criada pediu permissão para entrar:

— Minha senhora Duniazade desapareceu — disse ela, receosa — e deixou este bilhete.

Scherazade leu as seguintes palavras: "Peço perdão de Sua Majestade, mas sou incapaz de desobedecer sua ordem de me casar com Karam Al Assil e, no entanto, não posso me casar com ele. Por isso decidi me matar, e Deus é o Clemente, o Misericordioso".

A mãe deu um soluço e desmaiou.

XXV

Os pregoeiros começaram a divulgar o extraordinário sonho e a convidar os dois apaixonados para se encontrarem sob a proteção do sultão. Foi então que o sultão recebeu, com tristeza e irritação, a notícia do suicídio de Duniazade. Ordenou que seu corpo fosse encontrado, onde quer que estivesse. E Karam Al Assil ficou tão transtornado que se afastou dos que tripudiavam e faziam piadas a seu respeito, e só saía de casa depois da meia-noite. Quanto a Yussef Al Tahir, o governador do bairro, recebeu a notícia com um misto de profunda tristeza e alegria: alegria por Duniazade ter se libertado das garras do homem-macaco, e profunda tristeza pela morte da jovem que desejava para si e por cujo amor havia pensado seriamente em arquitetar um plano para matar Karam Al Assil.

XXVI

O louco estava meditando na escuridão da noite, sob a tamareira, quando sua atenção foi desviada para um espectro que se aproximava sob a luz das estrelas. Ouviu uma voz feminina que o cumprimentou e disse:

— Em nome de Deus, pode me informar onde há um barco que me leve para fora da cidade?

— Você está fugindo de alguma ação que irritou Deus? — perguntou ele, com delicadeza.

— Nunca em minha vida irritei Deus — disse ela, no mesmo tom.

Sua voz o fez lembrar-se de Acraman e de Husnia e em seu coração a ternura da terra se mesclou aos anseios do céu.

— Você deve esperar até o dia nascer — disse-lhe amistosamente —, e Deus, em Sua misericórdia, cuidará de você.

— Posso esperar aqui?

Ele deu um sorriso que ela não viu, e disse:

— O ar livre foi criado para os fugitivos. Para onde você vai?

— Quero me afastar da cidade.

— Mas você está só e deve ser bonita.

Como ela se calasse, ele continuou:

— Talvez Deus a ajude por meu intermédio, se assim você quiser.

— Tudo que eu quero é que você torne possível minha viagem.

— Pode jurar por Deus que não está deixando para trás algum mal que praticou a um ser humano?

Sentindo confiança, ela disse com a voz embargada:

— Eu é que estou sendo tratada com injustiça. Abandonei minha casa para me matar, depois fiquei com medo de enfrentar a cólera de Deus.

— Por que, minha filha?

Quando ela desatou a chorar, ele bradou aos céus:

— Você é quem mais sabe onde colocar Sua misericórdia!

— Sou inocente e injustiçada.

— Não quero me intrometer no segredo de seu coração.

— Você é um dos bons criados de Deus e para você revelarei meu segredo — disse ela, resolvendo entregar-se. E começou a contar sua história.

— Você é a protagonista do sonho? — perguntou ele, interrompendo-a.

— Como soube disso? — exclamou ela.

— Fiquei sabendo por seu parceiro neste mesmo local, e ouvi, depois, dos pregoeiros do sultão.

— Espere um pouco... Você conhece o meu parceiro do sonho?

— Os pregoeiros estão repetindo o nome dele por toda parte. Ele é Nuredin, o vendedor de perfumes.

— Os pregoeiros? — disse, como se falasse consigo mesma. — Por trás deles está o sultão! Que estranho... Nuredin... Nuredin... Mas eu estou casada, ou melhor, morta.

Quando ela concluiu sua história, o homem disse:

— Vá para seu marido!

— É mais fácil morrer! — reiterou.

— Vá para seu marido Nuredin!

— Mas sou a esposa legítima de Karam Al Assil!

— Vá para Nuredin e deixe o dia nascer.

XXVII

— Que vejo eu? — disse Sakharbut, furioso. — As coisas caminham para um final feliz.

Zarmabaha disse, tentando disfarçar a amargura:

— Espere, o caminho ainda está cheio de espinhos.

E avistaram, sob a árvore, Sahlul correndo no escuro.

— Uma missão imprevista, anjo? — perguntou-se Sakharbut.

— Esperemos que seja a nosso favor e não contra nós — disse Zarmabaha.

Sahlul partiu sem dar atenção a eles.

XXVIII

Pela manhã, bem cedo, Nuredin saiu de casa para abrir a loja. Encontrou na porta uma moça com véu, em atitude de espera, vestida com uma roupa de seda damascena, que denotava origem nobre. Olhou para ele com interesse e depois deu um suspiro profundo. Espantado com ela, sentiu seu coração palpitar, manifestando obscuras emoções. Ela não demorou a desvelar a face radiante, ficando a olhar fixamente para ele com ardor submisso. Um século se passou enquanto eles, fora de toda existência, mergulhavam num sonho que transpirava magia e paixão. As brisas da primavera sopravam e os banhavam na fragrância do azul celeste. Sua felicidade fez com que se esquecessem do sofrimento e da confusão. A paz desceu sobre a terra e, em um movimento tão espontâneo quanto o canto dos pássaros, suas mãos se entrelaçaram.

— Humana e viva! — exclamou ele. — Realidade e não um sonho, aqui neste momento.

— Sim — murmurou ela, com voz trêmula. — Você, Nuredin... e eu, Duniazade!

— Que ato de graça guiou você até onde eu estava?

As palavras iam fluindo de sua boca enquanto ela lhe contava a tragédia e o modo como esta havia sido resolvida.

— Deveríamos ter confiado que o milagre não estava acontecendo em vão — disse ele, desvairado.

— Mas o trovão é mais forte que o arrulhar dos pombos.

— Juntos e para sempre — disse ele, finalmente.

— Estava escrito.

— Vamos até o sultão.

Extinguiu-se nela a chama do entusiasmo.

— Mas estou casada com Karam Al Assil — disse ela.

— A promessa do sultão é mais forte.

— Mas os passos em falso também têm sua força.

Mas ele estava extremamente excitado.

XXIX

O conselho do sultão se reuniu ao meio-dia e estavam presentes os eminentes representantes do governo. Diante do trono estavam Nuredin, o vendedor de perfumes, e Duniazade, a irmã da sultana.

— Fomos pegos de surpresa por acontecimentos assombrosos e inescrutáveis — disse o sultão, amuado. — Os dias e noites nos ensinaram a prestar atenção a tais assombros e a bater à porta do inescrutável para escancará-la e revelar a luz. Esse acontecimento assombroso, disfarçado de sonho, invadiu minha própria casa.

Quando o sultão se calou, o coração de Dandan, seu ministro, estremeceu e as faces de Duniazade e Nuredin empalideceram. Não havia dúvida de que forças conflitantes disputavam a supremacia no coração do sultão. O demônio cruel havia sido enfeitiçado pelas histórias, ainda que estas não tivessem alterado sua essência. Então, com uma expressão mais taciturna, ele disse:

— Mas a palavra do sultão é lei!

O sentimento de angústia abandonou o coração de muitos dos presentes e os rostos se iluminaram com a luz da esperança. Então o mufti, expositor oficial da lei, disse:

— Mas a senhora Duniazade já está legalmente casada.

— Traga Karam Al Assil — ordenou o sultão a Dandan.

Yussef Al Tahir, o governador do bairro antigo, levantou-se e disse:

— Majestade, Karam Al Assil foi encontrado morto ontem à noite, não muito longe de sua casa.

A notícia golpeou os corações, abalando-os como um terremoto, e logo se lembraram das mortes violentas dos governadores e cidadãos importantes. Baiumi Al Armal, o chefe da guarda do bairro, levantou-se e disse:

— Após uma busca demorada, nossos homens encontraram o louco foragido vagando à noite pelo bairro e o prenderam.

— Você o está acusando de matar Al Assil? — perguntou o sultão.

— Ele mesmo admite, com orgulho e ostentação, que foi ele quem cometeu todos os crimes.

— Não é o mesmo homem que insiste em dizer que é Jamsa Al Balti?

— Ele próprio, e continua insistindo.

Yussef Al Tahir disse:

— Pedimos permissão a Sua Majestade para decapitá-lo, que é mais seguro que devolvê-lo ao hospício.

— Meu vizir Dandan me contou que o túnel por onde fugiu não poderia ter sido feito por um ser humano.

— É isso mesmo, Majestade — concordou Baiumi Al Armal.

O sultão hesitou por muito tempo, fazendo com que os mais próximos sentissem que, pela primeira vez em sua vida, ele estava sendo acossado pelo medo. Quando Dandan percebeu isso, disse com habilidade:

— Ele não passa de um louco, Majestade, mas tem um segredo que não deve ser subestimado. Deixemos que se vá: não há reino que não tenha um punhado de criaturas iguais a ele e que estão sob a proteção de Deus. Acredito que deva ser libertado e que se proceda a uma busca do assassino entre os xiitas e os karijitas.

— Você deu um bom conselho, Dandan — disse o sultão, agradecendo, no íntimo, pela perspicácia de seu vizir. Em seguida, olhou para Duniazade e Nuredin, dizendo:

— Vocês têm minha promessa e podem se casar. Duniazade terá tudo o que requisitar do tesouro.

E um clima de paz e felicidade envolveu a sala do conselho.

AS AVENTURAS DE AJAR, O BARBEIRO

I

As cabeças estavam confusas diante da morte de Karam Al Assil, mas Ajar, o barbeiro, preocupava-se consigo mesmo, à exclusão do mundo e de tudo que ele continha. Em circunstâncias normais nada o distraía dos acontecimentos, pois era um empedernido bisbilhoteiro, fazendo tempestades em copos d'água, e considerado em seu salão mais como um tecelão de histórias que como barbeiro, extraindo interesse e prazer de notícias e rumores exagerados. Porém, um sorriso restabelecera sua inclinação natural e novamente brotaram esperanças por muito tempo reprimidas.

Ele era baixo e magro, tinha olhos brilhantes e uma pele morena escura, não destituída originalmente de certo encanto. Abrigava uma ganância que ninguém mais possuía. A dona do sorriso era uma mulher de meia-idade, um ou dois anos mais velha que ele. Por que sorria ela para um barbeiro como ele? Talvez gostasse de homens. Talvez o estivesse tentando com feminilidade e generosidade, pois ninguém duvidava da pobreza de Ajar.

Deus, como amava as mulheres! Não fosse por sua pobreza, Fatuha não teria sido sua única esposa durante todo esse tempo. Talvez ele sonhasse com as mulheres como seu filho Aladim, adolescente, e sonhasse também com riqueza, comida e bebida. Ela continuou passando em frente ao salão durante dias a fio até que ele a abordou e ela marcou um encontro diante da escola do sultão logo depois do pôr-do-sol. Esperou enquanto pensava: "Sua hora de sorte chegou, Ajar". Pela primeira vez ele falava em sorte de modo aprovador; pela primeira vez saudava a chegada do crepúsculo; pela primeira vez sentia-se à vontade saltitando pela rua. As lojas estavam fechando as portas e ele se enchia de emoção e expectativa.

Quando a rua se esvaziou, ou quase isso, o louco apareceu com uma roupa larga e barba comprida; de repente, aparecera para atravessar a noite com seus segredos. Ele que sempre se apresentava, voluntariamente, como o que praticara os grandes crimes, que dizia ser Jamsa Al Balti, o vencedor da morte; ele que invadira o coração de pedra do sultão e que havia sido posto em liberdade. Ajar gostava dele como de um brinquedo misterioso, mas não viu com bons olhos sua aparição naquela hora decisiva. E, como ele temia, o louco se aproximou até se postar bem diante dele.

— Vá para sua casa — disse ele com sua voz forte —, pois só sai à noite aquele que tem objetivos.

Superando uma sensação de nervosismo, Ajar riu e disse a ele:

— O cabelo cresce em sua cabeça como um carvalho, enquanto sua barba se estende como uma cortina para baixo e para os lados. Por que não vai me visitar no salão para eu lhe dar uma boa aparada?

— Seu cérebro está podre e por isso você não me obedece — repreendeu-o o louco.

— Que louco agradável você é!

— Sujeito ignorante, descendente de ignorantes! — disse, prosseguindo em seu caminho.

Ajar não ficara mais de um minuto sozinho quando a mulher chegou.

II

Uma experiência ardente na qual o desconhecido era mantido em desprezo. Depois de vinte anos de vida cotidiana de casado, era conduzido na escuridão atenuada pelas lâmpadas das portas até uma casa quase isolada, com um jardim do lado de fora do muro. Acreditou que a pessoa que o conduzia era alguém de posição, riqueza e uma vida dissoluta, e ficou cada vez mais feliz com isso. Quando mergulhou num lugar escuro, ondas perfumadas passaram por ele e percebeu que estava num jardim. Depois, viu-se num saguão iluminado com lâmpadas nos cantos, no centro do qual havia um suntuoso sofá e almofadas dispostas ao redor de uma mesa repleta de comida e bebida. A mulher saiu, retornando em seguida sem o véu e vestida em um roupão de seda. Era cheia de corpo, com traços bonitos, mais velha do que ele julgara, mas voluptuosamente insinuante. Seu olhar correu entre a mulher, a bebida e a comida, e pensou: "Vejam só como os sonhos se realizam".

— Nossa noite — disse ele, preparando-se para entrar em ação —, não tem igual.

Ela encheu dois copos e disse, sorrindo:

— Só um ingrato recusa favores.

Bateu palmas e então surgiu uma escrava aparentando uns vinte anos, carregando um alaúde. Parecia-se tanto com a mulher que poderia ser sua irmã, embora levasse vantagem por ser mais jovem.

— Toque para nós — disse a mulher. — A felicidade deve ser completa.

A bebida atuou em suas mentes; o alaúde em seus corações. Com seu costumeiro desembaraço, Ajar dedicou-se à comida, à bebida e à mulher. Perguntou-se várias vezes quando seriam feitas as apresentações. Mas o que isso importava? Precisava evitar a precipitação e cumprir seu papel como devia. Não tinha dúvidas de estar na presença de uma libertina, mas uma libertina generosa que dava e não explorava. Era um sonho que não lhe fazia nenhum mal, exceto que não se realizava.

III

Ela reservava para ele as segundas-feiras. Ele gostaria que fosse mais, mas ela não levou isso em conta. Preferiu dar-se por satisfeito. Ela evitou sugerir quem era e ele se convenceu de que ela pertencia a uma família de prestígio. Por que ela não sossegava e não morava num palacete com um homem importante? Talvez o motivo fosse libertinagem ou vaidade e, então, qual dos dois devia ele aproveitar? Quanto à jovem escrava, com certeza era sua irmã: sem dúvida mergulhada na corrupção, e totalmente obediente e submissa para com ela, como qualquer serviçal. Era sedutora quando com ela trocava olhares furtivos. Tranqüilamente cairia na armadilha da mais jovem como havia caído na da mais velha e isso não ia demorar muito. Era uma relação com cheiro de paixão e traição, mas ele usava de uma infinita cautela com aquela mulher. Adorava a comida e a bebida do mesmo modo como adorava a mulher e, com o passar dos dias, passou a gostar mais da comida e da bebida. Atirava-se à mesa de forma selvagem e descarada, até que se transformou num espetáculo divertido para as duas mulheres. No entanto, tomava cuidado para que seu desejo pela jovem escrava não o comprometesse, embora esta o encorajasse, ainda que por trás de uma exagerada prudência. No Café dos Príncipes ele se sentia numa posição mais alta que a da elite e mais feliz que o próprio governador Yussef Al Tahir. Sentia-se como se fosse outro Shahriar.

IV

Certa noite, ao chegar, encontrou apenas a jovem escrava. O saguão era o mesmo de sempre, mas a mesa estava vazia. Ficou perplexo mas não disse nada.

— Ela está doente e me encarregou de lhe apresentar suas desculpas — disse a escrava.

Sentiu o coração se acelerar, seus olhos brilharam e ele sorriu.

— Preciso voltar agora mesmo e depressa — disse ela.

— Ela está confiante demais! — disse ele, avançando e tomando-a nos braços.

— Quem sabe? — disse ela sem demonstrar muita resistência.

— Mas a oportunidade não vai escapar de nossas mãos.

— Que aventura!

— Você é livre como ela. Sem dúvida, você é irmã dela.

Ela se esquivou delicadamente e trouxe comida e bebida. Ambos se puseram a beber copiosamente de modo a dispersar o clima de tensão e preocupação. Fundiram-se numa paixão ardente. No ápice da excitação, retiraram-se da mera existência.

Ele acordou cedo. Levantou-se com as pernas bambas e a cabeça pesada. Afastou a cortina e a luz do dia inundou o ambiente. Sua mente passou a evocar as lembranças da noite passada. Deixou escapar um grito abafado e seus olhos se arregalaram ao ver a bela escrava brutalmente assassinada. Todo o sangue havia sido drenado de seu corpo e a morte se alojara. Quando? Quem? Como? Deveria fugir? Como sua cabeça estava pesada! Era como se tivesse bebido algum narcótico com o vinho. A acusação pendia sobre sua cabeça. Pensou rápido e sem lógica: o jardim, enterrar o cadáver, tirar as manchas de sangue. Haveria alguém na casa vigiando-o? Precisava agir ou aceitar as conseqüências. Não havia tempo para reflexão. A estrutura inteira desabara e não adiantava evocar o passado. O fantasma da outra mulher estava constantemente com ele.

Quando deu uma última olhada no local, viu um colar com um diamante que havia caído embaixo da cama. Apanhou-o sem saber o que fazer com aquilo. Enfiou-o no bolso e saiu furtivamente.

— Será um milagre se eu escapar — disse a si mesmo.

V

Ajar continuava andando às cegas no cárcere de seu tormento permanente. O crime o assediava e estendia as garras crispadas para estrangulá-lo. "Ó Deus, prometo que me arrependo se o Senhor me salvar."

Seu filho Aladim o viu e ficou feliz com sua volta, enquanto sua esposa Fatuha arreganhou os dentes.

— Peguei no sono fumando haxixe numa espelunca — disse ele, com indiferença.

Ela o amaldiçoou: a vida entre eles estava cheia de altos e baixos.

Abriu o salão mais tarde que de costume e atendeu cabeças e barbas com a mente distraída e vagando pelos vales do terror. Sem dúvida, havia uma terceira pessoa que era o assassino. Mas por que a jovem havia sido morta? Ciúmes? O ciúme de um homem desconhecido ou o ciúme de uma mulher? Estava sempre perseguido pela imagem da irmã mais velha: forte, libertina e capaz de cometer crimes atrozes. Ela descobriria o corpo? Será que alguém sabia de suas escapadas noturnas? Seria ele algum dia levado ao carrasco para ser decapitado? "Ó Senhor, prometo que me arrependo se me salvar." Em diversos momentos pensou em fugir. O colar junto a sua barriga traria uma fortuna, mas colocá-lo à venda seria provocar sua própria ruína. Não, ele não havia assassinado e não iria fugir, e a providência divina não estava dormindo. Sim, a providência divina não estava dormindo, mas quem era esse? Olhou melancólico para o louco que entrava no salão e sentava-se no chão sem cerimônia, comendo um damasco. Ajar estava aparando a barba do médico Abdul Kadir Al Mahini.

— O que o traz aqui a essa hora do dia?

— Seu dia se tornou noite, Ajar — disse o louco, sem rodeios.

— Que Deus me livre de tais palavras ruins.

— Não queira nos confundir, homem, pois a loucura é o ápice da inteligência — disse o médico, rindo.

— Antigamente eu era um guarda — disse o louco.

— Você ainda insiste que é Jamsa Al Balti?

— O guarda, quando se volta para Deus, não abandona sua antiga profissão.

— Poupe-me de sua loucura — disse Ajar, irritado —, pois não estou de bom humor.

— Só me chamam — disse o louco mansamente — os iguais a você, ignorante.

O médico riu alto e disse:

— Ele é normalmente invocado quando nossa ciência falha em realizar a tarefa.

O louco levantou-se e saiu, dizendo:

— Deus é o abrigo dos vivos e dos mortos e dos mortos vivos.

Quando a porta se fechou atrás dele, Ajar disse ao médico:

— Meu coração está dizendo agora que esse louco é um perigoso assassino.

Abdul Kadir Al Mahini murmurou:

— E quantos assassinos existem, Ajar.

Ajar sentiu que o louco conhecia o seu segredo. Seria possível que ele tivesse assassinado a bela moça? Ó Senhor do céu e da terra, quando essa aflição será eliminada?

VI

Veio a noite de segunda-feira: o encontro com Julnar, que prenunciava misteriosas possibilidades. Se ele fosse, estaria indo para o inferno. E se não fosse, estaria apresentando a prova de um crime que não cometera. Dirigiu-se para a casa do crime e do terror. Entregou-se ao destino, o corpo tremendo de medo. Aboliu a existência do jardim evitando olhar para ele. Quanto à cabeça que havia sido decepada do belo corpo, acompanhava-o passo a passo. Viu Julnar e a mesa, e inalou a primeira brisa do verão, carregada de umidade. Precisava controlar sua confusão para que esta não o denunciasse. Devia realizar o ato de amor sobre o leito de sangue. O cadáver parecia encher aquele local e ofuscar a mulher voraz. Como era doce a fuga! Desesperado, concentrou-se no aperitivo. A mulher estava tranqüila e sorridente. Devia perguntar por Zahriar ou esperar? O que levantaria mais suspeitas? Mas foi Julnar quem puxou assunto, perguntando:

— Onde está Zahriar?

— Não veio com você? — perguntou ele.

Ela o olhou, confusa, enquanto bebiam juntos e então disse:

— Eu pedi a ela que lhe trouxesse minhas desculpas.

— Nós trocamos umas duas palavras e depois nos separamos — disse ele com o coração disparado.

— Ela desapareceu como se tivesse evaporado, e todos os que se empenharam em procurá-la desistiram. A casa está em pé de guerra.

Espalmou as mãos uma contra a outra em um gesto de desespero e murmurou:

— Realmente é muito estranho acontecer isto. Existe algum motivo para ela ter desaparecido?

— Não consigo imaginar! A casa está em pé de guerra.

— Que casa, Julnar?

— Nossa casa, Ajar. Você acha que não temos família?

— E esta casa, o que é então?

— É só um lugar para relaxar; um lugar onde nos isolamos para nos divertir.

Ele hesitou e depois perguntou, a cabeça pesada, mas sem alegria:

— Quem são seus parentes, Julnar?

— Umas pessoas — disse ela, sorrindo. — O que representam para você?

Mergulhou ainda mais em suas preocupações e perguntou, com tristeza:

— Eu me pergunto: onde está você, Zahriar?

— A notícia deixou você triste mesmo.

— Sou apenas um ser humano, Julnar — disse ele, desanimado.

— E um bom ser humano, Ajar — disse ela, brincando com sua barba.

Embriagada pelo vinho, ela se arrastou para mais perto dele. A depressão fechava o cerco ao seu redor. Foi tomado por uma falta de apetite por comida e bebida e secaram-se as fontes dos desejos. A mulher o dissuadiu por ele estar sentindo medo dela. Era um pesadelo longo e pesado que precisava chegar ao fim.

VII

Foi ao encontro seguinte como alguém que caminhasse para a esteira de couro do carrasco, mas ninguém atendeu a suas batidas à porta. Em vista disso, pela primeira vez sentiu-se à vontade desde sua descoberta do crime. Talvez a família dela tivesse finalmente notado seu comportamento secreto. Talvez ela o estivesse evitando. Talvez tivesse se juntado a sua irmã. Seja lá o que tivesse ocorrido com ela, uma parte considerável de seu sofrimento havia terminado. Não se aproximaria outra vez da cena do crime, iria resistir à cor do sangue que o perseguia e não pararia de se lembrar que em toda sua vida nunca cometera um assassinato. Nem mesmo era capaz de matar uma galinha. Todas as lembranças da comida, da bebida e dos atos de amor se retiraram e ele disse para sua alma derrotada que talvez nunca tivessem sido reais. Cada dia que passava era para ele um presente de paz de espírito. Medo é o tributo dos culpados, não dos inocentes. E, sem dúvida, ele era inocente. Sempre que a paz de espírito o invadia, a existência ganhava vitalidade no desejo contido e ele voltava a evocar as noites de amor e comida, suspirando de nostalgia. Lembrava-se também do valioso colar junto a sua barriga e que não podia colocar à venda, e então se entristecia. Carregava consigo uma fortuna fútil e havia passado por uma experiência inesquecível de felicidade, e quando a gula e anseios lúbricos fluíam dentro dele, perguntava, indeciso:

— Não é melhor para mim que eu me arrependa?

Mas as noites com Julnar haviam despertado nele uma mania por mulheres. Seus olhos passeavam furtivamente por belas mulheres, lançando lampejos de fogo. Em uma de suas perambulações, seu olhar pousou em Husnia, filha de Sanaan e irmã de Fadel; sua pobreza e a reputação de seu falecido pai o encorajaram a fazer planos a seu respeito. Aproveitou a oportunidade quando Fadel chegou ao salão para aparar barba e bigode e, exagerando nos cumprimentos, disse com extraordinária franqueza:

— Senhor Fadel Sanaan, há alguém que está pedindo para ser seu parente por meio do casamento.

— Quem é esse, Ajar? — perguntou Fadel, despreocupadamente.

— Minha humilde pessoa — disse, com a mesma franqueza.

Fadel ficou surpreso, mas escondeu sua reação. Pensou: talvez Ajar esteja em melhores condições que eu, mas ele é Ajar e eu sou Fadel, e Husnia não é menos educada que a própria Scherazade. A fim de ganhar tempo para pensar, perguntou:

— Minha irmã?

— Sim.

Em um tom apologético, Fadel disse:

— Parece que alguém chegou antes de você, Ajar.

Ajar ficou calado, sem acreditar naquilo. Se alguém tivesse chegado antes, ele teria ficado sabendo, pois alguma vez já havia acontecido alguma coisa no bairro que ele não ficara sabendo? Ajar ficou com raiva. Como era possível que Fadel não considerasse seu pedido como um favor, quando ele estava pedindo para formar uma relação com uma casa sobre a qual caíra a maldição do diabo?

VIII

Seu desejo de amor aumentava e cada vez mais desejava ser rico. Como um adolescente, e apesar do fato de que seu filho Aladim ainda não havia se casado, passou a ficar obcecado por sonhos com garotas virgens. Tinha visões de si mesmo refestelando-se entre almofadas em residências mágicas como aquelas em que às vezes entrava para prestar seus serviços. E tal como havia se apaixonado por Husnia, também se perdia de amores por Kamar, irmã de Hassan, o farmacêutico. Era um amor mais forte que o primeiro e ficou ainda mais forte por sua impossibilidade: um amor que estava condenado pelo segredo, a tristeza e o sofrimento.

Certo dia tinha ido à casa do farmacêutico para aparar a barba de Hassan e lá avistara de relance a bela moça e para sempre perdera a paz de espírito. Mas não perdera o sonho e passearia entre os casarões, como a casa do farmacêutico, a de Jalil Al Bazaz e de Nuredin. E Nuredin, que rapaz feliz! De simples vendedor de perfumes, condição que não era mais elevada que a de Ajar, e que talvez fosse menos dotado que seu filho Aladim em matéria de beleza e qualidades, passou para a elite e se tornou concunhado do sultão e marido de Duniazade, irmã de Scherazade. Não era Deus capaz de tudo?

IX

Costumava sentar-se toda noite no Café dos Príncipes. Após um dia quente de verão, a noite concedia uma brisa benfazeja. Certa noite, achava-se sentado o mais próximo que conseguira do tablado de mestre Sahlul, o comerciante de bricabraque. O contador de histórias havia terminado um capítulo da lenda de Antar, o flautista silenciara e as conversas começaram.

— Faz muito tempo que você não nos honra com uma visita — disse Ajar ao mestre Sahlul, que era um de seus clientes.

— Um dia vou lhe fazer uma visita de surpresa — disse o outro, sorrindo. Vinham chegando Hassan Al Atar, o farmacêutico, Jalil Al Bazaz, o comerciante de tecidos e, junto com eles, Fadel Sanaan. Tomaram seus lugares e Ajar cumprimentou-os efusivamente. Retribuíram-lhe a saudação com indiferença. Tentava se impor à elite mas respondiam sem nenhum entusiasmo, defendendo-se de sua intromissão. Agora ele era mais importante que Fadel, mas eles se atinham ao estado de coisas anterior. Seu sonho permanente era o de que lhe seria permitido conceder seus serviços em troca de poder escutar as conversas em suas mesas. Havia conseguido uma vez, mas fracassara dezenas de outras e, com isso, aguçou-se seu voraz apetite. Hoje Fadel era seu adversário, após recusar a proposta de casamento para sua irmã. Quanto a Hassan, estava obtendo o favor que Ajar não tinha mais esperança de obter. Voltava os ouvidos para onde estavam sentados, fingindo estar relaxado e sonolento. Estavam conversando sobre a realização de uma noitada festiva em comemoração à chegada do navio de Bazaz com um carregamento da Índia. Haveria comida, bem melhor que a de Julnar, e bebida em abundância. O vendedor de doces encheria a barriga como antigamente.

— O tempo está quente. Precisamos de algum lugar ao ar livre.

O vagabundo estava fazendo saber seus desejos como se fosse alguém da elite, e Jalil lhe respondeu:

— A ponta verde... é uma ilha de verde.

— Eu convidei Chamlul, o corcunda — disse Hassan Al Atar.

— Que bom ter o comediante do sultão fazendo papel de bufão para nós! Até o bobo da corte! Quanto a você, Ajar, basta a sorte lhe sorrir que o sangue derramado a leva embora. — Olhou para mestre Sahlul e disse, pesaroso:

— Mestre Sahlul, você é único em seu gênero em sua abstenção da frivolidade.

— Isso é verdade — disse o mestre, sereno.

— Você é um homem nobre e modesto, e não me rejeitaria como companhia para beber.

O outro sorriu e não respondeu. Ajar pensou por um momento sobre como induzi-lo a se comprazer na frivolidade. Olhou novamente em sua direção e o lugar estava vazio. Seus olhos vagaram pelo café mas não viu o menor sinal dele. Era assim que desaparecia: de repente e num piscar de olhos. Que pessoa estranha! Mas Ajar estava decidido a participar da noitada na ponta verde, qualquer que fosse o custo. Mesmo se a empreitada terminasse com sua expulsão do local.

X

A ponta verde que se estendia até o meio do rio era como uma ilha estreita, sem nenhuma luz além do frágil cintilar das estrelas. Não muito distante ficava a forma escura da tamareira, cujo pé era a morada do louco. Tiveram de estender tapetes, improvisar toalha de mesa e acender uma fogueira para o churrasco. Infelizmente, um vulto se insinuou entre eles, dispondo-se a servi-los, e disse:

— O criado dos senhores!

A voz não granjeou nenhum entusiasmo e Jalil Al Bazaz bradou:

— Ajar! Que parasita desagradável você é!

Sem parar de trabalhar com as mãos, disse, decidido:

— Parasita sim, mas não sou desagradável. Como uma festa assim poderia ficar sem um criado?

— Com a condição de que você fique de boca fechada! — ameaçou Hassan.

— Não vou abri-la a não ser obrigado.

Chamlul, o corcunda, levantou a voz, estridente como a de uma criança, e disse:

— Como é que um mendigo como você pode se intrometer entre pessoas importantes?

Embora sentisse raiva, Ajar mergulhou em seu trabalho, arrumando copos e garrafas e tratando de acender a fogueira. Todos começaram a beber. Chamlul pegou um alaúde, quase do seu tamanho, e suavemente começou a zumbir em uma voz que apenas provocou gargalhadas. Apesar de seu tamanho diminuto, seu coração fervia com um orgulho básico.

Ao primeiro copo que desceu para seu estômago, Ajar esqueceu de sua promessa e perguntou:

— Vocês já ouviram a última sobre Hussam Al Faki, secretário do governador Yussef Al Tahir?

— Não queremos ouvir. Portanto, cale a boca — gritou-lhe Hassan Al Atar.

Enquanto bebiam, ouviram uma voz invisível murmurar:

O Uno e todos se voltaram para a sombra da tamareira.

— É o louco — disse Fadel.

— Será que ele não achou outro lugar para ir e tinha de vir perturbar os visitantes da ponta verde? — perguntou Jalil.

— Ele diz ser seu sogro, Jamsa Al Balti — disse Hassan Al Atar, dirigindo-se a Fadel.

— Isso é o que ele diz, mas a cabeça pendurada de Jamsa diz outra coisa.

— Tudo é possível nesta cidade maluca — disse Chamlul, o corcunda.

Ao que Ajar, o barbeiro, retrucou:

— Se vocês querem saber a verdade...

— Não queremos a verdade e não gostamos dela — interrompeu-o Jalil.

— Não nos lembre da morte — gritou Chamlul. — Foi isso o que o sultão ordenou.

— Como você passa as noites com o sultão, Chamlul? — perguntou Jalil.

— Não sou do tipo que revela segredos, criatura desprezível!

Todos riram, com exceção de Hassan Al Atar, cuja embriaguez explodiu em cólera.

— Seu verme! — gritou-lhe.

O corcunda se enfureceu e atirou o alaúde para o chão, pondo-se em pé. Num repente estava urinando na toalha com a comida e a bebida. Ficaram mudos enquanto constatavam que sua noitada havia sido arruinada. A bebida aumentou-lhes a raiva, que passaram a descarregar no corcunda.

Fadel saltou sobre ele e o derrubou de costas no chão. Em seguida, agarrou-o pelos dois pequenos pés e o levou para a margem da ponta verde, mergulhando-o no rio e depois tirando-o fora da água e soltando-o na relva, onde ficou deitado, assustado e com raiva. Cambaleando, levantou-se, apanhou a churrasqueira e atirou-a neles, espalhando brasas e chamuscando alguns. Agora estavam tão furiosos e embriagados que o atacaram aos chutes e socos até deixá-lo inconsciente.

Desconcertado, Ajar acompanhara o que estavam fazendo e protestou:

— Já basta, senhores: ele é o palhaço do sultão.

Curvou-se calado sobre ele na escuridão. Erguendo sua cabeça, disse:

— Senhores, vocês mataram o corcunda.

— Tem certeza do que está dizendo? — perguntou Jalil.

— Veja você mesmo, mestre.

O silêncio se encheu de temor. Ajar tripudiava, dizendo:

— Um crime sem razão bate à porta do sultão.

— É loucura! — gritou Hassan Al Atar.

— Que azar desgraçado!

— Estaremos perdidos? Assim, de graça e sem razão?

A cabeça de Ajar estava cheia de estranhas fantasias, saltando de sonho para sonho. Por fim, com uma sensação de estar no comando pela primeira vez, disse, tranqüilo:

— Peguem suas coisas e saiam daqui.

— Como podemos ir, deixando esse crime atrás de nós? — disse Jalil.

— Saiam — disse Ajar em tom imperioso. — O corpo desaparecerá e nem os gênios encontrarão pistas dele.

— Tem certeza que pode resolver isto?

— Absoluta, e apenas com a ajuda de Deus!

Pode contar com uma recompensa à altura, como ninguém jamais ouviu falar — disse Jalil, com voz trêmula.

— É o mínimo que eu espero — disse ele friamente.

— Mas talvez muitos no café tenham ouvido quando o convidamos para nossa festa.

— Sim, ouviram, mas eu me juntei a vocês sem convite e posso testemunhar o fato de que ele ficou conosco apenas um pouco e depois pediu desculpas e saiu, dizendo não estar se sentindo bem. Agora, entendam bem e lembrem-se disso.

XI

Quando ficou sozinho com o cadáver do corcunda, lembrou-se de Zahriar e do sangue, e todo o seu corpo tremeu. Mas não havia tempo para pensamentos negativos. Tinha de se afastar da terra cultivada e buscar algum buraco no deserto, um lugar seguro para guardar o cadáver até que houvesse realizado seus desejos. Um cadáver havia contrariado sua boa sorte e ali estava outro que prometia restabelecer o que ele havia perdido. Era necessário agilidade e sigilo.

Ouviu uma voz rasgando o silêncio:

— Você, que anda nas trevas, liberte-se da carga.

Seu corpo tremeu como nunca. O louco. Sempre estava interrompendo sua solidão. Tudo o que tinha a fazer era cobrir o pequeno cadáver na barra de seu manto. Estendeu a mão e logo a retirou como se tivesse levado uma ferroada. Algo se movimentara, talvez uma pulsação. Algo exalando como um gemido. Oh, Deus, o corcunda não tinha morrido. Mais uma vez ouviu a voz:

— Liberte-se.

Maldição! Ainda o estava perseguindo, o assassino da bela Zahriar. Por que ele a matara? Por que não havia matado Julnar? Atirou Chamlul sobre o ombro esquerdo e o cobriu com o lado direito de seu manto.

— Calma, Chamlul — murmurou. — Sou seu amigo e vou levar você para um lugar seguro.

Perder a recompensa? Seus desejos se desmanchariam no ar? Ah, se apenas tivesse capacidade para matar! Teve uma idéia: esconder Chamlul em sua casa até que conseguisse o que tanto desejava. A idéia tomou conta dele e ele não era do tipo de considerar as idéias a partir de diferentes pontos de vista.

XII

Fatuha olhou espantada para o minúsculo corcunda inerte.

— Ouça e faça o que eu disser — disse-lhe Ajar.

— Ele não vai dar bom caldo — disse ela, com escárnio.

— Vamos preparar um lugar confortável para ele no quarto de cima — disse entusiasmado —, e ele poderá ficar lá alguns dias até recuperar a saúde.

— Por que não levá-lo para a família dele?

— Ele é a estrela da sorte que vai nos trazer felicidade e melhorar nossa situação. Dê-lhe o que ele quiser e tranque bem a porta do quarto. Isso não vai tomar tempo e depois eu lhe conto tudo que você precisa saber.

XIII

Mal pregou os olhos naquela noite e, pela manhã, saiu cedo para trabalhar. Era o dia mais decisivo de toda sua vida e todos os milagres tinham de acontecer sem atraso. Era possível ser valente, ousado e sem-vergonha — embora nunca tivesse experimentado nenhuma sensação de vergonha. Era uma oportunidade única, que jamais se repetiria, e tudo corre conforme a vontade de Deus.

Decidido a começar pela caça mais valiosa, foi para a casa de Hassan Al Atar antes da hora em que este abria sua farmácia. O jovem veio vê-lo na confortável sala de visitas.

— Como estão as coisas com você, Ajar? — perguntou, ansioso.

— Está tudo bem, mestre — respondeu, em um tom seguro de si. — Você está a salvo para o resto de sua vida.

— Tudo vai sair bem, se Deus o permitir — disse ele, apertando-lhe o braço. — Você se encontrou com mestre Jalil?

— Ainda não. Eu quis começar pelo chefe.

— Aqui estão mil dinares. Desejo-lhe boa sorte.

— Precisa completar dez mil, mestre — disse ele calmamente.

Hassan franziu o rosto em desalento.

— O que você disse?

— Dez mil dinares.

— Mas isso é uma fortuna que pesaria muito até para o mais generoso dos ricos.

— É apenas uma gota de seu oceano — disse ele com a mesma voz tranqüila —, e sua vida vale mais que a riqueza do próprio Karun.*

— Contente-se com cinco mil e Jalil Al Bazaz completará o restante.

— Não abro mão de um só centavo.

Hassan ficou um instante perdido em pensamentos e então se levantou, desanimado. Ausentou-se por um momento, voltando em seguida com o dinheiro que havia sido exigido.

— Você não tem nenhuma piedade — murmurou.

— Que Deus o perdoe — disse Ajar em protesto, enfiando o dinheiro no bolso. — Não salvei o pescoço de vocês da espada de Chabib Rama?

— Mas sua ganância é mais mortífera que a espada dele.

— Com a ajuda de Deus — disse ele, ignorando o comen-

* Figura da tradição popular árabe, sinônimo de riqueza. (N. T.)

tário —, Ajar se tornará uma pessoa importante e investirá seu dinheiro junto com a elite dos iguais de mestre Sahlul. Dessa forma, será capaz de realizar seus verdadeiros sonhos.

— E quais são seus verdadeiros sonhos? — perguntou o outro com repentino sarcasmo para aliviar seu rancor.

— Buscar a honra de ser seu parente pedindo a mão de sua respeitável irmã.

— O quê? — exclamou, ficando bruscamente em pé.

— Não me faça conhecer seu desdém, porque você não tem esse direito. Viemos todos da virilha de Adão. Antes não havia nenhuma diferença entre nós senão a da riqueza, e hoje não há mais essa diferença.

Hassan reprimiu seus sentimentos de raiva para evitar conseqüências desagradáveis. Livrando-se de sua perturbação, disse:

— Mas, como você sabe, ela precisa dar seu consentimento.

— Ela consentirá para salvar o pescoço de seu amado irmão — replicou com um olhar significativo.

— Seu pedido não é nada nobre.

— O amor acredita apenas no amor — disse com convicção.

O silêncio reinou e os dois foram engolfados pela crescente onda de calor daquele dia. Então, Hassan disse:

— Vamos deixar isso de lado por enquanto.

— Nos vemos ao meio-dia — disse ele, insistente.

— Meio-dia!

— Hoje, ao meio-dia para o contrato de casamento e deixamos a cerimônia para depois — levantou-se e cumprimentou-o inclinando a cabeça. Enquanto se afastava podia sentir o olhar fulminante de ódio às suas costas.

XIV

Antes da manhã terminar ele havia conseguido mais dez mil dinares de Jalil Al Bazaz. Deixara-o hirto de raiva. Ajar disse a si mesmo que devia fortalecer seu relacionamento com o chefe da guarda, Baiumi Al Armal, para o caso de alguma traição no futuro. Precisava também distinguir-se junto ao governador do bairro e ao secretário pessoal, como fazem os ricos, e, com isso, ganhar prestígio e segurança. Quanto a Fadel Sanaan, quando este passou diante do salão, Ajar olhou-o com desprezo e perguntou:

— E você, o que você tem para mim em recompensa por lhe salvar a cabeça, Fadel?

Fadel sorriu, confuso, e disse:

— Tenho minha cabeça, que é a coisa mais preciosa que possuo.

— Você já recusou meu pedido com desdém — disse Ajar, amargo.

— É seu direito que eu compense o que fiz — disse Fadel, desculpando-se.

Ajar ficou calado por alguns instantes e então disse:

— Deus me concedeu alguém melhor que ela, mas lembre-se que, devido a sua pobreza, salvei sua cabeça a troco de nada.

XV

Ao meio-dia realizaram-se as cerimônias legais para Ajar se casar com Kamar Al Atar, numa atmosfera mais parecida com a de um funeral. O interesse de Ajar se concentrava em manter Chamlul, o corcunda, em sua casa até que a noiva lhe fosse dada em casamento. Nesse meio-tempo, alugara uma bela casa e havia começado a prepará-la para receber a noiva. Não estava inteiramente confiante acerca do futuro, pois seu ardil mais cedo ou mais tarde seria descoberto. Além disso, Fatuha descobriria seu casamento com Kamar e as nuvens dos problemas e preocupações iriam se juntar. No entanto, poderia se salvar da ruína se conseguisse conquistar a noiva para o seu lado e, de algum modo, fosse adotado pela família Atar, e se investisse seu dinheiro de forma que garantisse um retorno amplo e permanente.

Foi até o mercado, onde encontrou mestre Sahlul e lhe disse:

— Tenho algum dinheiro e gostaria de investir consigo, pois você é a melhor pessoa para isso.

— Onde você conseguiu esse dinheiro, Ajar? — perguntou Sahlul, que nunca demonstrava espanto.

— Deus concede a graça a quem Ele quiser.

— Não entro em sociedade com ninguém — disse bruscamente.

— Ensine-me — suplicou Ajar —, pois ensinar já é, em si, uma recompensa!

Sahlul riu enquanto dizia:

— Minha profissão não é ensinada, Ajar. Espere até Sindbad voltar.

Imediatamente se dirigiu a Nuredin, o concunhado do sultão. O jovem lhe perguntou com certa suspeita:

— Você jura que ganhou o dinheiro de modo legal?

Embora seu coração estivesse inquieto, jurou que sim.

— Sairá um navio este mês. Procure-me no fim da semana.

Ajar saiu com receio da conseqüência do falso juramento que havia feito, mas em sua consciência comprometeu-se a expiar seus pecados fazendo peregrinação, praticando a caridade e o arrependimento.

XVI

Ajar percebeu que a marcha do tempo era um aviso da destruição de todas as suas esperanças e de que ele não era capaz de detê-lo. Era impossível manter o corcunda para sempre em sua prisão e ele jamais encontraria um lugar seguro para ele na cidade. Nada restava a não ser tomar posse de sua noiva e fugir com ela no primeiro navio. Começaria vida nova em terras distantes: uma vida de riqueza, amor e arrependimento. Defendia-se dizendo que não era perverso e apenas havia feito o que fez por privação e fraqueza. Se Deus lhe havia dado o destino dos pobres e a inclinação dos ricos, que culpa tinha ele? À noite foi ao Café dos Príncipes e imediatamente seguiu com passos firmes até onde se acomodavam Hassan Al Atar, Jalil Al Bazaz e Fadel Sanaan. Com relutância, abriram espaço para ele. Disse a si mesmo: "Ontem eu era desprezado, hoje sou extremamente detestado". Mas sua situação com Al Atar estaria resolvida ao fim dessa reunião noturna e, a partir de amanhã, entraria no mundo dos sonhos maravilhosos. Então viu Fadel olhar espantado para a entrada do café e chamar a atenção dos seus companheiros para que olhassem também. Dirigiu também seu olhar para a entrada e viu Chamlul, o corcunda, olhando fixo para eles, os olhos injetados e o corpo todo agitado.

XVII

O desespero e o terror lhe dilaceraram a alma quando o corcunda arrancou em sua direção com passos curtos e rápidos até que estava em pé diante deles em atitude desafiadora. Com uma voz aguda como um apito, gritou:

— Malditos sejam, seus ciganos!

Primeiro se voltou para Ajar:

— Então você me tranca em sua casa dizendo que eu estava recebendo hospitalidade que eu não havia pedido!

Ajar não disse uma palavra e o corcunda continuou:

— Sua mulher me libertou quando soube da notícia do seu casamento, portanto, pode saber que vai ouvir trovões em sua casa.

Voltou-se então para os outros três:

— Vocês batem no homem do sultão, covardes! Para cada homem forte há outro mais forte e fatal, e vocês vão ter o que realmente merecem.

Marchou para fora do café com passos curtos e rápidos, o rosto amarelo de raiva, enquanto irrompia uma tempestade de risadas. Os três ficaram com os semblantes paralisados e então foram tomados pelo medo e a raiva. Voltaram-se para Ajar com olhares de aversão.

— Patife trapaceiro — silvou-lhe Hassan Al Atar. — Devolva o dinheiro e revogue o contrato de casamento.

— Devolva o dinheiro ou vamos quebrar os seus ossos — disse Jalil Al Bazaz.

— No início, pensei que ele estava morto e Deus é testemunha.

— E depois você se tornou um criminoso trapaceiro. Devolva o dinheiro e revogue o contrato de casamento.

Numa bravata de desafio à morte, disse:

— Cuidado com o escândalo. A bebedeira, a desordem e a agressão deixarão de ser segredo. Seria melhor vocês aplacarem o corcunda antes que leve sua queixa ao sultão. Quanto ao dinheiro que me deram, considerem como remissão pelos pecados de suas vidas.

— Ai de você, não fugirá nem com um único centavo, seu trapaceiro.

Num átimo, Ajar se levantou e saiu do local como se fosse um fugitivo.

XVIII

Todo sentido de segurança desapareceu de seu mundo e a lâmpada da esperança se apagou. Embora fosse marido de Kamar, ela estava mais distante dele que as estrelas. Estava rico e, no entanto, ameaçado de morte. Sabia mais que ninguém sobre a secreta aliança entre Atar e Bazaz, de um lado, e Yussef Al Tahir, o governador, e Hussam Al Faki, o secretário particular, do outro. Além disso, Fatuha estava à espreita em casa, impaciente por seu retorno para cravar os caninos em sua garganta. Como o mundo se estreitara! Perambulou pelas ruas, dormitando algumas horas nos degraus do chafariz público. Durante o dia inteiro isolou-se na parte mais afastada do bairro. Sem dúvida seus inimigos haviam conseguido dobrar o corcunda e agora se dedicavam a planejar sua vingança contra ele. À noite, estava sozinho no campo de tiro quando subitamente seu olhar foi atraído para a luz de tochas e um clamor inusitado.

XIX

O que estava acontecendo no campo? Uma força da guarda estava cercando um grande número de vagabundos e conduzindo-os com violência para um lugar desconhecido. Ajar ouviu um homem ali perto exclamar:

— Que decisão incomum!

Na verdade, não era outro senão o gênio Sakharbut disfarçado de humano, caminhando solene com uma túnica que denotava nível social elevado.

— Que decisão, senhor?

Sakharbut ficou contente por conseguir atrair a atenção de Ajar.

— Que Deus possa honrar Sua Majestade o sultão, pois o astrólogo do palácio previu que a situação não irá melhorar a menos que os vagabundos assumam o controle dos assuntos do reino. Por isso, Sua Majestade ordenou que os vagabundos sejam detidos para escolher entre eles os que irão preencher os diversos postos.

Abismado, Ajar perguntou:

— Você tem certeza do que está dizendo?

— Você não ouviu os pregoeiros? — disse Sakharbut, surpreso.

Seu coração pulou de alegria. Essa massa de homens varreria todas as tristezas de uma só vez? Eles o salvariam de seu tormento e desespero, mensageiros das boas novas da libertação e do poder? O que poderiam seus inimigos fazer se amanhã ele os olhasse de cima, da varanda dos governantes? Sem hesitar um só instante, insinuou-se entre os que haviam sido detidos e deixou-se conduzir.

XX

A corrente humana prosseguiu rumo à casa do governador Yussef Al Tahir, onde os detidos eram amontoados no pátio, sob vigilância e à luz das tochas. Yussef Al Tahir chegou seguido por

Hussam Al Faki. O chefe da guarda, Baiumi Al Armal, cumprimentou-os e depois disse:

— Esses são os que conseguimos deter esta noite e os outros virão no devido tempo.

— Com isso você pode garantir realmente que os roubos e o banditismo serão eliminados? — perguntou Yussef Al Tahir.

— Isso é o que se espera, meu senhor — disse Baiumi Al Armal.

A um sinal do governador, os soldados foram tirando as roupas velhas dos detidos. Ajar estava pasmo e se convenceu de que havia se deixado levar para uma desgraça, diante da qual seus outros problemas pareciam insignificantes. Sobre eles choveram chibatadas e os gritos de Ajar rasgaram o ar antes mesmo de chegar sua vez, que de fato chegou. Quando começaram a levá-los para a prisão, Ajar gritou ao governador:

— Ó, representante do sultão, eu lhe suplico pelo amor de Deus Todo-Poderoso, olhe para mim, pois eu não sou um deles. Sou Ajar, o barbeiro. O chefe da guarda me conhece e também o secretário. Eu sou amigo de Nuredin, o concunhado do sultão!

Baiumi Al Armal ouviu tudo isso e disse, abismado:

— Mas eu não prendi você, Ajar.

— As coisas se atrapalharam: obra do diabo.

Yussef Al Tahir ordenou que o soltassem e devolvessem sua roupa. Mas, de repente, o governador olhou atentamente para o pacote ao redor de sua cintura. Ajar tremeu e o escondeu com os braços. O governador, contudo, já estava desconfiado e ordenou que o pacote lhe fosse tirado e examinado. Quando viu o colar com as pedras preciosas, gritou:

— O colar de Zahriar! Você não passa de um ladrão assassino! Prendam-no...

XXI

O dia seguinte começou pelo interrogatório de Ajar. Contou sua história e jurou, por tudo que era sagrado, que era verdade. Hassan Al Atar e Jalil Al Bazaz apresentaram-se para testemunhar que ele era mentiroso e trapaceiro. Yussef Al Tahir ordenou que ele fosse decapitado e o bairro inteiro se reuniu na praça para assistir. Mas antes de ter início a execução, o vizir Dandan chegou em uma imponente procissão.

XXII

Logo o tribunal estava reunido no palácio do governador, com a presença de Dandan, Yussef Al Tahir, Hussam Al Faki, Baiumi Al Armal e Ajar, o barbeiro.

— Sua Majestade ordenou-me que conduzisse um novo julgamento — disse Dandan.

— Ouvir é obedecer, senhor ministro — disse Yussef Al Tahir.

— O louco o informou sobre algo que ele deseja investigar — disse Dandan.

— Aquele louco — disse Yussef Al Tahir, surpreso — que insiste em afirmar que é Jamsa Al Balti?

— Ele mesmo.

— E Sua Majestade acreditou nele?

— Estou aqui para interrogar vocês e não para vocês me interrogarem — disse Dandan, rude.

O silêncio pesado foi quebrado por Dandan, que perguntou a Yussef Al Tahir:

— Você tem duas irmãs, sendo que uma está viva e a outra desaparecida?

— Sim, ministro — disse Yussef.

— E elas levavam uma vida imoral e dissoluta?

— Se eu soubesse — disse Yussef Al Tahir com voz trêmula — não teria permanecido calado a respeito.

— Melhor dizer que elas o calaram enchendo-o do dinheiro ganho com a imoralidade.

— Isso não passa de imaginação de um louco — disse o governador.

Dandan voltou-se para Hussam Al Faki, o secretário, e afirmou:

— Dizem que você sabe tudo sobre esse assunto. Então, em nome do sultão, ordeno-lhe que exponha as informações de que dispõe, e cuidado para não dizer nenhuma mentira que possa lhe custar a cabeça.

Hussam Al Faki ficou totalmente arrasado. Esforçando-se ao máximo para se salvar, disse:

— Tudo o que foi dito é a verdade, e não pode haver dúvida.

— O que você sabe a respeito do desaparecimento de Zahriar? — perguntou-lhe Dandan, franzindo o cenho.

— Investiguei pessoalmente e, ao que parece, sua irmã Julnar a matou por ciúme.

Ajar foi convocado para falar e contou sua história desde a época em que se apaixonou por Julnar até o momento em que se misturou entre os vagabundos que haviam sido detidos.

XXIII

O processo completo foi encaminhado ao sultão Shahriar que ordenou que Yussef Al Tahir, não mais capaz para exercer o cargo, fosse demitido, bem como Hussam Al Faki, por haver acobertado seu superior; que Hassan Al Atar, Jalil Al Bazaz e Fadel Sanaan fossem chicoteados por embriaguez e comportamento desordeiro; e que o dinheiro de Ajar fosse confiscado e ele fosse solto.

Quando Dandan ficou a sós com sua filha Scherazade, disse-lhe:

— O sultão mudou e se tornou uma nova pessoa, cheio de misericórdia e com senso de justiça.

— Ainda há um lado nele que não é confiável, e suas mãos

continuam manchadas pelo sangue dos inocentes — disse Scherazade.

Quanto a Ajar, a alegria por haver escapado o distraiu de sua perda. E logo desfez o contrato de casamento com Kamar e foi até a tamareira, não muito longe da ponta verde do rio. Curvou-se diante do louco que estava sentado de pernas cruzadas sob a árvore e disse, agradecendo:

— Sou grato a você por salvar minha vida, ó generoso homem santo.

ANIS AL JALIS

I

Shahriar e Dandan mergulharam na noite, seguidos por Chabib Rama. Todo movimento de pessoas já havia cessado. À luz de lâmpadas muito esparsas, viam-se vultos de casas, lojas e as mesquitas adormecidas. O calor do verão havia diminuído e as estrelas cintilavam nas alturas.

— Qual é sua opinião sobre o que houve? — perguntou Shahriar.

— Sulaiman Al Zaini é um homem que tem futuro como governador. Assim também seu secretário Fadel Ben Khakan.

— Quando os cidadãos estão adormecidos, o bem e o mal dormem. Todos estão apaixonados pela felicidade, mas ela é como a lua oculta pelas nuvens de inverno. Assim, se o novo governador do bairro, Sulaiman Al Zaini, tiver sucesso, gotas de chuva cairão do céu, limpando um pouco da poeira que flutua no ar.

— Isso será graças a Deus Todo-Poderoso e pela mão de Sua Majestade o sultão e sua sabedoria.

— Mas a severidade — disse Shahriar após pensar um pouco — deve continuar a ser um dos meios à disposição do sultão.

Por sua vez, Dandan dedicou certa atenção ao assunto e então replicou com prudência:

— O que Sua Majestade aspira ter é a sabedoria, e não a severidade.

O sultão riu e sua risada rasgou o silêncio da noite.

— Você não passa de um hipócrita, Dandan — disse ele. — O que o louco disse? Disse que se a cabeça estiver boa, o corpo inteiro estará bom, pois a honestidade e a corrupção vêm de cima para baixo. Ele piscou para mim com uma coragem que somente os loucos possuem, mas conhecia todos os segredos do caso. Como conseguiu esse conhecimento?

— Majestade, como eu poderia saber o que se passa pela cabeça dos loucos?

— Ele disse que sabia desses segredos desde a época em que era o chefe da guarda.

— Continua insistindo que é Jamsa Al Balti, mas a cabeça de Jamsa Al Balti pendurada na porta de sua casa desmente o que ele diz. Talvez seja um daqueles que realmente conhecem o sobrenatural.

— Scherazade me ensinou a acreditar naquilo que a lógica humana desmente — disse Shahriar, como se falasse consigo mesmo — e a mergulhar em um mar de contradições. Sempre que chega a noite me parece que sou um pobre coitado.

II

— Temo que o tédio nos persiga — disse Zarmabaha a Sakharbut.

— Não, muitas oportunidades nos serão oferecidas e outras serão criadas, ó coroa da inteligência — disse Sakharbut, animando-a.

E chegou até eles, vinda do alto da árvore, a voz de Kamkam, dizendo:

— Se a rabugice eclode entre vocês, é sinal de boas novas.

— Você é apenas um velho impotente — zombou dele Zarmabaha.

— A terra brilha com a luz de seu Criador — disse Sanjam de seu lugar ao lado de Kamkam — e para a luz se voltam, dia e noite, Jamsa Al Balti e o apaixonado Nuredin. Até Ajar se acomodou em seu salão e se arrependeu de suas aventuras. Quanto ao sanguinário Shahriar, algum lampejo de luz move sua carcaça, tão cheia de sangue derramado.

— Você não vê nada nas coisas além de sua sombra muda —

disse Sakharbut, zombeteiro. — Sob as cinzas existe brasa viva e o amanhã irá arrancá-lo do sono da cegueira.

III

O movimento começou com um som suave como o da seda e depois ribombou como um trovão. Naquela noite, no Café dos Príncipes, Ibrahim, o carregador de água, desviou-se de sua delicadeza habitual e disse em voz alta, muito alterado e emocionado:

— Hoje bem cedo carreguei água até a casa vermelha.

— O que há de novo nisso, seu idiota? — perguntou Chamlul, o corcunda, com sua voz esganiçada.

Embriagado pela emoção, o carregador de água respondeu:

— Dei uma espiada na dona da casa, bendito seja o Grande Criador.

Riram os que estavam sentados no chão e aqueles que estavam sentados nos divãs com as pernas cruzadas.

— Vejam o que é a loucura da velhice — disse Maaruf, o sapateiro.

— Um olhar que ela nos lance e o estômago se enche com dez barris do vinho da loucura — disse Ibrahim, com tristeza.

— Descreva-a para nós, Ibrahim — disse o médico Abdul Kadir Al Mahini.

— Não dá para descrevê-la, senhor — exclamou o carregador de água —, mas peço misericórdia e perdão a Deus.

Duas noites depois, Rajab, o carregador, disse:

— Fui chamado hoje para levar uma carga até a casa vermelha.

Imediatamente toda a atenção se voltou para ele, que parecia tomado por uma emoção irresistível.

— Eu vi a dona da casa. Que Deus me proteja da violência de uma beleza que domina.

Não se tratava de brincadeira. Os de natureza impulsiva se apressaram a investigar. Correram ao mercado das armas, onde ficava a casa vermelha: um casarão que havia muito estivera abandonado após seus donos terem morrido numa epidemia. Fora deixada vazia e seu jardim havia morrido, até ser alugada por uma desconhecida dama de país estrangeiro, acompanhada somente por um escravo. Tarde da noite, vindos de trás de seus muros, podiam-se ouvir uma melodia e um canto maravilhosos. Segundo se dizia, era uma mulher de vida fácil.

Dessa forma, Ajar, o barbeiro, também se viu falando entusiasmado a seu respeito para cada cliente que visitava.

— Ela quebrou totalmente meu voto de arrependimento e me atingiu com a flecha do eterno sofrimento — diria ele.

E acrescentaria:

— Ela me chamou para lhe aparar os cachos e lixar suas unhas. Se ela fosse uma senhora recatada teria chamado também uma dama de companhia, mas ela é um verdadeiro tição do Todo-Poderoso.

Ficaram sabendo que seu nome era Anis Al Jalis. Tantas coisas contraditórias eram ditas a seu respeito que até se chegava a duvidar da seriedade daqueles que a descreviam. Alguns diziam que era loura de pele clara; outros, que era morena dourada; alguns a descreviam como rechonchuda, enquanto outros celebravam sua compleição esbelta. Tudo isso inflamou tanto as secretas reservas da paixão que os abastados e notáveis se precipitaram a tomar de assalto o desconhecido.

IV

Yussef Al Tahir foi o primeiro a tomar a iniciativa. Desde que fora exonerado, e sendo um homem rico, sofria do tédio de ficar sem trabalho. Dessa forma chegava para ele o alívio e a tranqüilidade. Certa noite, foi até a casa vermelha e bateu à porta. O escravo abriu e lhe perguntou:

— O que o senhor deseja?

— Sou um forasteiro que procura abrigo na casa de pessoas generosas — respondeu, decidido, o homem que por algum tempo governara o bairro.

O escravo entrou por um momento e depois voltou e lhe deu passagem, dizendo:

— Bem-vindo, forasteiro, à casa dos forasteiros.

Mostrou-lhe a sala de visitas cujas paredes eram decoradas com arabescos, o assoalho coberto com tapetes da Pérsia e sofás de Antioquia, sendo, o conjunto, embelezado por objetos artísticos da Índia, China e Andaluzia: luxo somente encontrado na casa de um príncipe.

Entrou então uma mulher com o rosto velado, a forma do corpo oculta por sua roupa damascena que lhe dava um ar de esplendor.

— De que país você é, forasteiro? — perguntou ela, sentando-se.

— A verdade é que sou um amante da vida — disse ele, valendo-se de sua vitalidade como se fosse vinho.

— Em nome do sultão, você nos enganou.

— Minha desculpa — disse com ardor — é que uma quiromante me informou que vivo pela beleza e por causa dela morrerei.

— Eu sou uma mulher casada — disse ela num tom sério.

— Verdade? — perguntou ele, preocupado.

— Mas não sei quando meu marido virá ter comigo — acrescentou ela.

— Que estranhas palavras!

— Não menos que as suas — murmurou com sarcasmo.

Recatadamente, ela retirou o véu do rosto e irradiou uma beleza que parecia criada apenas para ele e que concretizava seus sonhos mais fugidios. Inteiramente fora de si, ajoelhou-se. Tirou do bolso uma pequena caixa de marfim e colocou entre os pés dela: continha uma jóia que espargia uma luz como a do sol. Murmurou com voz trêmula:

— Até mesmo a jóia da coroa não é digna dos seus pés.

Esperou a sentença que decidiria seu destino.

— Seu cumprimento está aceito — disse ela com delicadeza.

Exultante de esperança, seu corpo tremeu por inteiro. Abraçou-lhe as pernas enquanto baixava a cabeça e beijava-lhe os pés.

V

A iniciativa de Yussef Al Tahir foi como abrir comportas para as ondas de loucura que se avolumavam, transbordavam e engolfavam o bairro como um dilúvio, atingindo os seus filhos mais ricos. Quanto aos pobres, afligiam-se de tristeza e lamentação. A casa vermelha no mercado das armas tornou-se foco das atenções de Hussam Al Faki, Hassan Al Atar, Jalil Al Bazaz e outros. Para lá eram levados presentes atrás de presentes, os corações se perdiam e as mentes se desencaminhavam; a extravagância e a tolice assumiam o comando e as conseqüências eram deixadas de lado; a noção do tempo desaparecera, nada restando além do momento presente, enquanto o mundo, que seguia o rastro da religião, perdia o rumo.

Anis Al Jalis era uma fascinante feiticeira, amante do amor, amante da riqueza e amante dos homens. Nenhum objeto de desejo saciava sua sede e ela estava sempre pedindo mais. Os homens competiam furiosamente entre si no amor e no ciúme. Nenhum a possuía, nenhum a ela renunciava. Com um único ímpeto, estavam todos se arruinando.

VI

Mestre Sahlul nunca tivera tantas atividades como naqueles dias. Ele era o homem dos leilões e o primeiro que aparecia quando alguém abria falência. O primeiro a cair foi Hussam Al Faki. Não se importou tanto com a perda do dinheiro quanto com a perda de Anis Al Jalis. Ficou menos triste com o destino de suas mulheres e filhos que por ficar sem ela.

— Nada destrói mais um homem que ele próprio — disse ele a mestre Sahlul.

— E ninguém pode salvá-lo senão ele próprio — disse Sahlul, enigmático.

— Faz muito tempo que as advertências faliram — disse Faki, fazendo troça. Em sua queda foi seguido por Jalil Al Bazaz e, depois, por Hassan Al Atar. Quanto a Yussef Al Tahir, cambaleou na própria beira do abismo. Comentando a próspera atividade de Sahlul, Ajar, o barbeiro, lhe disse:

— Certas pessoas se beneficiam com as desgraças de outras.

— São os carrascos e ao mesmo tempo as vítimas — disse Sahlul, com indiferença.

— Se você a tivesse visto, mestre, sua alma teria ido à loucura — disse Ajar, suspirando de tristeza.

— Ela não passa do sorriso de um demônio.

— Estou surpreso por você não ter se apaixonado por ela.

— Quis o destino que em cada cidade maluca houvesse pelo menos uma pessoa sensata — disse Sahlul, sorrindo.

Certa noite, quando Sahlul andava despreocupado pela escuridão, seu caminho foi bloqueado por Kamkam e Sanjam, e trocaram um cumprimento sagrado.

— Veja a insensatez que está devastando a cidade — disse Kamkam.

— Eu já vivi milhões de anos, e por isso nada me deixa espantado — disse Sahlul.

— Um dia suas almas serão capturadas quando estiverem transpirando o pecado — disse Sanjam.

— O arrependimento pode vir antes da hora da morte.

— Por que não nos é permitido ajudar os fracos?

— Deus lhes concedeu algo melhor e que vocês não possuem: a razão e o espírito — disse apenas Sahlul.

VII

Hussam Al Faki cambaleou bêbado até a casa vermelha e bateu à enorme porta. A taça de sua loucura havia transbordado e o levara até a porta da salvação, mas ninguém abriu para ele.

— Abra, ó abridor de portas — gritou irritado, no meio da noite. Mas como ninguém ligasse para seus gritos, retirou-se para um canto do muro, em atormentada obstinação. Logo avistou um vulto que se aproximava. Quando viu o rosto à luz de uma lâmpada, reconheceu seu antigo chefe Yussef Al Tahir e se inflamou numa fúria agora sóbria. Yussef Al Tahir bateu à porta e logo abriram para ele. Hussam Al Faki correu atrás dele, porém o escravo barrou seu caminho, dizendo:

— Desculpe-me, mestre Hussam.

Furioso, deu um soco na cara do escravo, e então Yussef Al Tahir lhe disse, com delicadeza:

— Desperte e comporte-se como deve.

— Perdi a riqueza e a fé. Então, o que resta para mim? — disse ele, angustiado.

Yussef Al Tahir deu-lhe as costas para entrar, mas o outro saltou sobre ele como um tigre e enterrou-lhe no coração uma adaga envenenada. Diante disso, o escravo soltou um grito, arrancando as pessoas de seu sono.

VIII

Hussam Al Faki não tentou fugir e foi detido. Baiumi Al Armal olhou penalizado para ele e disse:

— Lamento por você, velho amigo.

— Não lamente, Baiumi — disse Hussam, tranqüilo —, é apenas uma velha história com que os velhos se animam: a história de amor, loucura e sangue.

IX

O escravo disse a Anis Al Jalis:

— Minha amada Zarmabaha, em pouco tempo Baiumi Al Armal, o chefe da guarda, vai nos honrar com uma visita.

— Como nós planejamos, Sakharbut — disse a mulher. — E estaremos a sua espera.

— Deixe-me beijar essa cabeça tão genial.

X

O julgamento de Hussam Al Faki só levou alguns instantes, após o que, foi decapitado. O governador Sulaiman Al Zaini reuniu-se com o chefe da guarda. Também estavam presentes o secretário Fadel Ben Khakan e o tesoureiro Al Muain Ben Saui. Dirigindo-se a Baiumi Al Armal, Al Zaini disse:

— O que é isso que as testemunhas disseram? Dezenas de homens estão indo à falência, dois homens perderam a vida, e tudo por causa de uma forasteira devassa? Onde você estava, chefe da guarda?

— A devassidão é um pecado oculto e nós estamos ocupados, perseguindo os xiitas e os karijitas — disse Baiumi Al Armal.

— Não, não, você é o olho da lei do islã. Investigue a mulher. Confisque sua riqueza ilegal. Corrija sua falha antes que seja chamado a prestar contas diante do sultão.

XI

Na sala de recepção da casa vermelha, parado entre um grupo seleto de seus homens, Baiumi Al Armal olhava ao seu redor e se perguntava: "Será que o palácio do sultão supera essa casa em algum aspecto?". A mulher, com a face velada e o corpo vestido com recato, apareceu.

— Seja bem-vindo, chefe da guarda, a nossa humilde casa.

— Com certeza a senhora ficou sabendo do crime que foi cometido na porta de sua casa — disse ele rudemente.

— Nem me lembre desse crime, pois não consigo pregar o olho desde que foi cometido — replicou, emocionada.

— Não vou me deixar levar por sua encenação — disse ele bruscamente. — Responda minhas perguntas com honestidade. Qual é o seu nome?

— Anis Al Jalis.

— Um nome suspeito. De que país você veio?

— Minha mãe é da Índia e meu pai da Pérsia. Meu marido é da Andaluzia.

— Casada?

— Sim, e acabei de receber uma carta de meu marido informando-me de sua chegada em breve.

— E ele tem conhecimento de sua vida promíscua?

— Deus me livre. Eu sou uma mulher honrada.

— E o que fazem os homens que freqüentemente visitam sua casa?

— Amigos da elite desta cidade e que apreciam discutir direito canônico e literatura.

— Que o castigo de Deus recaia sobre você. É por isso que eles vão à falência e brigam entre si?

— São generosos e isso não é culpa minha. Minha educação não permite que eu recuse seus presentes. Não sei como foi que o diabo se insinuou entre eles.

— Tenho ordens para confiscar sua riqueza ilegal — disse ele, com a paciência esgotada.

Fez um sinal para seus homens, que se espalharam pela casa procurando jóias, pedras preciosas e dinheiro. Enquanto isso, os dois ficaram em silêncio, a sós. Ele lhe dirigia olhares inquisitivos, tentando ver através do véu, mas sem resultado. Ela não mostrava nenhuma preocupação. Conformava-se com o destino — ou assim parecia.

— A partir de hoje terei de sobreviver da venda de meus móveis? — perguntou ela, queixando-se.

Ele deu de ombros desdenhosamente enquanto ela retirava o véu do rosto, dizendo:

— Desculpe-me, mas o calor do verão é insuportável.

Baiumi olhou para ela e ficou estupefato. Embora sem acreditar em seus olhos, estava fulminado. Concentrou nela seu olhar e não conseguia desviá-lo. Nadou no tempestuoso mar da loucura. Perdeu a força, a posição e a esperança. Enterrou com suas próprias mãos o chefe da guarda e de sua sepultura saíram cento e um gênios. Milhares de mãos o empurravam e ele teria sucumbido se não fosse o ruído de seus ajudantes percorrendo os aposentos da casa. Os observadores e informantes também estavam chegando, mas Baiumi Al Armal para sempre estava perdido.

— Peço que o senhor proceda generosamente, chefe da guarda — disse ela, suplicando novamente.

Ele queria dar-lhe uma resposta rude, uma resposta condizente com a situação. Ao mesmo tempo, queria dar-lhe uma resposta gentil. Entretanto, mergulhou no silêncio.

XII

À meia-noite perdeu o autocontrole e secretamente correu até a casa vermelha. Apresentou-se diante dela submisso, dizendo a si mesmo que era uma questão de destino, contra o qual não adiantava tomar precauções e para o qual não havia nenhum precedente. Fingindo não ver a condição em que ele estava, ela disse com tristeza:

— Ó chefe da guarda, não tenho mais nada para o senhor confiscar.

— Cumpri meu dever — disse ele, humilde —, mas há uma parte em mim que é generosa.

E atirou a seus pés uma bolsa cheia. Ela sorriu com doçura e murmurou:

— Como o senhor é nobre!

Ajoelhou-se humildemente, abraçou suas pernas e, em seguida, prostrou-se e beijou seus pés.

XIII

Começaram a aumentar as queixas dos que tinham direito a receber dinheiro do tesouro público, e entre os escrivães corria o rumor de que o dinheiro não estava sendo gasto segundo sua destinação legal ordenada por Zaini. A notícia chegou ao governador, que destacou informantes e apertou a vigilância. Encarregou o secretário Al Fadel Ben Khakan e o tesoureiro Al Muain Ben Saui de conduzirem uma investigação secreta. Por fim, decidiu chamar o chefe da guarda e o colocou diante de relatórios confiáveis. Baiumi Al Armal mostrou-se submisso e indiferente. Surpreso, o governador disse:

— Vejo em você outra pessoa, alguém que não conheço.

— Senhor, a velha estrutura desabou.

— Eu nunca imaginei que você roubaria dinheiro dos muçulmanos.

— O louco que passou a morar em mim foi quem os roubou — disse ele, em um tom uniforme.

Baiumi Al Armal foi sentenciado e decapitado. Seu posto foi ocupado por Muain Ben Saui e mais uma vez os bens de Anis Al Jalis foram confiscados e um guarda passou a vigiar o tempo todo sua porta para impedir a entrada de qualquer homem.

XIV

O caso de Anis Al Jalis foi levado até o mufti, mas este sentenciou que não havia nenhuma prova concreta e legítima de sua depravação moral. Muain Ben Saui estava trabalhando no quartel da guarda quando uma mulher pediu permissão para vê-lo. Ele olhou sem interesse para o pesado véu que cobria seu rosto e perguntou:

— Quem é você e o que deseja?

— Sou Anis Al Jalis, que foi injustiçada — disse ela, decidida.

O homem voltou sua atenção para ela.

— O que você quer? — perguntou bruscamente.

Ela retirou o véu e disse:

— Vocês confiscaram meu dinheiro, e eu tenho direito a esmolas e caridade. Portanto, coloque meu nome na lista dos que têm esse direito.

O homem não compreendia nada do que ela dizia. Esqueceu-se de uma infinidade de coisas, inclusive de si mesmo. Em vão tentou encontrar alguma força em sua consciência. Seu pé escorregou e ele caiu no abismo. Ouviu aquela voz repetindo o que havia dito, mas novamente sem entender.

— O que você disse? — perguntou finalmente, muito ofegante.

— Coloque meu nome na lista dos que têm direito a esmolas e caridade — disse ela, ignorando a condição em que ele se encontrava.

— Quando devo mandar o que você está necessitando? — perguntou, atirando a reputação pela janela.

— Estarei esperando por você — disse ela, sedutora — um pouco antes da oração do meio-dia.

XV

Estava cheia de entusiasmo e energia, dizendo que era o dia da decisão e da vitória. Riu muito, tal como riu Sakharbut. Imediatamente foi ver o secretário Fadel Ben Khakan. O jogo se repetiu e a tragédia também. Marcou um encontro com ele para antes da oração do crepúsculo. Quanto ao governador Sulaiman Al Zaini, o encontro seria antes da oração da noite. Nuredin, o que amava o espírito e era concunhado do sultão, acertou sua ida para duas horas depois da oração da noite, e também preencheu para ela um formulário pedindo audiência com o vizir Dandan, e outro para uma audiência com o sultão Shahriar, alegando que com qualquer um deles conseguiria justiça e um tratamento imparcial. Todos se renderam e cada um aguardava seu encontro, despojado de todo bom senso — até mesmo Dandan e Shahriar.

XVI

Muain Ben Saui chegou para o encontro com uma precisão cósmica e os olhos refletindo a preocupação de um velho amante. Atirou seu manto com o gosto de uma criança feliz, nada vendo no esplendor da existência a não ser sua própria estrela radiante. Estava ébrio de arrebatamento quando se largou a seus pés. Tudo que havia eram falsos lampejos de promessas felizes que não deixavam lugar para conseqüências. Ora o escravo lhe servia a bebida, ora ela própria. Chegou a tal extremo da paixão que rasgou suas roupas, voltando a um estado primitivo. Mas quando se precipitava a ir para a cama com ela, o escravo entrou apressado e cochichou algo aparentemente terrível no ouvido da mulher. Ela saltou da cama e cobriu o corpo voluptuoso com uma túnica longa e solta.

— Meu marido chegou — murmurou ela, em tom exaltado.

Em um átimo, o homem despertou de seu estado de embriaguez. Ela o puxou pela mão até o quarto contíguo e o colocou dentro de um armário, trancando-o com firmeza.

— Você sairá em segurança na hora certa — disse-lhe, tremendo de nervosismo e terror.

— Traga minhas roupas — gritou o homem.

— Elas estão bem guardadas — disse-lhe, enquanto se afastava. — Agora fique quieto, nenhum som nem movimento, senão estamos perdidos.

XVII

Os homens se seguiram, um após o outro: Fadel Ben Khakan, Sulaiman Al Zaini, Nuredin, Dandan, Shahriar. Todos se renderam ao apelo cativante. Embriagados de violenta excitação, foram levados nus para dentro de armários. Ouviram a voz de Anis Al Jalis, quando riu, zombeteira, e perceberam que haviam caído numa armadilha bem arquitetada.

— Amanhã, no mercado — disse-lhes —, colocarei os armários à venda, com o que têm dentro.

Riu outra vez e continuou:

— As pessoas no mercado verão o sultão e seus governantes serem vendidos nus.

XVIII

Quando ela voltou para a sala de visitas viu à sua frente o louco, parado ali tranqüilamente. Tremeu, assustada. O que o trazia ali? Como invadira sua casa? Teria ele ouvido o que ela havia dito aos homens?

— Como você entrou em minha casa sem convite ou permissão? — perguntou ela.

— Vi muitos homens entrando um após outro e isso despertou minha curiosidade.

Ela bateu palmas para chamar o escravo, mas ele disse:

— Ele foi embora.

— Para onde? — perguntou ela, furiosa.

— Não se preocupe com ele e seja hospitaleira com a visita.

Ele tinha o cabelo longo repartido e a barba abundante; descalço, trajava uma túnica branca e folgada cuja gola aberta deixava à mostra o pêlo do peito. Devia atraí-lo para sua armadilha? Aproximou-se mas sem ânimo. Pela primeira vez seu rosto não surtiria nenhum efeito. Era muita tentação, mas apenas para os sãos e não para os loucos. Aproximou-se da mesa num movimento ondulante e disse:

— Se você deseja comida — disse ela —, pode comer.

— Não sou um mendigo — retrucou ele, com desdém.

— Tem bebida para você — disse ela, recusando-se a admitir a derrota.

— Já bebi a cântaros.

— Você não parece bêbado.

— É só porque você está cega.

— O que você quer? — perguntou-lhe, franzindo o rosto, aflita.

— Como é que você vive em um palácio abandonado destituído de todo o conforto da vida? — perguntou ele, por sua vez.

Ela olhou ao redor sentindo o coração desalentado.

— Não lhe agrada toda essa beleza? — perguntou ela.

— Nada vejo além de paredes entre as quais se debatem os hálitos da antiga peste.

Chegara a vez dela se desnudar como os outros. Rendeu-se, fraca, diante de sua desafiadora loucura. Todas as manhas e ardis resultaram em nada. Ela lhe deu as costas para pensar. Os lábios dele proferiram palavras indistintas. A resistência do desespero não veio em seu auxílio. Sentiu-se dominada pelo que parecia ser um sono pesado. Seus nervos se relaxaram. Deixou o ímpeto da mudança avançar. Os traços de seu rosto começaram a se derreter e a se esparramar, até se tornarem uma massa de pão inchada. A forma esbelta entrou em colapso, a graça e a elegância lhe foram arrancadas. Com uma velocidade fantástica, nada restou dela além de partes díspares que, por sua vez, se transformaram em fumaça que simplesmente desapareceu sem deixar rastro. Em seguida, as poltronas, as almofadas, os tapetes e as obras de arte — tudo foi eliminado. As lâmpadas se apagaram, depois deixaram de existir e a escuridão reinou. Ele apanhou o monte de roupa dos homens e o jogou pela janela. Foi então até o aposento onde estavam os armários.

XIX

O louco, dirigindo-se aos homens que estavam nos armários, disse:

— Não vou isentá-los de castigo, mas escolhi um que lhes será útil e não prejudicará os servos de Deus.

Abriu rapidamente os trincos e então saiu dali.

XX

Cautelosamente os homens se arrastaram para fora dos armários, cambaleando de exaustão. Sentindo humilhação e vergonha, nenhum deles abriu a boca; despidos no corpo e na dignidade saíram tropeçando pelo escuro. Procuravam suas roupas, qualquer roupa, qualquer coisa para cobrir a nudez. O tempo estava passando, o tempo inclemente, a luz do dia estava se aproximando e o escândalo lampejava na escuridão. Vagavam pelo escuro tateando com os braços estendidos. Nenhum sinal de nada. Nenhum sinal de vida, ilusão ou pesadelo. Quanto ao escândalo, era bastante real. Significava humilhação e desespero. Guiaram-se pelas paredes até a porta de saída, com o tempo se esgueirando atrás deles. Logo que respiraram o ar da rua, murmuraram uma prece e alguns irromperam em lágrimas. A cidade estava vazia. Que enorme alívio! Correram nus e descalços na escuridão da noite. Foram cuspidos pela honra e engolfados pela vergonha, enquanto o pecado cobriu-lhes os rostos com uma camada de cinza pálido.

KUT AL KULUB

I

No início do outono, o louco recitava versos do Alcorão sob a tamareira, quando ouviu o chamado do habitante das águas. Correu até a beira do rio e disse:

— Saudações, meu irmão Abdala do Mar.

— Estou surpreso com você — disse a voz.

— Por quê?

— Você tantas vezes matou os infratores por sua infração, por que agora poupa do escândalo os pecadores?

Disse o louco, pesaroso:

— Achei lamentável que o dia pudesse nascer e os cidadãos não disporem mais de sultão, vizir, governador, secretário ou chefe da guarda. Passariam a ser governados pelo mais forte dos perversos.

— E sua sabedoria deu resultado?

— Agora os vejo cheios de vergonha na alma, depois de experimentarem a fraqueza humana.

— Em nosso reino aquático — murmurou Abdala do Mar, — a vergonha é uma das dez condições que devem ser encontradas em nossos governantes.

— Pobre do povo que tem um governante sem nenhum senso de vergonha — disse o louco, suspirando.

II

Era tarde para Rajab, o carregador, quando se viu do lado de fora do portão do bairro. Ao retornar em meio à escuridão, viu vultos de pessoas abrindo um cemitério e entrando. Perguntou-se pelo motivo que os levava a fazer isso antes do amanhecer e sentiu a tentação de se intrometer naquele complicado mistério. Logo havia escalado o muro e, deitado de bruços, estava olhando para o terreno do cemitério, iluminado pela luz fraca de uma vela segurada por um daqueles vultos. Viu um grupo de escravos abrindo um túmulo isolado, como se fosse preparado para um criado. Em seguida, viu carregarem um caixão e colocá-lo no túmulo, jogando terra por cima. Esperou até que partissem. Pensou em ir embora também, mas o caixão não lhe saía da cabeça. O que conteria? Por que o enterraram assim tão tarde? Sem pensar nas conseqüências, pulou para dentro do cemitério. Com ávida determinação, abriu o túmulo e retirou o caixão. Não fosse sua força e experiência no transporte de cargas, não teria conseguido. Concentrou-se no caixão até conseguir abri-lo. Acendeu então a vela que sempre carregava consigo em suas viagens. Dando uma olhadela, estremeceu de susto e de pena. Era uma jovem escrava, tão linda quanto a lua cheia, o rosto sem véu e vestida com uma túnica, em vez de envolvida em um sudário. Morta, sem dúvida, mas parecendo apenas estar dormindo. Pelas circunstâncias do enterro, entendeu que se tratava de algum crime; entendeu também que ele mesmo havia se envolvido numa complicação que bem poderia ter dispensado. Imediatamente preparou-se para fugir, sem sequer pensar em devolver o caixão ao túmulo ou fechá-lo.

III

Quando pulou para o espaço vazio do lado de fora do cemitério, deparou com um vulto diante de si e seu coração se apertou. Entretanto, ouviu a voz do mestre Sahlul, o comerciante de bricabraque, perguntando:

— Quem está aí?

Escondendo o melhor que pôde sua agitação, respondeu apenas:

— É Rajab, o carregador, mestre Sahlul.

— O que você estava fazendo ali dentro? — perguntou, rindo.

— Nosso Senhor ordenou que devemos ser discretos, mestre — respondeu-lhe com naturalidade, querendo dar a impressão de que havia uma mulher atrás do muro.

Sahlul riu e perguntou, zombeteiro:

— Será que não há nesta cidade um único homem virtuoso?

IV

O medo o escravizou. Nunca havia passado por situações perigosas. A esteira de couro da execução assomava como um destino sombrio. Conquanto seu corpo realizasse a oração da alvorada, sua mente estava cheia de dúvidas. O cadáver seria descoberto. Sahlul testemunharia tê-lo visto pulando o muro do cemitério, e ele era um carregador com experiência no transporte daquele tipo de caixão. Era uma questão de escolher entre fugir ou confessar a verdade antes que ela fosse descoberta. Era muito apegado às pessoas e ao local, ao contrário de seu amigo Sindbad, que estava distante, no mar. Além disso, ele era uma das pessoas que contavam com a simpatia de Muain Ben Saui, o chefe da guarda. Portanto devia procurá-lo e confessar tudo.

V

Logo depois da oração, decidiu encontrar-se com Muain Ben Saui. Entretanto, viu-o apressado a montar sua mula, juntamente com seus guardas. Foi atrás dele e viu que se dirigia à casa do governador. Sulaiman Al Zaini estava possesso e sua casa estava em total desordem. De péssimo humor, o governador foi ao encontro do chefe da guarda e disse-lhe, com raiva:

— Está vendo o que aconteceu na residência do governador? Será que voltamos aos tempos de caos?

Muain não respondeu e perguntou o que havia acontecido, ao que o governador continuou:

— Não há a menor pista de minha escrava Kut Al Kulub. É como se a terra a tivesse engolido.

— Quando aconteceu isso? — perguntou Muain, chocado.

— Eu a vi ontem, e agora não se encontra em parte alguma.

— O que dizem as pessoas que moram na casa?

— Estão se perguntando o mesmo que eu e estão muito assustadas.

Muain pensou um pouco e depois disse:

— Talvez ela tenha fugido.

Sulaiman Al Zaini ficou vermelho de raiva e gritou:

— Ela era a mais feliz das garotas. É melhor você encontrá-la!

Proferiu as palavras em um surto de fúria nitidamente ameaçador.

VI

Diante da porta de sua casa, Muain encontrou Rajab, o carregador, esperando por ele. De cabeça baixa, Rajab veio em sua direção.

— Senhor — disse ele —, tenho algo a lhe dizer.

— Saia da minha frente — interrompeu-o bruscamente. — Isso lá é hora para se conversar, seu idiota?

— Por favor, calma, senhor — insistiu o carregador. — Houve um assassinato. O cadáver está fora do portão do bairro e não seria correto protelar seu enterro.

Aquelas palavras chamaram sua atenção e ele perguntou:

— Que assassinato e o que você tem a ver com isso?

O carregador se precipitou a contar-lhe a história, enquanto o outro acompanhava com interesse cada vez maior.

VII

Aos primeiros clarões do dia o caixão foi levado para a sala de recepção do palácio do governo. Sulaiman Al Zaini, Muain Ben Saui e Rajab, o carregador, estavam parados em volta dele.

— Fui levado ao paradeiro de Kut Al Kulub e a trouxe aqui — disse o chefe da guarda —, mas lamento dizer que é um corpo sem vida.

Descontrolado, Sulaiman Al Zaini tremeu sob a pressão de suas emoções. Muain Ben Saui abriu o caixão. Zaini inclinou-se sobre ele com o rosto carregado de tristeza e sussurrou:

— Em verdade, pertencemos a Deus e a Ele voltamos.

Muain fechou o caixão e murmurou para o governador:

— Deus lhe dê longa vida e alivie suas tristezas.

— Maldito seja o criminoso — gritou Sulaiman. — Descubra o que destruiu minha felicidade.

— Senhor, ainda é um mistério. Como ela saiu de casa? Onde foi morta? Quem a matou? Trago aqui o testemunho deste carregador, que se apresentou voluntariamente.

Contou-lhe a história e Zaini olhou para Rajab com chispas nos olhos.

— Criatura imunda — disse ele. — É você o assassino, ou então sabe quem é.

— Pelo Senhor dos céus e da terra — exclamou o carregador, tremendo de medo —, não escondi de vocês uma só palavra.

— Você inventou uma história para encobrir seu crime.

— Se não estivesse dizendo a verdade, não teria ido pessoalmente até o chefe da guarda e não teria confessado aquilo que presenciei.

Mas Muain Ben Saui o surpreendeu, dizendo:

— Nisso você mentiu, homem. — Em seguida, voltando-se para o governador. — Ele foi detido na cena do crime.

Rajab ficou pasmo e não conseguia acreditar no que ouvia:

— O que você disse?

— Você foi detido, e não veio por vontade própria — repetiu Muain.

— Como pode dizer isso?

— O dever vem antes da piedade — disse com fingido desprezo.

— Você não escapará de Deus, seu mentiroso — gritou Rajab.

— Confesse e poupe-se dos horrores da tortura — disse-lhe Zaini.

— O chefe da guarda é um mentiroso — disse Rajab desesperado. — Eu não sei nada além daquilo que contei a vocês.

Lembrando-se da única circunstância que não havia revelado, continuou:

— Tragam mestre Sahlul, o comerciante de bricabraque, pois eu o vi perto do cemitério.

VIII

Trouxeram mestre Sahlul. Sua calma habitual em nada se alterou. Perguntado pelo motivo de se encontrar tão perto do cemitério àquela hora da noite, disse:

— Devido ao meu trabalho, todos os lugares e todas as horas são iguais para mim.

E contou que por acaso havia deparado com Rajab quando este estava saltando de cima do muro.

— Você acredita que ele seja o assassino? — perguntou-lhe Muain.

— Não disponho de nenhuma evidência disso — disse calmamente. — Além do mais, não pode haver assassino a menos que alguém tenha sido assassinado e onde está essa pessoa?

— Neste caixão.

Deu um sorriso misterioso e disse:

— Deixe-me vê-lo.

Muain abriu o caixão e Sahlul olhou para o corpo por um momento e então disse:

— A garota ainda está respirando.

A esperança brilhou nos olhos de Zaini e de Rajab, mas Muain gritou:

— Você está caçoando de nós, seu criminoso?

Dirigindo-se a Zaini, Sahlul disse:

— Traga um médico depressa, ou não haverá mais jeito.

IX

O médico Abdul Kadir Al Mahini entrou e imediatamente começou a examinar o "cadáver".

— Ela ainda está viva! — disse ele, erguendo a cabeça.

Zaini deu um suspiro de alegria enquanto o rosto de Muain Ben Saui ficou pálido como o de um fantasma.

— Deram-lhe soporífero suficiente para matar um elefante — continuou Abdul Kadir.

Continuou a tratá-la até que vomitasse tudo que tinha em seu estômago. Quando ela moveu a cabeça, o carregador gritou:

— Graças a Deus, Senhor dos injustiçados!

Sob um olhar furtivo do chefe da guarda, Sahlul disse:

— Ela nos revelará o segredo dessa história.

X

Um momento tenso se passou, carregado de silêncio e inquietude, até que Kut Al Kulub voltou a si. A primeira coisa que viu foi o rosto de Zaini e lhe estendeu a mão pedindo socorro.

— Não tema nada, Kut — disse-lhe, com carinho.

— Estou com medo — murmurou.

— Você está em boas mãos. Sorria.

Reconhecendo Muain Ben Saui, agitou-se e gritou:

— Aquele monstro!

Fez-se um silêncio de espanto.

— Eu não sei — disse ela — como foi que ele me levou para uma casa abandonada, onde ameaçou me matar caso não me entregasse aos seus baixos desejos. Depois disso não me lembro de mais nada.

Todos os olhares se concentraram no chefe da guarda.

— Seu cão traiçoeiro! — gritou Zaini.

Retirou-lhe a espada e a adaga, dizendo:

— Com que rapidez a corrupção se espalha novamente!

Ordenou que Muain fosse levado para a prisão para que ele

mesmo pudesse mais tarde interrogá-lo, e declarou a inocência do carregador e do comerciante de bricabraque. Pediu a mestre Sahlul que ficasse mais um pouco e disse-lhe:

— Estou em grande dívida consigo, mestre Sahlul, mas diga-me: você tem alguma experiência em medicina?

— Não, senhor — respondeu, sorrindo —, mas tenho experiência com a morte.

XI

Sulaiman Al Zaini disse a Muain Ben Saui:

— Nunca imaginei que você seria um traidor. Pensei que a provação por que todos passamos houvesse nos purificado e que nossa vida estaria na justiça e na pureza, e eis que você trai a confiança, retribui a generosidade com desdém e mergulha imprudentemente na devassidão e no crime.

— Não posso negar nada do que você está dizendo — disse Muain. — Nós anunciamos nosso arrependimento, mas o diabo ainda não se arrependeu.

— Não há desculpa para você. Vou fazer de você um exemplo para todos aqueles que precisam de advertência.

— Não tão depressa: não sou uma presa tão fácil assim. O mal se originou em sua casa.

— Maldito seja!

— Tenho uma cúmplice: a senhora Jamile, sua esposa.

— O que você está dizendo? — gritou, tremendo de raiva.

— Por ciúme, ela pediu minha ajuda e insistiu para que eu desse cabo de sua escrava favorita, Kut Al Kulub.

— Traidor e mentiroso.

— Antes de mais nada, você deveria verificar com sua esposa.

— Uma falsa alegação não o salvará de ser decapitado.

— Vou exigir uma investigação imparcial — disse ele, desafiador —, e exijo que o castigo que eu receber seja imposto também a ela. Ninguém está acima da lei.

XII

Entre um dia e o seguinte, Sulaiman Al Zaini se tornou um homem velho e alquebrado. Não hesitou em obrigar sua esposa Jamile a confessar. Ela admitiu ter planejado o crime. Ele relutou muito em enfrentar a verdade e ficou extremamente confuso. Declarar a verdade significava provocar a ruína da mãe de seus filhos, como também significava arruinar sua própria posição. A verdade era clara mas se sentia muito fraco para tomar a decisão correta. Viu-se inclinado a perdoar ambos para Jamile ficar em sua casa e para Muain permanecer em seu cargo. Ao tomar a decisão mais fácil, contudo, perdeu o respeito.

Kut Al Kulub também deixou claro que não ficaria na casa depois daquele dia, pois ali não se sentia a salvo. Ele foi obrigado a libertá-la, dando-lhe algum dinheiro e deixando que partisse e levasse com ela seu coração.

XIII

Os corações bateram com tristeza. Kamkam e Sanjam confidenciavam, enquanto o louco e Abdala do Mar se entristeciam diante da queda dos que haviam se arrependido. Quanto a Kut Al Kulub, foi morar sozinha numa linda casa. Vivia sem precisar de nada mas envolvida em solidão. Embora seu amo tivesse atendido seu pedido e tivesse sido generoso com ela, não o perdoara pelo tratamento extremo que ele havia lhe dispensado, e a amargura da solidão ateava fogo ao castigo infernal do amor não correspondido. Muitos foram os que a procuraram para casamento, por amor ou por ambição, mas a todos recusou. Recusou Hassan Al Atar como recusou Jalil Al Bazaz. Outros a desejaram à distância, como Muain Ben Saui, ao passo que Rajab, o carregador, se perguntava: "Não é direito de quem traz o cadáver de uma pessoa de volta à vida possuir essa pessoa?".

XIV

Episódios corriqueiros ocorriam sem despertar a menor atenção da cidade, mas comoviam o coração dos envolvidos. Ibrahim, o carregador de água, casou-se com a senhora Rasmia, a viúva de Jamsa Al Balti. O fisco colocou a casa de Jamsa Al Balti à venda e Sulaiman Al Zaini ordenou que enterrassem a cabeça de Jamsa no cemitério dos mendigos. O louco fez questão de presenciar o enterro de sua cabeça, dizendo a si mesmo que ele era o primeiro ser humano a assistir sua partida rumo ao Além. Ficou feliz com o casamento de sua viúva com Ibrahim, o carregador de água, porque a solidão dela havia começado a perturbar sua paz de espírito. Muain Ben Saui achou muito pesado o sentimento de rejeição e, por isso, começou um novo capítulo de relações suspeitas com os comerciantes e os ricos. Excepcionalmente, os céus mandaram chuva naquele outono.

XV

Três figuras fantasmagóricas atravessavam a escuridão em silêncio. Sob a casa de Kut Al Kulub, foram atraídas pelo som das cordas de um alaúde e de uma voz melodiosa que se irmanava à fria umidade outonal:

Avançar e recuar é costume do tempo.
Entre os homens nenhum estado persiste.
Porém eu, quanto horror e injustiça agüento,
Numa vida que é só horror e injustiça.

Sua marcha se reduziu até que pararam.

— Esse é o lugar que queremos, Dandan — sussurrou um deles.

Chabib Rama, o carrasco, bateu à porta e uma jovem escrava abriu e perguntou quem era.

— Dervixes dos homens de Deus — disse Shahriar —, procurando uma companhia honesta.

A escrava desapareceu por um momento e depois voltou e os levou para uma sala de visitas com almofadas e tapetes macios. Uma cortina havia sido baixada no salão principal e os separava da dona da casa.

— Gostariam de comer alguma coisa? — perguntou Kut Al Kulub.

Não. Gostaríamos de ouvir mais canções — disse Shahriar.

A voz cantou novamente, agora em um novo tom, levando os homens a um êxtase de prazer.

— Você é uma cantora profissional? — perguntou Shahriar.

— Não, ó homem de Deus — murmurou ela.

— Sua voz traz uma tristeza oculta — disse o sultão.

— E que criatura viva está livre de tristeza?

— O que a entristece quando sua casa fala de felicidade? — perguntou, com delicadeza.

Como ela se refugiasse no silêncio, Shahriar prosseguiu:

— Conte-nos sua história, pois nossa vocação na vida é curar corações feridos.

Ela agradeceu e depois disse:

— Meu segredo não pode ser revelado, ó homens de Deus.

Insistiu em ficar em silêncio e eles pediram licença para partir, ficando o sultão transtornado diante daquele silêncio.

— Traga-me o segredo dessa mulher taciturna — disse o sultão, inclinando-se sobre o ouvido de Dandan.

XVI

Os pedidos do sultão eram pesados como montanhas e só sairiam dos ombros de Dandan quando atendidos.

Mais do que ninguém, Dandan conhecia a ira do sultão quando seus pedidos eram contrariados. O sultão ainda oscilava entre a direção correta e o desvio e sua raiva era imprevisível. Por isso, Dandan chamou o governador do bairro, Sulaiman Al Zaini, e lhe fez uma descrição da localização da casa de Kut Al Kulub.

— Na casa — disse ele — há uma mulher misteriosa com uma voz doce e uma tristeza oculta. Sua Majestade o sultão deseja que seu coração seja como uma página aberta, sem nada escondido.

Zaini estremeceu, percebendo que estava sendo levado a confessar. Dandan buscaria a verdade por meio de todos a quem julgasse possuir capacidade para expor os segredos dos homens. Quem tinha esse poder era, principalmente, Fadel Ben Khakan. Mais cedo ou mais tarde a verdade chegaria até ele, então pelo menos deveria ter o mérito de confessar e, com isso, aproximar-se do sultão. Afinal, ele era um homem de caráter e seu coração não encontrara nenhum instante de tranqüilidade devido ao seu comportamento, do qual preferia, de qualquer modo, arrepender-se.

Contou ao vizir os detalhes ocultos de seu segredo.

XVII

Quando Shahriar soube da verdade por seu vizir, ficou furioso e exclamou, exaltado:

— Muain e Jamile, a esposa de Zaini, devem ser ambos decapitados.

Mas, de repente, sua ira amainou. Talvez se lembrasse do modo como fugira à noite, sem roupa, com o pecado em seu encalço, e talvez tivesse se lembrado de que Zaini e Muain estavam entre seus melhores homens. Apesar disso, demitiu-os de suas funções e confiscou suas propriedades, além de ordenar que chicoteassem Jamile e Muain. E doou a Kut Al Kulub dez mil dinares, perguntando-lhe com carinho:

— E o que mais você gostaria de ter, jovem senhora?

— Ó Majestade, peço que perdoe Zaini — respondeu.

— Parece que você ainda o ama — disse o sultão, sorrindo.

Ela abaixou a cabeça com timidez e ele disse com firmeza:

— Já ordenamos que novos homens assumam as funções e nisso não podemos voltar atrás. Dessa forma, Fadel Ben Khakan será o governador, Haikal Al Zafarani, o secretário, e Daruich Amaran, o chefe da guarda.

Seus olhos mostraram uma lágrima prestes a rolar, o que fez com que Shahriar dissesse:

— Está em suas mãos perdoá-lo e talvez isso seja melhor para ele do que qualquer nomeação oficial.

Ela beijou o chão aos pés do sultão e preparava-se para partir, quando ele lhe perguntou:

— O que você pretende fazer, jovem senhora?

— Perdoá-lo, Majestade — respondeu com simplicidade e os olhos cheios de lágrimas.

ALADIM, DE PINTAS NO ROSTO

I

Na calada da noite, debaixo da tamareira, Jamsa Al Balti gritou:

— Deus, liberte-me de ontem; Deus, liberte-me de amanhã.

Ouviu-se, então, a voz de Sanjam:

— Gostamos do que você gosta, mas entre nós e as pessoas há uma barreira de destinos.

Zarmabaha riu às gargalhadas e depois disse:

— Por que então foram criados o mel e o vinho?

Shahriar estava dando suas voltas noturnas com seus dois homens.

— Murmúrios constantes passam por mim, mas minha cabeça gira em um estado de perplexidade — disse ele a Dandan.

II

Tinha o corpo magro, o rosto radiante, olhos sonolentos e uma pinta de nascença em cada face, e estava prestes a entrar recatadamente na adolescência. Ajar, o barbeiro, olhou para ele e disse:

— Você já aprendeu o que necessita, então pegue suas ferramentas e vá embora. Deus irá ajudá-lo a ganhar seu pão.

— Que Deus o proteja contra as pessoas ruins — murmurou Fatuha.

O rapaz saiu, animado e feliz.

— Ele tem a beleza de Nuredin — disse Ajar, como se conversasse consigo mesmo. — Então, que Deus também lhe seja pródigo ao lhe conceder Sua boa sorte.

— Meu amuleto no peito dele não deixará que siga o caminho do pai — disse Fatuha.

Ajar lançou-lhe um olhar venenoso, mas não disse uma palavra.

III

Seguiu seu caminho, trabalhando na rua e nas lojas e cada um que o via dizia:

— Louvado seja o Grande Criador.

Quando chegou a hora do descanso, escolheu a escada do chafariz público e logo se desenvolveu uma amizade entre ele e Fadel Sanaan, o vendedor de doces. Certa vez, Fadel o convidou para ir até a casa de cômodos onde morava e ele conheceu sua esposa Acraman, sua mãe Om Saad, e sua irmã Husnia. Sua adolescência secretamente o atiçava e se chocava com sua fé e a educação religiosa que havia recebido na escola corânica. Por isso, começou a inventar desculpas cada vez que Fadel o convidava para ir a sua casa. Fadel percebeu sua devoção e lhe disse:

— Você é um jovem digno das palavras de Deus ocultas no seu coração.

— É pela graça de meu Senhor — murmurou Aladim.

— O que você sente — perguntou cautelosamente Fadel — quando vê o pecado arrebatando as pessoas?

— Tristeza e sofrimento — murmurou.

— E de que adianta isso?

— O que você quer mais? — perguntou, manifestando perplexidade no olhar.

— Raiva!

Repetiu mais uma vez a palavra e depois disse:

— Um leão merece o melhor.

IV

O bairro comemorava o nascimento do santo Senhor Al Uarrak. Saíam procissões, bandeiras tremulavam, tambores e flautas dialogavam. Os bons e os maus se juntavam em volta das tigelas de pão molhado, carne e caldo. Nos grupos da elite estavam Hassan Al Atar, Jalil Al Bazaz, Sulaiman Al Zaini, Muain Ben Saui e Chamlul, o corcunda. Fadel Sanaan, Ajar, o barbeiro, Maaruf, o sapateiro, Ibrahim, o carregador de água, e Rajab, o carregador, também estavam presentes. Compareceu também Aladim de pintas no rosto, sozinho pela primeira vez. Fadel convidou-o a sentar-se ao seu lado.

— Se Uarrak fosse ressuscitado ergueria sua espada! — disse Fadel.

Aladim sorriu como alguém que estivesse ganhando mais experiência por passar a conhecer seu amigo. Fadel disse em um tom de voz significativo:

— Já que os bons não levantam suas espadas, terei eu de fazê-lo.

— Eles falam muito do arrependimento de Sua Majestade o sultão — disse Aladim, com ingenuidade.

— Às vezes — disse Fadel, com sarcasmo — ele se arrepende de seu arrependimento, e com certeza, entre os muçulmanos, não é ele quem mais merece o poder soberano.

Os olhos de Aladim foram atraídos para a direita e, por um momento, desligou-se daquilo que seu amigo estava dizendo. Lá estava um velho, magro, de rosto alegre e de aparência interessante. Achou que não havia olhado para lá apenas por acaso: percebeu que os olhos do sheik estavam esperando seu próprio olhar. Houve um convite secreto por parte do homem e uma resposta por parte de Aladim. Sentiu-se à vontade, como uma pessoa saudável se sente diante do esplendor de uma flor desabrochando. Percebendo que a atenção de Aladim estava voltada para o velho, Fadel disse:

— O sheik Abdala Al Balakhi é o principal homem santo.

— Por que ele olha para mim? — perguntou Aladim ingenuamente.

— Por que está olhando para ele? — perguntou Fadel, enigmático.

— A verdade é que gosto dele — sussurrou.

Fadel franziu o cenho e não encontrou nada para dizer.

V

Aladim saiu da festa de aniversário com o coração transbordante dos ecos das canções. Estava flutuando na escuridão sob a luz fraca das estrelas e com a brisa do outono acariciando seu rosto, quando uma voz grave e retumbante o chamou:

Aladim!

Parou e seu coração lhe disse que era a voz do sheik. O sheik o alcançou e disse:

— Você está convidado a ser meu amigo.

— Que convite maravilhoso, senhor! — disse com timidez. — Mas como soube meu nome?

— Aqueles que querem — disse o velho, sem responder a sua pergunta —, sabem onde é minha casa.

— Meu trabalho me ocupa o dia inteiro — disse, como alguém que está pedindo desculpas.

— Você não sabe qual é seu trabalho.

— Mas eu sou barbeiro, senhor.

Novamente o velho não deu ouvidos à resposta de Aladim, mas perguntou-lhe:

— Por que você participou da festa de Uarrak?

— Eu gosto dessas festas desde pequeno.

— O que sabe você a respeito de Uarrak?

— Ele era um santo de Deus.

— Eis aqui uma história que ele costumava contar. Dizia: "Meu sheik deu-me algumas sobras de papel instruindo-me para atirá-las no rio. Mas meu coração não me permitia fazer isso e as coloquei na minha casa. Fui ter com ele e disse: 'Já cumpri sua ordem'. Então ele me perguntou: 'E o que você viu?'. Eu disse: 'Não vi nada'. Ele disse: 'Você não fez como ordenei. Volte e atire-as no rio'. Então voltei, em dúvida quanto ao sinal que ele havia me prometido, e as atirei no rio. A água se repartiu e surgiu um baú. Sua tampa se abriu, de sorte que as folhas caíram dentro dele e ele se fechou e as águas fluíram sobre ele. Então voltei e lhe contei o que havia acontecido e ele me disse: 'Agora você realmente as atirou'. Pedi-lhe então para esclarecer o segredo daquilo e ele falou: 'Eu escrevi um livro sobre sufismo ao qual apenas os homens perfeitos podem ter acesso e meu irmão Khudr me pediu esse livro e Deus mandou as águas levarem esse livro a ele'".

Aladim estava assombrado e se refugiou no silêncio. Foram embora juntos e devagar, com o sheik dizendo:

— Um dos ditos do Profeta que passa de geração para geração é o seguinte: "A corrupção dos eruditos ocorre pela negligência, a corrupção dos príncipes ocorre pela injustiça e a corrupção dos sufis pela hipocrisia".

— Como as palavras dele são encantadoras! — murmurou Aladim, com alegria.

O sheik disse com uma voz em tom ligeiramente mais alto, na quietude da noite:

— Então não seja um dos parceiros dos demônios.

Incitado por um anseio febril, Aladim perguntou:

— Quem são os parceiros dos demônios?

— Um príncipe sem conhecimento, um erudito sem virtude, um sufi sem fé em Deus, e a corrupção do mundo está na corrupção deles.

— Quero compreender — disse Aladim, com entusiasmo.

— Paciência, Aladim. Isso é apenas o início de uma relação mútua sob um cenário iluminado pelas estrelas... e aqueles que querem sabem onde fica minha casa.

VI

Naquela noite, Aladim sonhou que o louco viera até ele com sua túnica solta sobre o corpo nu e lhe dissera:

— Deixe sua barba crescer.

Ficou espantado com esse pedido e o louco disse:

— É apenas uma armadilha para caçar.

— Mas eu sou barbeiro e não caçador — disse Aladim.

— O homem foi criado para ser caçador — gritou o louco.

VII

Na mesa do café-da-manhã, Aladim contou a seus pais a história do sheik Abdala Al Balakhi. Fatuha ficou encantada e disse:

— É uma bênção de nosso Senhor.

Quanto a Ajar, ouviu aquilo sem interesse, dizendo:

— Você é apenas um barbeiro, e é suficientemente religioso. Por isso, cuidado para não exagerar.

E com essa diferença de opinião, marido e mulher brigaram e trocaram palavras agressivas.

VIII

Na escada do chafariz, Aladim continuava a ouvir, espantado, a conversa de Fadel.

— Você está irritado com nossos homens dignos.

— Você os conheceu de perto? — perguntou Fadel.

— Às vezes meu pai me leva até a casa deles, como ajudante. Eu já vi de perto Fadel Ben Khakan, o governador de nosso bairro, e também Haikal Al Zafarani, o secretário, e Daruich Amaran, o chefe da guarda.

— Isso não quer dizer que você os tenha conhecido.

— Grandes homens. Meu coração se apertou apenas diante de um deles: era Habzalam Bazaza, filho de Daruich Amaran. Na hora achei que ele se parecia com o diabo!

— E você já viu o diabo?

— Não zombe de mim, é apenas uma sensação.

Fadel Sanaan suspirou fundo e disse, como se falasse consigo mesmo:

— Canalhas!

— Como é que você formou uma opinião tão baixa a respeito deles?

— Não há fumaça sem fogo!

— Deus está presente — disse ele após pensar um pouco.

— Mas nós estamos entre os instrumentos com os quais Ele pode efetivar o bem ou erradicar o mal.

— O que você pretende, Fadel? — perguntou, olhando-o nos olhos.

— Pretendo fazer de você meu amigo e companheiro — respondeu ele, enigmático.

IX

Logo no começo da noite, sentou-se na modesta sala de recepção da casa de Balakhi, esperando-o chegar. Era sua primeira visita. Tinha ouvido seu pai Ajar contar-lhe uma história sobre o sheik que o deixara angustiado e entristecido. Disse que Daruich Amaran, o chefe da guarda, havia pedido a mão da única filha do sheik para seu filho Habzalam Bazaza. Ela era uma garota pura e devota, que puxara ao pai e era de uma rara beleza. Lembrou-se da imagem diabólica de Habzalam Bazaza e o que diziam a respeito de sua conduta, ficando transtornado e ainda mais triste. Seu pai havia continuado com a história e dissera que o sheik tinha agradecido a Daruich Amaran e se desculpado, mas sem dúvida o chefe da guarda estava furioso, e se dirigisse seu veneno contra alguém, este não estaria a salvo do perigo. E perguntou a seu pai:

— O sheik Al Balakhi não entende esse fato?

— Sabe-se que o sheik teme somente a Deus — respondeu Ajar. — Mas será que o chefe da guarda teme a Deus?

Foi para a visita com o coração carregado de tristeza pelo

sheik. Mas tão logo o viu aproximar-se radiante, esqueceu sua tristeza e percebeu que ele realmente não temia ninguém a não ser Deus.

O homem sentou-se de pernas cruzadas em uma almofada diante dele.

— O que você sente — perguntou ele — ao me visitar pela primeira vez?

— Sinto como se o conhecesse desde que nasci — disse Aladim, com sinceridade.

— Cada um de nós tem um outro pai, e feliz entre nós é aquele que O descobre — disse ele, sorrindo.

— E o que me disse na noite da festa cativou meu coração.

— Trazemos para o caminho os cegos que estão perdidos. O que disse seu pai?

— Ele quer que eu dedique meu coração ao meu trabalho — disse Aladim, agitado.

— Ele está dormindo e se recusa a despertar — disse ele, sério. — Mas, como você se avalia, Aladim?

Vendo que ele não sabia como responder, o sheik lhe perguntou, sem cerimônia:

— Que tipo de muçulmano você é?

— Sou um muçulmano sincero.

— Você reza? — perguntou.

— Sim, graças a Deus.

— Acho que você nunca rezou!

Olhou espantado para o sheik, que disse:

— Para nós, a oração é realizada em profundidade, e a pessoa que ora, nada sentirá se for tocada e queimada pelo fogo.

Desamparado, Aladim ficou calado.

— Você deve adotar o islamismo novamente — disse o sheik — para se tornar um verdadeiro crente. Quando a crença se efetivar em você, você começará na trilha desde o início, se assim o desejar.

Aladim continuou em silêncio e o sheik disse:

— Eu não vou amenizar as dificuldades do caminho com palavras doces, pois a luz da salvação é fruto que somente é alcançado pelos que o seguem. Deus aceita de você menos que isso: a cada um de acordo com seu empenho.

O silêncio reinou até que foi interrompido por Aladim, que perguntou:

— Isso exige que eu abandone meu trabalho?

— Cada sheik tem um caminho próprio — respondeu o outro com firmeza. — Quanto a mim, só aceito aqueles que trabalham.

— Eu virei depressa e animado.

— Não venha — disse o sheik —, a menos que seja movido por um desejo irresistível.

X

Foi ao encontro de Fadel Sanaan, na escada do chafariz, como se fosse uma nova pessoa. Fadel desconfiou e murmurou, impaciente:

— Por quanto tempo você vai me deixar na expectativa?

— Estou — disse Aladim —, estou no estado de confusão.

— Encontrou o caminho até a casa do sheik?

— Sim... como soube?

— Conheço os rastros dele. — E acrescentou: — Já andei muito tempo com ele.

— Você?

— Sim.

— Ele é um sheik honrado.

— É isso e mais — concordou, inclinando a cabeça.

— Será que lhe faltou a paciência e você se desligou?

— Dele recebi uma educação cujos efeitos nunca diminuem, mas preferi a permanência em vez da eliminação do eu.

— Não compreendo, meu amigo.

— Tenha paciência. A compreensão não é possível a não ser com o tempo. Eu gostaria de ver você como um dos soldados de Deus e não como um de seus dervixes.

— Estou realmente confuso.

— A lógica da fé é duradoura e eterna — disse Fadel. — No início o caminho é um só. Depois ele se divide inevitavelmente em dois. Um deles leva ao amor e à eliminação do eu, o outro, à guerra santa. Quanto ao grupo da eliminação do eu, são pessoas dedicadas a si mesmas. Quanto ao grupo da guerra santa, são pessoas dedicadas aos criados de Deus.

Com isso, Aladim mergulhou numa profunda reflexão, que o fez esquecer do tempo.

XI

Daruich Amaran, o chefe da guarda, e seu filho Habzalam Bazaza trotavam sobre duas mulas, indo do posto da guarda para casa, o sol prestes a se pôr. Ao virarem para o campo de tiro, subitamente depararam com o louco que olhava fixamente para eles. Bloqueando seu caminho, gritou para Daruich Amaran:

— Vá visitar seu amigo Muain Ben Saui e transmita-lhe minhas saudações.

O homem seguiu seu caminho e Habzalam perguntou:

— O que o louco deseja?

— Um louco não pode ser responsabilizado por suas palavras ou ações.

Mas ele percebeu que o louco o estava lembrando do destino do chefe da guarda anterior e que fazia referência a seus desvios. Seu filho também entendeu isso, apesar de sua pergunta, principalmente porque ele era o intermediário habitual entre os comerciantes e o pai.

— Os loucos possuem um lugar que não abandonam — retorquiu Habzalam.

— Ele desfruta do afeto de Sua Majestade o sultão — disse Daruich Amaran.

— Pelo que vejo — disse Habzalam com desdém — ele tem medo do louco.

— Cuidado com a língua, Habzalam.

— Que humilhação, pai — exclamou o jovem. — Já não

basta que o sheik extravagante tenha se recusado a me aceitar como marido para sua filha?

Daruich Amaran franziu a testa sem dizer nada.

XII

"Para aquele cuja felicidade não é válida, essa felicidade trará problemas; e para aquele cuja sociabilidade não está a serviço de seu Senhor, essa sociabilidade trará alienação."

Entre as aulas de religião que o sheik daria a Aladim, estavam fragmentos de brilhantes aforismos que transbordavam de sua taça. Era como se estivesse comungando consigo mesmo e o rapaz recebia isso encantado.

"Todo mundo, portanto, é transitório, menos o rosto Dele, e aquele que se contenta com o transitório será acossado pela tristeza quando aquilo que o alegra chegar ao fim. Tudo é vaidade, exceto a adoração Dele; em todo o mundo, a tristeza e a alienação decorrem do olhar dirigido a tudo no mundo que não Deus."

Aladim lembrou-se de seus sonhos, suas conversas e seus atos, e o mundo lhe pareceu recoberto de enigmas. Lembrou-se de seu pai e de sua mãe e sentiu-se derrotado pela tristeza.

"Quem foi dotado de três coisas ao lado de outras três escapou das desgraças da vida: uma barriga vazia com um coração contente; pobreza permanente com abstinência presente e total paciência com a lembrança constante de Seu nome."

Aladim pensou: nós oramos ao Misericordioso, o Compassivo, em nome do Misericordioso, o Compassivo.

Então, o sheik lhe perguntou:

— Em que está pensando, meu filho?

Com as faces coradas, saiu de seu torpor momentâneo.

— Nada me tirará de meu estado de confusão exceto a benevolência do Misericordioso.

— Antes de receber o vinho, você deve limpar o recipiente, removendo todos os elementos de sujeira.

— Que excelente guia espiritual é o senhor! — disse, contente.

— Porém, "o outro" se intromete entre nós na ausência desse guia.

Entendendo que ele se referia a Fadel Sanaan, Aladim perguntou:

O que pensa dele, mestre?

— É um nobre rapaz que soube o que lhe convinha e se satisfez com isso.

— Ele está se desviando do caminho correto?

— Está movendo guerra contra o erro na medida de sua capacidade.

— Agora meu coração está tranqüilo — disse Aladim, com alegria.

— Mas você precisa se conhecer.

— Ele é pobre, mas é rico em chamar a si os problemas da humanidade.

— Há uma doutrina para a espada e uma doutrina para o amor.

Aladim ficou calado e o sheik disse:

Bem-aventurados aqueles que conseguiram transferir o coração das coisas para o Senhor das coisas. O mundo não vem ao meu espírito e, portanto, como poderia vir aos espíritos daqueles que não conhecem o mundo?

Depois disso o sheik continuou sua aula.

XIII

Certa noite, o sheik o recebeu na mesma sala, mas Aladim reparou que havia uma cortina baixada no seu canto direito. Sentiu-se assediado por ímpetos juvenis.

— Ouça, Aladim — disse o sheik.

E por trás da cortina as cordas de um alaúde começaram a soar e uma voz doce começou a cantar:

Minha noite resplandece com teu rosto
E sua escuridão reina entre as pessoas.
As pessoas estão no fundo da escuridão
Mas nós, na claridade da luz do dia.

A voz se calou mas seu eco continuou penetrando fundo.

— Esta é minha filha Zubaida — disse o sheik. — É uma fiel discípula.

— Estou feliz e honrado — murmurou Aladim, enlevado.

— Já recusei sua mão ao filho do chefe da guarda. — E depois de um silêncio continuou: — Mas dela faço um presente a você, Aladim.

— Mas eu não passo de um barbeiro ambulante — disse ele, a voz trêmula de emoção.

E o sheik recitou:

Um visitante cuja beleza se revelou,
Como impede a noite que a lua cheia apareça?

Depois, disse:

— Aquele que é humilde a respeito de si mesmo, Deus aumenta seu valor; e aquele que se vangloria, Deus humilha aos olhos de seus servos.

XIV

Celebrou-se um contrato de casamento entre Aladim e Zubaida. O rapaz passou a morar na casa do grande sheik. Estavam presentes à modesta recepção Ajar e Fatuha, Fadel Sanaan, mestre Sahlul e Abdul Kadir Al Mahini. E, sem ser convidado, o louco chegou e sentou-se à direita do noivo. Depois da festa, Ajar foi para casa em companhia de amigos especiais e os copos de vinho começaram a circular, e ele ficou cantando e dançando até o dia nascer.

XV

Alguns dias depois da noite de núpcias, a atmosfera tranqüila do bairro foi perturbada por acontecimentos dolorosos e a peste do mal, com sua face escura, mais uma vez se espalhou sobre ele. Uma jóia rara e valiosa havia desaparecido da residência do governador Fadel Ben Khakan, e sua esposa ficou muitíssimo abalada. Isso lembrou ao governador os acontecimentos desordenados que haviam assolado o bairro de tempos em tempos na forma de assassinatos e assaltos que revelavam a mais terrível das conspirações e acabavam com a morte ou a demissão do governador. E o homem despejou sua fúria sobre Daruich Amaran, o chefe da guarda, o qual negou que tivesse havido negligência de sua organização e prometeu que o culpado seria preso e a jóia encontrada.

O chefe da guarda enviou homens à paisana por todo o bairro. Com base em informes que recebeu, invadiu a casa do sheik Abdala Al Balakhi, sem ligar para as reclamações das pessoas. Vasculhou a casa minuciosamente, e encontrou a jóia no armário de Aladim, onde encontrou também algumas cartas que evidenciavam sua colaboração com os karijitas. Dessa forma, Aladim foi detido e levado para a prisão, decidindo-se que deveria ser imediatamente julgado.

XVI

Com isso, um manto de tristeza caiu sobre os corações das pessoas. A tristeza não consumia apenas Zubaida, Fatuha ou Ajar, mas quase todos os corações se condoíam diante do destino do belo rapaz. Insistiam que devia ser libertado e acusavam o chefe da guarda e seu filho Habzalam Bazaza como mentores do crime. O que aumentou a suspeita das pessoas foi o aparecimento de um súbito benefício concedido a Muain Ben Saui, o que os levou a crer que os mentores do crime tivessem se valido de sua experiência anterior como chefe da guarda para executarem seu plano. Ajar tentou pedir perdão junto a Fadel Ben Khakan e Haikal Al Zafarani, mas foi rechaçado. Insistiu com o sheik Abdala Al Balakhi para que se empenhasse, valendo-se do elevado respeito de que desfrutava, mas o sheik não emitiu uma só palavra ou movimento. Os trâmites seguiram com velocidade espantosa e Aladim foi julgado e condenado à morte por decapitação.

XVII

Na manhã de um dia frio de outono, Aladim foi levado ao patíbulo sob forte escolta, em meio a uma grande multidão de moradores do bairro, incluindo funcionários e trabalhadores. Aladim não acreditava no que estava acontecendo e gritava:

— Sou inocente e Deus é minha testemunha.

Seu olhar vagava entre rostos que olhavam para ele, ora penalizados, ora cantando vitória contra o seu destino, e ergueu o rosto para o céu, para além das nuvens, colocando-se nas mãos de seu Criador. Ouviu os gritos de sua mãe e de sua esposa e seu coração estremeceu. Apesar de seu estado de perplexidade, foi capaz de evocar o quanto havia ansiado por sair de sua indecisão entre a espada da guerra santa e o amor divino. Nunca lhe havia ocorrido que seu destino seria, em vez disso, a espada do carrasco. Muitos estavam à espera de que algum milagre pudesse ocorrer no último momento, como tinha ocorrido com Ajar, mas a espada se ergueu diante de seus olhos em meio à atmosfera sombria... e então desceu, dispersando todas as esperanças: a cabeça bela e nobre foi separada do corpo.

XVIII

Na casa do sheik, Ajar se lamentava:

— Meu filho é inocente.

— Inocente e íntegro — queixava-se Zubaida. — Para mim basta Deus.

O sheik sentou-se de pernas cruzadas, calmo e calado. Ele nada fazia, nem mesmo expressava tristeza. Sua filha lhe disse:

— Pai, estou dilacerada de dor.

— Você não fez o menor movimento — disse-lhe Ajar, bruscamente. — É como se o assunto não lhe dissesse respeito.

Ele olhou para sua filha sem dar atenção a Ajar e disse:

— Paciência, Zubaida.

Então, após um silêncio, ele continuou:

— Vou lhe contar a história de um venerável sheik que dizia: "Caí num buraco e, depois de três dias, passou por ali uma caravana de viajantes. Disse a mim mesmo que devia gritar para eles. Depois recuei em minha decisão, dizendo que não, que não convinha pedir outra ajuda além da de Deus Todo-Poderoso. Quando eles chegaram perto do buraco, acharam que ele estava no meio da estrada e disseram: 'Vamos fechar este buraco para que ninguém caia nele'. Estava por demais perturbado e perdi toda esperança. Depois que encheram o buraco e seguiram seu caminho, rezei a Deus Onipotente e me entreguei à morte, abandonando toda esperança nos seres humanos. Quando chegou a noite, ouvi movimento do lado de fora do buraco. A boca do buraco foi aberta e vi um animal enorme como um dragão, que jogou sua cauda para mim e entendi que Deus o havia enviado para me salvar. Agarrei-me a sua cauda e ele me puxou para cima. Então, uma voz vinda das alturas me gritou: 'Nós o salvamos da morte com a morte'".

O SULTÃO

I

Os três homens abriam caminho no escuro com a elegância de mercadores estrangeiros: Shahriar, Dandan e Chabib Rama. Três vultos se aproximaram deles e quando estavam face a face, um dos vultos perguntou:

— O que vocês estão fazendo a esta hora da noite?

— Somos mercadores estrangeiros — respondeu Shahriar — tentando aliviar nosso tédio com a brisa da primavera.

— Vocês serão meus hóspedes, forasteiros — disse o homem que havia perguntado.

Invocando bênçãos de Deus sobre ele, partiram como um só grupo, com Shahriar perguntando:

— Quem pode ser nosso generoso anfitrião...?

E o dono da voz disse:

— Paciência, ó nobres cavalheiros.

II

Caminharam até a margem do rio e seguiram em direção a um navio que esperava com as luzes brilhando como estrelas.

— Temos compromissos no mercado. Vocês pretendem viajar?

Outra voz respondeu:

— Ó forasteiros, vocês estão em presença de Sua Majestade o sultão Shahriar. Portanto, apresentem os cumprimentos devidos ao monarca e agradeçam a Deus por sua boa sorte.

O espanto calou a língua dos três homens. Que sultão? Qual Shahriar? Atônitos, ficaram plantados no chão.

— Saudações, forasteiros — disse a segunda voz.

Shahriar recuperou-se de seu estado de choque e resolveu aceitar a experiência e passar por ela até o final. Rapidamente inclinou-se à frente do pretenso sultão, sendo logo seguido por Dandan e Chabib Rama.

— Que Deus faça vitoriosa a face do Comandante dos Fiéis e lhe dê vida longa e perpetue seu reino.

Seguiram na comitiva até que ele se sentou num trono sob uma tenda na proa do navio. Tomaram assento em almofadas dispostas em um espaço vazio que se estendia à frente do trono. No clima primaveril, sob o sorriso vigilante das estrelas, o navio içou velas e partiu.

III

O navio atracou na costa de uma ilha, onde foi recebido por guardas portando tochas.

— É um novo reino, em nosso sono! — cochichou o verdadeiro Shahriar ao ouvido de Dandan.

— Talvez seja o haxixe, Majestade.

— Mas de onde estão tirando o dinheiro para pagar todo esse luxo?

— A verdade — disse o vizir, incomodado — logo falará com sua língua oculta.

Entraram em um sofisticado pavilhão e encontraram uma toalha de mesa estendida com todos os tipos de comida e bebida. Ao seu redor reuniu-se um grupo de homens do reino que partilharam da comida até ficarem satisfeitos, e da bebida até seus espíritos se inflamarem em extasiante alegria. Por detrás de uma cortina, uma escrava cantou:

A língua da paixão no mais íntimo de minh'alma fala contigo
dizendo que estou apaixonada por ti.

— Mas é um régio banquete e nós não passamos de súditos — sussurrou o verdadeiro Shahriar no ouvido de Dandan.

Então, em determinado momento, o outro sultão exclamou:

— Chegou a hora de abrirmos o divino tribunal.

— Não deveríamos pedir licença e sair — perguntou Dandan a seu senhor — para podermos enviar tropas para cercá-los antes que se dispersem?

— É melhor ficar. Assim verei com meus próprios olhos o que está acontecendo... coisas que nunca me aconteceram, nem em pensamento.

Logo um grupo juntou a toalha na qual se havia espalhado a comida. Foi trazida uma tribuna para a corte e instalada no centro do pavilhão. O outro sultão sentou-se, com seu vizir em pé à sua direita e, à sua esquerda, o carrasco. Guardas, com espadas desembainhadas, estavam postados nos cantos. O verdadeiro Shahriar se sentou, juntamente com seus dois acompanhantes, em meio a alguns elementos da elite autorizados a assistir ao tribunal da justiça divina.

IV

Do alto da tribuna e dirigindo-se à elite presente, disse o outro sultão:

— Agradeço a Deus, que me ajudou a me arrepender depois que eu havia me engolfado no derramamento de sangue de inocentes e na pilhagem da propriedade dos muçulmanos. Em verdade, Ele é generoso na misericórdia e no perdão.

O rosto do verdadeiro Shahriar empalideceu, mas ele não fez nenhum movimento. O outro sultão prosseguiu com o que tinha a dizer:

— Este tribunal está reunido para investigar uma queixa levantada por um homem simples. Se o que ela reporta é verdade, então terá sido trazido à luz um crime terrível, onde a inocência foi enviada à morte em benefício da baixeza, da vilania e da opressão. É a Deus que é pedida ajuda, do começo ao fim. Então, que entre o queixoso, Ajar, o barbeiro.

O homem entrou e parou diante da tribuna, humilde e cauteloso.

— Qual é sua queixa, Ajar? — disse-lhe o sultão.

— Meu único filho, Aladim — disse o homem, com voz trêmula —, foi vítima de uma trama cruel e traiçoeira.

— Qual foi a acusação que lhe custou a cabeça?

Conspirar contra o sultão e roubar a jóia da senhora Kamar Al Zaman, esposa do governador Fadel Ben Khakan.

— Em sua opinião, quem arquitetou a conspiração?

— Habzalam Bazaza, e seu pai, Daruich Amaran, o chefe da guarda. Eles buscaram a ajuda de Muain Ben Saui, demitido por causa de seus malfeitos, e que conseguiu roubar a jóia e colocá-la no armário de Aladim, além de cartas forjadas que diziam de sua traição a Sua Majestade o sultão.

— E, em sua opinião, qual o motivo dessa conspiração?

— Vingarem-se de Aladim porque ele se casara com Zubaida, filha do santo de Deus, Al Balakhi, que havia se recusado a dá-la em casamento para Habzalam Bazaza devido a seu mau caráter e comportamento.

— Você tem provas do que está dizendo?

— A natureza inocente de Aladim está acima de qualquer prova. Pode perguntar sobre ele a todos os moradores do bairro. A conspiração é uma realidade e todos acreditam que ela existiu. Se eu tivesse uma prova clara teria salvo o pescoço do rapaz inocente e íntegro, mas coloco toda minha esperança na justiça e na influência incontestável do sultão.

Imediatamente o sultão ordenou que retirassem Ajar e fizessem entrar o governador do bairro, Fadel Ben Khakan. O homem foi trazido diante dele, os traços de seu rosto expressavam receio e contrição. O sultão disse-lhe:

— Governador, eu não tenho dúvida de que você é um homem honrado e eu o escolhi para o cargo após ter sido treinado para ele e quando dispôs da experiência necessária. Em nome de Deus Todo-Poderoso, ordeno que me revele o segredo por trás dessa questão, pois não tenho dúvidas de que você está informado a seu respeito.

— Ó Deus, juro que direi a verdade — murmurou o governador, abrindo a palma das mãos. Depois, dirigindo-se ao seu senhor, disse:

— Após a morte de Aladim, fiquei sabendo o que se propalava sobre sua inocência e sobre a culpa de outros. Como alguém que cresceu absorvendo as doutrinas da fé verdadeira, fiquei alarmado com isso. Enviei meus informantes a todos os bairros e eles conseguiram extrair a verdade da boca de Muain Ben Saui enquanto este estava bêbado. Nesse momento, resolvi destituir os culpados. No entanto, eu...

O governador se calou por um momento e depois disse, humilde:

— No entanto, eu fraquejei, Majestade, pois fui eu quem havia julgado Aladim e o sentenciado à decapitação. Tive medo das conseqüências do esclarecimento e divulgação da verdade, pois aquele que matou uma única alma matou todas as pessoas.

— Você receou as conseqüências para sua reputação e posição como governador — disse o sultão.

O homem abaixou a cabeça e ficou calado.

— Seu secretário ficou sabendo da verdade? — perguntou-lhe o sultão.

— Sim, Majestade — disse, com tristeza.

— Deus possui Sua própria sabedoria em Sua criação. Quanto a nós, dispomos da lei canônica. Por isso, ordenamos que Muain Ben Saui, Daruich Amaran e Habzalam Bazaza sejam decapitados; ordenamos também que Fadel Ben Khakan e Haikal Al Zafarani sejam demitidos de seus cargos e que suas propriedades sejam confiscadas.

V

Trouxeram a esteira de couro da execução, bem como os culpados. O carrasco se adiantou. Nesse momento, o verdadeiro Shahriar, incapaz de se controlar, ficou em pé e disse em voz alta:

— Parem com essa farsa!

Os guardas saltaram adiante e o sultão gritou da tribuna:

— Quem lhe deu permissão para falar, seu estrangeiro maluco?

— Acorde de sua loucura — admoestou com firmeza o sultão. — Você está falando com o sultão Shahriar.

A surpresa calou todas as línguas. Dandan e Chabib Rama assumiram suas posições ao lado do sultão, empunhando suas espadas. Quanto ao sultão, tirou de seu bolso o anel real e o agitou diante do outro. O falso sultão, recuperando-se de seu espanto, saltou da tribuna e se prostrou diante do sultão.

— Seu escravo, Ibrahim, o carregador de água — disse ele, com voz trêmula.

— O que significa essa farsa?

Tremendo de medo, o homem disse:

— Perdão, Majestade! Permita que eu conte minha história e perdoe minha estupidez.

VI

Ibrahim, o carregador de água, contou sua história para o sultão em seu gabinete de verão no palácio.

— Desde minha infância, majestade — disse ele —, sou dos que colocam sua confiança em Deus. Luto desde a alvorada até o pôr-do-sol, e embora meus ganhos sejam limitados, meu coração se alegra e meu prazer é fumar haxixe no narguilé. Deus me concedeu uma dádiva imensa quando me casei com a viúva de Jamsa Al Balti e nunca sonhei em comer carne fora da Festa do Sacrifício. Quando o filho do meu amigo Ajar, o barbeiro, morreu, meu equilíbrio se alterou e ouvi pessoas cochichando. Fui tomado por uma tristeza que antes não conhecia e disse a mim mesmo que nós, pobres, não contávamos com ninguém além de Deus. Mas o destino escondia de mim uma surpresa que jamais havia imaginado, pois encontrei um tesouro do lado de fora do portão e me tornei um dos homens mais ricos do bairro. Como era de esperar, pensei em desfrutar sozinho dessa riqueza, mas meu amor pelos pobres impeliu-me para outro caminho e decidi estabelecer um reino imaginário onde estaríamos todos em igualdade de condições.

— O haxixe acabou com o seu juízo — disse Shahriar, sorrindo.

— Não nego isso, pois a idéia somente passaria pela cabeça de um fumante de haxixe. Os vagabundos ficaram muito entusiasmados com a idéia. Nossa escolha recaiu sobre essa ilha abandonada, onde me coroei sultão e escolhi, entre os descalços e famintos, os vizires, os comandantes e os homens do reino. Só nos encontramos à noite para encenar nosso jogo e nos transformamos, de miseráveis e vagabundos, em grandiosos estadistas, cada um conforme sua situação e posição. Foi a conspiração que resultou na morte de Aladim que nos inspirou a realizar, toda noite, um tribunal onde a justiça pudesse seguir seu curso após ter sido incapaz de fazê-lo no mundo real.

— E você desperdiçou o tesouro, seu viciado em haxixe?

— Sobrou apenas um pouco, mas com o tesouro compramos uma felicidade que não pode ser calculada em termos de dinheiro.

VII

Shahriar se deliciou com a história de Ibrahim, o carregador de água, mas disse a Dandan:

— Coloque-me a par do que se anda dizendo sobre a morte de Aladim, filho de Ajar, o barbeiro.

— A chave do mistério, Majestade — disse o vizir —, está com Fadel Ben Khakan. Sendo assim, chame-o e poderá se valer da grande influência que tem sobre ele.

— Você acha que devemos nos orientar por aquilo que fez o sultão Ibrahim, o carregador de água? — perguntou o sultão.

— Na verdade, Majestade — disse Dandan —, foi um julgamento excepcional que confirma que o haxixe não destruiu todo o seu juízo.

— Não vou esconder de você que também gostei muito do julgamento.

E assim se desenrolaram os acontecimentos: os transgressores caíram e Muain Ben Saui, Daruich Amaran e Habzalam Bazaza foram decapitados. Fadel Ben Khakan e Haikal Al Zafarani foram demitidos de seus cargos e seus bens foram confiscados.

O BARRETE DA INVISIBILIDADE

I

Sakharbut disse, apático:

— Abas Al Khaliji, governador do bairro, Sami Chucri, secretário, Kalil Fares, o chefe da guarda: não se espera deles nenhuma corrupção no futuro próximo.

— Por quê? — perguntou Zarmabaha, zombeteira.

— Chegaram aos seus postos depois da amarga experiência que derrubou os transgressores.

— Deixemos os governantes até que o governo os corrompa, e vamos olhar para esse moço esforçado, Fadel Sanaan.

— Ele é um exemplo vivo do trabalho que estraga nossas intenções e planos — disse Sakharbut, indignado.

— É um alvo realmente digno de nossa habilidade e artimanhas.

O riso se insinuou em sua fala quando disse:

— Você é um tesouro inextinguível, Zarmabaha.

— Vamos pensar juntos numa brincadeira deliciosa, digna de nós.

II

Fadel Sanaan estava descansando na escada do chafariz, após um dia quente de verão. Estava sempre com saudade de Aladim e o pranteava com o coração partido e, por sua vez, perguntava com raiva:

— Quando virá a libertação do sofrimento?

Notou um homem de aparência radiante e expressão sorridente que veio em sua direção e se sentou ao seu lado. Cumprimentaram-se, mas o homem deu-lhe uma atenção especial, como se estivesse ali por causa dele. Fadel aguardou que o outro expressasse seus pensamentos e, como não o fez, disse:

— Pelo visto você não é de nosso bairro.

— Sua intuição está correta — disse o homem em tom amistoso —, mas eu escolhi você para conversar.

Ele o olhou com a prudência adquirida ao ser perseguido por guardas à paisana.

— Quem é você? — perguntou.

— Isso não tem importância. O que importa de verdade é que sou um dos homens do destino, e tenho um presente para você.

Fadel franziu a testa, ainda mais cauteloso, e perguntou:

— Quem mandou você? Fale abertamente, porque não gosto de mistérios.

— Nem eu — disse o outro, sorrindo. — Aqui está o presente, ele torna tudo o mais desnecessário.

Tirou do bolso de sua túnica um barrete enfeitado com adereços coloridos, que Fadel nunca vira igual. Ajustou-o em sua própria cabeça e, num piscar de olhos, ficou invisível. Fadel ficou pasmo e olhou ao seu redor, preocupado.

— Isto é um sonho? — perguntou.

Ouviu a voz do homem perguntando, enquanto ria:

— Nunca ouviu falar do barrete da invisibilidade? É este aqui.

O homem tirou o barrete e novamente assumiu forma concreta no lugar onde havia se sentado. O coração de Fadel bateu mais depressa.

— Quem é você? — perguntou, ansioso.

— O presente é real e tangível e qualquer pergunta adicional é supérflua.

— Você pretende realmente dá-lo a mim?

— É por essa razão que procurei você e ninguém mais.

E por que exatamente eu?

— E por que Ibrahim, o carregador de água, encontrou o tesouro? Mas não desperdice o seu tesouro como ele o fez.

Fadel pensou que o mundo estava sendo criado de novo e que cabia a ele zelar por esse presente para salvar a humanidade. Logo seu coração se encheu de nobres aspirações.

— Em que está pensando? — perguntou-lhe o homem.

— Em coisas maravilhosas que irão lhe agradar.

— Diga-me o que fará com ele — perguntou, cautelosamente.

— Eu vou fazer o que ditar minha consciência — respondeu ele, o rosto radiante.

— Faça qualquer coisa, menos o que ditar sua consciência — disse o homem.

A expressão de seus olhos esfriou e ele foi tomado por uma sensação de desapontamento e aflição, quando perguntou:

— O que você disse?

— Faça qualquer coisa, menos o que ditar sua consciência. Essa é a condição. Você está livre para aceitar ou recusar, mas cuidado para não ser trapaceiro, senão perderá o barrete e poderá perder a vida também.

— Então você está me empurrando para o mal, seu velhaco!

— Minha condição é clara. Não faça o que sua consciência ditar a você. E também não deve praticar nenhum mal.

— Então o que farei com isso?

— Entre isto e aquilo há muitas coisas que não trazem nem ganho nem perda. Você é livre.

— Tenho levado uma vida honesta.

— Continue vivendo sua vida como quiser, mas em seu turbante e não com o barrete. Afinal de contas, o que você colheu dela? A pobreza e, de vez em quando, a prisão.

— Isso é assunto meu.

— Está na hora de eu ir embora — disse o homem, levantando-se. — O que você diz?

O coração de Fadel batia impaciente. Era uma oportunidade que não surgiria duas vezes. Não podia recusar. Disse, confiante:

— É um presente aceitável e não há nada a temer nele.

III

Logo na manhã seguinte, Fadel Sanaan saiu como a brisa que está em toda parte mas não é vista. A nova experiência mágica se apoderou dele. Provou o gosto de ser um espírito móvel invisível e, com isso, a alegria o fez esquecer de tudo, até de sua faina diária para sobreviver. Com a invisibilidade sentia que estava se elevando e reinando, que se igualava às forças invisíveis, que controlava as rédeas das coisas e que seu campo de ação se estendia à sua frente, ilimitado. Era um período ímpar, no qual descansava de seu corpo, dos olhares das pessoas e das leis humanas. Imaginou o que poderia acontecer se o presente tivesse caído na mão de algum canalha e agradeceu a boa sorte que o distinguira. Devido a sua grande felicidade não estava muito consciente de si mesmo até que veio a noite. Lembrou-se então que Acraman e Om Saad contavam com seus poucos centavos para preparar o jantar e comprar os ingredientes para fazer os doces. Preocupado, percebeu que não podia voltar para casa de mãos vazias. Passou pelo açougue e viu que o açougueiro estava contando a féria do dia e que o rapaz que o ajudava havia se retirado para um canto da loja. Resolveu pegar três centavos, a quantia que ganhava todos os dias, dizendo a si mesmo que os devolveria quando as coisas ficassem mais fáceis. Viu-se entrando no açougue e pegando o dinheiro. Voltou para a rua, sentindo-se deprimido, culpado por ter roubado pela primeira vez na vida. Deu uma olhada na loja e viu o açougueiro espancar o rapaz e depois expulsá-lo, acusando-o de roubo.

IV

Depois do jantar, e querendo se distrair, pensou em fazer uma visita ao Café dos Príncipes, usando o barrete. Teria a oportunidade de fazer brincadeiras inocentes, tomando cuidado para não se envolver em nenhum ato desonroso como aquele que praticara no açougue.

Pela primeira vez viu os rostos de sempre sem que eles o pudessem ver. Seu olhar passou desdenhosamente por Hassan Al Atar, Jalil Al Bazaz, Ajar, o barbeiro, Chamlul, o corcunda, mestre Sahlul, Ibrahim, o carregador de água, Sulaiman Al Zaini, Abdul Kadir Al Mahini, Rajab, o carregador, e Maaruf, o sapateiro. Ouviu Ajar, o barbeiro, perguntando:

— O que atrasou Fadel Sanaan?

Chamlul, o corcunda, com sua voz estridente, respondeu rindo:

— Talvez uma desgraça tenha caído sobre ele.

Resolveu castigar o palhaço. O garçom passou carregando copos de *karkadi* e, de repente, a bandeja entornou sobre a cabeça do corcunda. Com a bebida toda derramada sobre si, o corcunda saltou gritando enquanto o garçom ficou ali parado, atônito. Os homens riram, zombando do corcunda. O dono do café deu uma bofetada no garçom e começou a se desculpar com o palhaço do sultão. Tentando agradar de um modo exagerado, trouxe pessoalmente novos copos de *karkadi*, que dessa vez foram derramados sobre a cabeça de Sulaiman Al Zaini. O espanto e o secreto prazer se espalharam e várias vozes exclamaram:

— Deve ser o haxixe!

Ajar, livre das pressões e esquecendo as tristezas, riu abertamente, mas não lhe foi permitido saborear sua risada, pois recebeu uma sonora bofetada na nuca. Virando-se irado, deparou com Maaruf, o sapateiro, e deu-lhe um murro no rosto, e logo os dois se engalfinhavam. Reinou a escuridão depois que uma pedra atingiu o lampião. No escuro, trocaram-se socos, os ânimos se exaltaram, e todos gritaram e brigaram até que se dispersaram pela rua em um terrível estado de loucura e medo.

V

Fadel levava sua vida normalmente, escondendo o barrete no bolso para o momento em que necessitasse. Pensou que nada havia lhe valido até agora exceto que o fizera roubar e aplicar algumas peças insignificantes. Ficou preocupado e deprimido.

Disse a si mesmo que não podia ignorar uma oportunidade rara como aquela. Não havia tido tempo para refletir, mas o que adiantava fazer isso? Se era impossível fazer o bem com o barrete, então o que poderia fazer com ele?

Estava descansando na escada do chafariz público, depois do pôr-do-sol, a pouca distância de um vendedor ambulante de melancia, e viu alguém indo na direção do homem, para comprar. Suas pernas tremeram quando viu que era um carcereiro, famoso por torturar seus companheiros. Viu-o levando a melancia para um beco próximo que parecia ser onde estava morando e então o seguiu. Quando teve a certeza de que não havia ninguém passando, colocou o barrete e desapareceu. Esquecendo-se da promessa que fizera a si mesmo, puxou a faca que usava para cortar doce. Queria ao menos descobrir como o sujeito que lhe dera o barrete poderia impedi-lo de fazer o que quisesse. Seguiu o carcereiro, que não se deu conta de sua presença, e o esfaqueou no pescoço com um golpe mortal. O homem tombou coberto de sangue.

A sensação de vitória o animou. Podia fazer o que quisesse! Não abandonou o local, ficando ali para ver o que aconteceria. Viu as pessoas se juntarem à luz das lanternas, os soldados chegarem e ouvirem o carcereiro pronunciar o nome do vendedor de melancias antes de dar o último suspiro, e viu os soldados detendo o inocente vendedor. Fadel ficou chocado e confuso. O que havia entre os dois para fazer com que o carcereiro envolvesse o vendedor? Seu incômodo passou a ser intolerável.

— Não há outra escolha — disse a si mesmo —: é preciso salvar esse homem inocente.

Nesse momento, viu o dono do barrete a sua frente, dizendo:

— Cuidado para não quebrar o pacto.

— Você não me deixou matar o criminoso? — disse Fadel, em pânico.

— Absolutamente — disse o outro. — Você não matou o criminoso, mas seu irmão gêmeo, um homem íntegro e bom.

VI

Do roubo para as brincadeiras estúpidas e depois para o crime. Ele havia caído no abismo. Quando a cabeça do vendedor de melancias foi decepada no dia seguinte, viu-se tomado por um estado de total desespero. Caminhou a esmo pelas vielas, como um louco. Odiou a si mesmo tanto que passou a odiar o próprio mundo e seus sonhos de eternidade.

— Confessar e enfrentar o castigo: isso é tudo que me resta — murmurou.

Então viu o dono do barrete a sua frente, dizendo:

— Cuidado!

— Maldito seja! — gritou, furioso.

O outro desapareceu, dizendo:

— É assim que agradece a quem lhe entregou a chave do poder e do prazer?

Foi tomado pelo rancor, misturado com uma loucura passional, e começou a beber, tirando os demônios de seus esconderijos. Evocou pensamentos carregados de desejos ardentes, pensamentos que o tentavam e eram eliminados pela devoção. Nas chamas de sua loucura incandescente, manifestavam-se em duas formas: a de Kamar, irmã de Hassan Al Atar, e a de Kut Al Kulub, esposa de Sulaiman Al Zaini. Pensou consigo mesmo: "Já que o vinho está em minha barriga, por que temo ficar bêbado? Nada me resta além de me render voluntariamente à maldição. Então, que eu me eleve aos céus, os demônios saiam de suas garrafas, e que a punição venha coroada de vítimas".

VII

— Por que Fadel Sanaan? — perguntava-se Kamar Al Atar. — Que sonho!

Mas viu que o sonho deixara rastros que não podiam ser negados. Ficou confusa e disse consigo mesmo: "É como se ele fosse o demônio". Tomada pelo terror, a morte surgia diante de seus olhos.

— É um pesadelo — disse Kut Al Kulub a si mesma. — Mas por que Fadel Sanaan, de quem eu nunca havia pensado dessa maneira?

Porém, do pesadelo sobraram rastros e o terror explodiu dentro dela. Sulaiman Al Zaini descobriu que lhe haviam roubado dinheiro. Chegou Kalil Fares, o chefe da guarda. Kut Al Kulub não contou o pesadelo a ninguém, mas a idéia de morte a acossava cada vez mais.

VIII

Fadel manteve sua rotina cotidiana, sem deixar de freqüentar o Café dos Príncipes. E repetia muitas vezes para si mesmo:

— Que Deus tenha piedade de você, Fadel Sanaan. Você era um bom moço, como Aladim, ou talvez melhor.

Dando suas voltas para vender os doces, encontrou o louco e, como de costume, ofereceu-lhe alguns. Dessa vez o louco não estendeu a mão e foi embora como se não o tivesse visto.

Ficou consternado e os receios pairaram sobre ele como moscas. O louco não se alterara sem motivo. Talvez tivesse percebido o diabo que se ocultava por trás de sua pele.

— Preciso tomar cuidado com o louco — murmurou a si mesmo.

Viu o dono do barrete sorrindo para ele de modo encorajador e dizendo:

Você tem razão, e ele não é o único que deve temer.

Sanaan franziu a testa e se sentiu humilhado.

— Deixe-me sozinho — disse ele bruscamente.

— Mate o louco. Isso não será difícil para você — disse o outro calmamente.

— Não fique me sugerindo coisas. Isso não estava no trato.

— Devemos ficar amigos e por isso aconselho você também a matar Balakhi, aquele sheik charlatão.

— Nós não somos amigos e não vou fazer nada que não seja por minha própria vontade.

— Concordo plenamente, mas você não vai se arrepender disso. Você está sofrendo devido à mudança de hábitos mas vai alcançar uma sabedoria deslumbrante e entender a vida como ela deve ser.

— Você está caçoando de mim — gritou Fadel.

— Nunca. Estou insistindo para que você mate seus inimigos antes que eles o matem.

— Deixe-me sozinho — disse Fadel, com asco.

IX

Ocorreram fatos perturbadores: uma estranha doença atacou, quase ao mesmo tempo, duas belas e ilustres mulheres, Kamar Al Atar e Kut Al Kulub, a esposa de Sulaiman Al Zaini. Nem a fiel dedicação, nem a experiência do médico Abdul Kadir Al Mahini tiveram alguma serventia para salvá-las. Com suas mortes o médico se deu conta de estar carregando uma secreta preocupação que não havia como ignorar. Deveria manter silêncio para proteger a reputação de seus amigos? E se ficasse calado não estaria acobertando algum crime ou criminoso? O homem pensou muito e depois foi encontrar-se com o chefe da guarda, Kalil Fares.

— Vou revelar a você uma preocupação minha, na esperança de que Deus possa nos orientar no caminho certo — disse ele. Respirou fundo e depois continuou: — Não foi uma doença que atingiu a irmã de Hassan Al Atar e Kut Al Kulub. Está claro para mim que ambas tomaram um veneno que as foi matando lentamente.

— Suicídio? — murmurou o chefe da guarda, com interesse. — Mas por quê? Por que alguém iria querer assassiná-las?

— Antes de morrer, as duas pronunciaram o nome de Fadel Sanaan com nojo e pavor.

O homem balançou a cabeça com crescente interesse, e o médico disse:

— Em resumo, o que entendi é que certa noite elas sonharam que ele as havia estuprado. Depois descobriram certas pistas que evidenciavam que o sonho havia sido realidade.

— Isso é espantoso. Será que ele as drogou?

— Não sei.

— Onde ocorreu o sonho?

— Na cama delas, na própria casa.

Isso é realmente espantoso. E como ele entrou na casa? E como as drogou para conseguir fazer o que queria com elas? Teria cúmplices nas duas casas?

— Não sei.

— Você tocou no assunto com Hassan e Zaini?

— Não tive coragem de fazer isso.

— O que você sabe sobre Fadel Sanaan?

— Um jovem íntegro.

— Existem suspeitas, ainda nao confirmadas, de que ele seja karijita.

— Não sei de nada a esse respeito.

— Vou detê-lo imediatamente — disse o chefe da guarda, decidido — e farei um interrogatório minucioso.

— Acredito que sua investigação será conduzida em sigilo, para poupar a reputação das duas mulheres.

— Descobrir a verdade é minha principal preocupação — disse Kalil Fares, dando de ombros.

X

Fadel foi detido e imediatamente levado para a prisão. O governador do bairro, Abas Al Khaliji, se interessou pelo assunto e mandou chamar Hassan Al Atar e Sulaiman Al Zaini e os surpreendeu com o segredo que o médico havia relutado em lhes contar. Foi como um golpe violento em suas cabeças e que tornava mais fácil aceitar a morte. O homem mandou buscar Fadel Sanaan na prisão para interrogá-lo pessoalmente. Kalil Fares, contudo, voltou sozinho, dizendo, muito embaraçado:

— O criminoso fugiu e não há nenhum sinal dele na prisão.

O governador vociferou, esbravejou e proferiu censuras e acusações contra o chefe da guarda.

— Sua fuga é um mistério — disse o homem, em total impotência. — É como se fosse obra de magia negra.

— Parece mais que é um escândalo que vai abalar as próprias bases da segurança — gritou o governador.

Guardas à paisana se espalharam como gafanhotos. Acraman, esposa de Fadel, Husnia, sua irmã e Om Saad, sua mãe, foram chamadas mas seu interrogatório não revelou nada.

— Meu marido — disse Acraman, chorando — é o mais honesto dos homens, e não acredito em nenhuma palavra contra ele.

XI

Fadel Sanaan percebeu que se tornara tão bom quanto os mortos. A partir daquele momento apenas poderia viver sob o barrete, uma vida parecida com a de um espírito maldito vagando na escuridão. Um espírito que somente poderia movimentar-se na esfera das brincadeiras frívolas ou da maldade, impedido de se arrepender ou de fazer o bem. Havia se transformado em um diabo amaldiçoado. Enquanto gemia em sua desolação, o dono do barrete surgiu diante dele.

— Será que você está precisando de mim? — perguntou.

Fadel fixou-lhe um olhar funesto, mas o outro lhe disse, de modo amistoso:

— Não há limite para seu poder e nada lhe faltará.

— Isso é a não-existência! — exclamou Fadel.

— Apague as velhas noções e atente para sua grande sorte — disse o outro, caçoando.

— Solidão. Solidão e trevas. Perdi esposa, irmã e mãe, além dos amigos.

— Ouça o conselho de alguém experiente — disse o outro, tranqüilo: — Está em seu poder desfrutar diariamente de um acontecimento que abalará a humanidade.

XII

O bairro foi varrido por misteriosos acontecimentos que fizeram os moradores se esquecerem do caso e do criminoso foragido. Um homem importante foi empurrado de sua mula e caiu ao chão. Uma pedra acertou e abriu a cabeça de Sami Chucri, o secretário, estando este em meio a seus guardas. Jóias valiosíssimas desapareceram do palácio do governador. Um incêndio irrompeu no depósito de madeiras. Aumentaram os assédios às mulheres nos mercados. O terror perseguia a elite e o povo, enquanto Fadel Sanaan não parava de se precipitar de cabeça em sua trilha sinuosa, embriagado pelo desespero e a loucura.

O governador Abas Al Khaliji reuniu-se com o sheik Abdala Al Balakhi, o médico Abdul Kadir Al Mahini e o mufti, e disse a eles:

— Vocês são a elite de nosso bairro e quero me orientar pelas suas opiniões sobre o que está acontecendo. Qual é o diagnóstico de vocês e qual o tratamento que sugerem?

— Não passa de um bando de pessoas funestas que operam com astúcia e muitos recursos — disse o médico —, e o que precisamos é aumentar a vigilância nas áreas que envolvem segurança. — Pensou um pouco e continuou: — Necessitamos também revisar a divisão dos benefícios, das pensões e da caridade.

— Acredito — disse o governador — que o problema é mais grave do que está supondo. Qual é sua opinião, sheik Abdala?

— Carecemos da verdadeira fé — disse ele, resumindo.

— Mas as pessoas são fiéis.

— Não totalmente — disse, com tristeza. — A verdadeira fé é mais rara do que o unicórnio.

Diante disso, o mufti disse, em tom áspero:

— Há alguém aqui que está praticando a magia negra contra nós. Só posso acusar os xiitas e os karijitas.

XIII

Todos que estavam sob qualquer tipo de suspeita foram levados para a prisão e muitos lares foram abalados pela desconfiança. Pela primeira vez Fadel Sanaan despertou de seu desespero. Espantado consigo mesmo, perguntou-se se ainda havia lugar em seu coração para contemplação e arrependimento. Por sua mente passaram antigas lembranças como brisas que sopram uma fogueira ardente, e começou a pensar em voltar sua ação frívola para uma nova direção. Entretanto, o dono do barrete apareceu diante dele com um olhar de advertência e perguntou:

— Ainda não está curado de sua antiga doença?

Embora tomado pela raiva, conseguiu controlar-se com humildade e disse:

— Planejar a fuga desses homens seria o máximo da frivolidade.

— Lembre-se de nosso trato.

— O que há de bom em resgatar os inimigos da religião? — perguntou bruscamente.

— Em sua opinião eles são os líderes e você é meramente um deles, portanto, não tente me enganar.

— Deixe-me fazer o que quero — disse com determinação e confiança — e depois farei o que você quiser.

O barrete foi então retirado de sua cabeça e ele assumiu forma corpórea em meio a uma multidão de passantes no campo de tiro. Ficou assustado com a súbita mudança ocorrida, mas antes que pudesse se recuperar de seu terror, o outro repôs o barrete em sua cabeça e disse:

— Respeite o que combinamos para que eu continue a tratá-lo da mesma forma.

XIV

Não se sentiu feliz por escapar. Uma sensação de amargura tomou conta dele. Perguntou-se como poderia salvar seus irmãos e companheiros. Estava ficando sufocado pela garra de aço que o prendia. Era escravo do barrete e de seu dono, bem como prisioneiro da escuridão e do nada. Não, não havia ficado contente por escapar e sentiu-se envergonhado em fazer isso. Até o desespero parecia estar além dele: por mais tolices que tivesse cometido, elas eram incapazes de dedilhar em seu coração as antigas melodias. Ansiou poder ressuscitar o velho Fadel, a qualquer preço. Sim, o velho Fadel estava para sempre acabado, mas ao longo do caminho ainda havia margem para a ação. Do fundo da escuridão, surgiu um raio de luz. Pela primeira vez em séculos, seu espírito se refrescou quando carregava sua força de vontade com vida nova. Sua coragem explodiu na forma de anseios edificantes. Uma onda de escárnio desafiador o alçou acima das considerações de vida e morte e viu-se sobre um pico contemplando horizontes promissores, horizontes que prometiam uma morte nobre. Dessa forma, Fadel Sanaan seria restabelecido, ainda que fosse como um cadáver sem vida.

Sem hesitar, partiu com a nova decisão rumo à casa do governador. O louco passou por ele, repetindo as palavras: "Não há nenhum deus além de Deus. Ele traz à vida e faz morrer, e Ele é capaz de tudo".

Havia alcançado um auge de embriaguez e indiferença e não se assustou quando o dono do barrete apareceu diante dele.

— Fique longe de mim — disse ele, e arrancou o barrete de sua cabeça e atirou-o na cara do outro, com as palavras: — Faça o que você quiser.

— Eles vão fazer você em pedaços.

— Conheço meu destino melhor que você.

— Vai se arrepender quando o arrependimento não adiantar mais.

— Sou mais forte do que você — gritou.

Fadel receou que o outro fosse golpeá-lo, mas o homem desapareceu, como se derrotado.

XV

O julgamento de Fadel Sanaan provocou mais especulação que qualquer julgamento anterior. Suas confissões explodiram como uma tempestade sobre a cidade. Como a elite ainda o considerasse um de seus filhos e como a gente simples ainda o visse como um dos seus, as opiniões e sentimentos entraram em extrema confusão.

A praça da execução recebia uma enxurrada ininterrupta de mulheres e homens de todas as camadas sociais. Murmúrios de pena se misturavam a gritos de vitória, enquanto o lamento da flauta se misturava à algazarra dos bêbados. Quando o moço apareceu ao longe todos os olhares se voltaram para ele. Avançou entre os guardas com passos firmes, rosto sereno e uma humilde resignação.

Diante da esteira de couro da execução, foi invadido por lembranças que formavam uma única onda de luz resplandecente. As faces de Acraman, Al Balakhi, Jamsa Al Balti, Abdala, o carregador e o louco chegavam e partiam diante dele. Amor e aventura, panfletos de propaganda e milhares de reuniões realizadas no escuro, em porões e locais abandonados — tudo estava soldado em sua mente. O barrete e seu dono se dispersaram como algum passo em falso que ele havia dado. Finalmente se revelava seu trágico triunfo, trazendo consigo o carrasco Chabib Rama. Foi ao encontro do triunfo com força extraordinária e velocidade espantosa; desdenhou demonstrar sofrimento e enfrentou seu destino com frieza e autodomínio, vendo, para além da morte, um brilho deslumbrante. Mas viu, também, um dos sinalizadores do outro mundo, na forma do mestre Sahlul, o comerciante de bricabraque. Enquanto se recompunha de seu espanto ao vê-lo, perguntou:

— E o que o trouxe, mestre?

— Trouxe-me o que trouxe você — replicou.

— Você é o anjo da morte! — exclamou Fadel, com surpresa ainda maior.

Mas Sahlul não respondeu.

— Quero justiça! — disse Fadel bruscamente.

— Deus faz o que Ele quer — disse Sahlul, calmamente.

MAARUF, O SAPATEIRO

I

Nada superava sua alegria aparente, exceto seus temores íntimos. Seus ganhos eram parcos e sua esposa Firdus Al Urra era gulosa, ambiciosa e mal-humorada, uma mulher cheia de força e violência. A sua vida era um inferno entre a faina diária e o casamento. Não havia um dia em que ele não se sujeitasse a pancadas e impropérios, tremendo diante dela, assustado e humilhado. Esperava encontrar forças para se separar dela e sonhava com sua morte. Gostaria de fugir, mas como, e para onde? Disse a si mesmo que era um prisioneiro, tal como Fadel Sanaan havia sido prisioneiro do diabo. E tal como Fadel, talvez ele não tivesse outra escapatória exceto a da morte.

Certa noite, tomou narcóticos em excesso e foi ao Café dos Príncipes com uma sensação de bem-estar que não cabia no mundo. Olhou para os rostos de seus companheiros e disse com um tom de voz ouvido por todos os freqüentadores do lugar:

— Vou contar um segredo que não devo esconder de vocês.

Ajar, o barbeiro, ia caçoar dele, mas lembrou-se de sua própria tristeza e desistiu.

— Vou contar para vocês a verdade — prosseguiu Maaruf —: encontrei o anel de Salomão.

— Mostre algum juízo na frente de seus superiores, seu burro — gritou-lhe Chamlul, o corcunda.

— Parece que você fez bom uso dele — disse-lhe Ibrahim, o carregador de água. — Onde estão os palácios e os criados? Onde estão a pompa e o esplendor?

— Se não fosse o temor a Deus — disse ele —, teria feito o que nunca ocorreria à mente humana!

— Dê-nos uma prova para acreditarmos em você — disse Rajab, o carregador.

— Isso é fácil!

— Ótimo. Erga-se até o céu e depois desça são e salvo.

— Ó anel de Salomão, levante-me até o céu — disse Maaruf em um sussurro.

Diante disso, Sulaiman Al Zaini gritou:

— Pare de resmungar asneiras.

Mas, de repente, emudeceu. O próprio Maaruf foi arrebatado por uma estranha sensação de pavor. Sentiu uma força arrancando-o de seu lugar e foi subindo pelo ar, de modo lento e uniforme, até que todos os freqüentadores do café ficaram em pé, espantados. Movendo-se rumo à porta do café, atravessou-a, soltando um grito estridente de "socorro" e depois continuou a subir até desaparecer na escuridão da noite de inverno. Os freqüentadores se juntaram todos na rua, em frente ao café, e iniciou-se uma gritaria sobre o extraordinário acontecimento. A notícia se espalhou como raio de sol em dia de verão. Então, muitíssimo devagar, ele começou a descer, até que seu vulto surgiu na escuridão, e ele voltou para o seu lugar, mas num estado indescritível de pavor e exaustão. Todos o olhavam, tanto a elite quanto o povo, e foi bombardeado com perguntas:

— Onde você achou o anel?

— Quando o encontrou?

— O que fará com ele?

— Descreva o gênio para nós.

— Quando você vai realizar seus desejos?

— Não se esqueça dos amigos — disse Ajar.

— E de seus pobres companheiros — gritou Ibrahim, o carregador de água.

— Faça da maneira como deve ser feito — disse Rajab, o carregador.

— Não se esqueça de Deus, pois Ele é o poder soberano — disse Sulaiman Al Zaini.

Não entendeu nada do que foi dito e não soube como ocorrera o acontecido. De que segredo ele havia se apossado? Que milagre havia sido realizado por suas mãos? Devia contar-lhes a verdade?

Uma prudência instintiva o manteve calado. Queria ficar sozinho, recuperar seu fôlego, refletir. Levantou-se de seu lugar sem dizer uma palavra, ao som de diversas vozes de protesto:

— Não nos deixe nessa confusão. Diga alguma coisa para satisfazer nossa curiosidade.

Sem olhar para ninguém, saiu do café.

II

Tomou o rumo de sua casa em meio a uma procissão de homens e mulheres que enchiam a rua. Competiam para se aproximar dele e alguns caíram, sendo pisoteados por outros.

— Vão embora — gritou-lhes —, senão mandarei vocês para o outro mundo.

Em um instante todos se dispersaram de modo assustado e desordenado, até que suas vozes desapareceram e ele só encontrou pela frente Firdus Al Urra, sua esposa, esperando-o na frente da casa com um lampião na mão.

— Ele dá o poder para quem Ele quiser — ela estava dizendo.

Pela primeira vez, em muito tempo, ela estava sorrindo para ele. Maaruf lançou-lhe um olhar feroz e lhe deu uma bofetada que ecoou no silêncio da noite.

— Você está divorciada! — gritou com ela. — Vá para o inferno.

— Você me escraviza com sua pobreza e assim que a sorte chega me joga fora.

— Se você não for embora já o gênio vai carregá-la até o vale dos gênios.

A mulher gritou alarmada e foi embora correndo. Também ele, pela primeira vez em muito tempo, sorriu serenamente enquanto entrava em sua casa, que não passava de um quarto e um corredor.

III

O que significa isso, Maaruf? É sonho ou realidade? Aconteceu de fato alguma coisa misteriosa com você? Olhou ao seu redor, no quarto quase vazio, e murmurou com prudência:

— Ó anel de Salomão, levante-me um metro acima do chão.

Esperou ansioso, mas nada aconteceu. Ficou deprimido diante de seu fracasso. Não voei pelos ares? Os moradores do bairro não foram testemunhas disso? Minha mulher não foi derrotada pela primeira vez?

— Ó anel de Salomão — disse ele, com o coração ferido —, traga-me uma bandeja de trigo verde com pombo.

Tudo o que ele viu foi uma barata andando na beirada do tapete gasto. Olhou demoradamente para ela e, então, desatou a chorar.

IV

Enterrou sua amarga decepção no mais íntimo de si mesmo. Fez dela um segredo escondido, erguendo uma barreira entre ela e sua língua. Disse a si mesmo que devia deixar as coisas seguirem a vontade de Deus. Não deveria, contudo, continuar a ir a sua loja para consertar sapatos, chinelos e sandálias? As pessoas conseguiriam tolerar tal comportamento de alguém que possuía o anel de Salomão? E se não trabalhasse, estaria se resignando a morrer de fome? No entanto, encontrou Kalil Fares, o chefe da guarda, na entrada de sua viela, como se o estivesse esperando. Fares o cumprimentou com um sorriso amável que não era habitual e Maaruf pôde perceber, com sua inteligência, que as pessoas olhavam para ele como dono do anel de Salomão. Seu coração renovou-se de esperança e decidiu representar seu papel com a devida habilidade, até que Deus decidisse sua sorte.

Que Deus lhe dê uma manhã feliz, Maaruf — disse Fares, amistoso.

— E que Ele lhe conceda uma igual, ó chefe da guarda —

disse ele, com uma indiferença que o espantou. Falava com a confiança de alguém que detinha um poder a que nenhum outro ser humano poderia aspirar.

— O governador do bairro gostaria de lhe falar — disse o outro.

— Com muito prazer — disse Maaruf, indiferente. — Onde?

— Onde você quiser.

"Seus covardes rastejantes!", pensou. Mas disse:

— Na casa dele, como manda a educação.

— Você receberá a devida atenção e proteção — garantiu-lhe Fares.

— Não tenho nada a temer de nenhum poder na face da terra — disse, rindo e com desprezo.

Escondendo o incômodo, e talvez o medo, Kalil Fares disse:

— Nós o esperamos ao meio-dia.

V

Na grande atenção que as pessoas estavam lhe dedicando, previu que logo se formaria uma nova multidão à sua volta e regressou para sua humilde moradia. Viu Ajar, o barbeiro, que o informou que só se falava nele e não apenas no bairro, mas na cidade inteira. E que o milagre que ele havia realizado abalara o próprio sultão. E quando soube do encontro marcado entre ele e o governador, Ajar disse:

— Não tenha receio de ninguém, pois você é o homem mais poderoso do mundo. As pessoas agora estão divididas em dois grupos: há os que temem sua força porque desejam manter o seu próprio poder, e há os que esperam que sua força se mostre uma proteção para a própria fraqueza.

Escondendo sua tristeza com um sorriso, Maaruf disse:

— Lembre-se, Ajar, de que sou um dos fiéis servos de Deus.

Seu amigo desejou-lhe vitória e sucesso.

VI

No saguão de recepção, esperavam-no Abas Al Khaliji, o governador, Sami Chucri, o secretário, Kalil Fares, chefe da guarda, e o mufti, além de um grupo da elite. Embora sua roupa esfarrapada despertasse olhares espantados, o governador o convidou para sentar-se a seu lado e cumprimentou-o calorosamente. Sentou-se, confiante, e passou a ser alvo de olhares cheios de curiosidade.

— Eu soube que você possui o anel de Salomão — disse o governador.

— Estou disposto — disse, com confiança e um tom ligeiramente ameaçador — a convencer todo aquele que tenha alguma dúvida no coração.

Diante disso, o governador afirmou:

— Na verdade, eu desejava saber, dentro dos limites de minha responsabilidade, como foi que você se apossou dele.

— Não me é permitido revelar esse segredo.

— Como achar melhor. O fato de que tenha me dado a honra de vir até minha casa prova sua confiança em mim, pela qual agradeço a Deus.

— A verdade é que isso não tem nada a ver com minha confiança em você, pois nem você nem ninguém mais podem me prejudicar — disse ele, com astúcia.

O governador abaixou a cabeça para mostrar concordância e, ao mesmo tempo, para esconder seus sentimentos.

— Eu e meus colegas — disse ele — ponderamos que é nosso dever trocar opiniões com você. Deus eleva e derruba quem Ele quiser, mas nós temos o dever de adorá-Lo em todas as circunstâncias.

— É mais adequado que dirija suas palavras para você mesmo e para seus colegas — disse Maaruf, com audácia.

O rosto do governador ficou vermelho.

— É verdade que nós assumimos o poder depois de acontecimentos penosos, mas estamos cumprindo a lei desde então.

— A prova está nos resultados.

— Ninguém receberá de nós nada que não seja agradável. Que Sua Majestade o sultão Shahriar seja o nosso exemplo.

— Não se pode negar que ele abriu uma nova página, embora não tenha alcançado ainda a perfeição desejada.

— A perfeição pertence somente a Deus.

O governador olhou para o mufti e este disse:

— Eu tenho uma palavra para você, Maaruf, que espero seja aceita de um homem que teme a Deus apenas. Deus experimenta Seus fiéis nos bons e nos maus tempos, e Ele é sempre e eternamente o mais poderoso. Ele traz os fortes a julgamento mediante sua força, tal como traz os fracos a julgamento mediante sua fraqueza. Outros antes de você já possuíram o anel de Salomão, e isso lhes trouxe a desgraça. Tomara que sua posse dele seja um exemplo para os fiéis e uma advertência para os infiéis.

Maaruf sorriu, inflado pela força de alguém no controle da situação.

— Escutem, homens eminentes — disse ele —: foi realmente uma felicidade do destino que o anel de Salomão tenha caído nas mãos de um homem fiel que tem o nome de Deus em seus lábios pela manhã e à noite. É uma força contra a qual a sua não vigora, mas eu a guardo para os tempos de necessidade. Está em meu poder ordenar ao anel a construção de palácios, aparelhar e obter controle do sultanato, mas resolvi seguir outro caminho.

Os presentes respiraram aliviados pela primeira vez e os elogios vieram de todos os lados. Então ele disse, com o coração acelerado:

— Mas eu não posso desdenhar beneficiar-me de uma bênção que Deus me concedeu.

Todos olharam para ele, em expectativa.

— Eu preciso imediatamente de mil dinares para melhorar minhas condições de vida.

— Vou verificar o montante de dinheiro que se encontra a minha disposição — disse o governador, aliviado. — Se não for suficiente pedirei ajuda de Sua Majestade o sultão.

VII

Maaruf obteve o dinheiro desejado e os nobres o cumularam de presentes. Comprou um palácio e pediu ao mestre Sahlul que o mobiliasse, e este acabou fazendo dele um verdadeiro museu. Casou-se com Husnia Sanaan, irmã de Fadel. Fez de Ajar, o barbeiro, Ibrahim, o carregador de água, e Rajab, o carregador, seus amigos íntimos e esbanjou sua generosidade com os pobres. Induziu o governador a prover o sustento deles e assisti-los e respeitá-los, de sorte que faces sorridentes substituíssem as faces outrora marcadas pela privação. E os pobres passaram a amar a vida como amavam o paraíso.

VIII

Certo dia, Maaruf foi chamado para se encontrar com o sultão Shahriar e foi até ele murmurando: "Não há nenhum deus a não ser Deus" e "Não há nenhuma força ou poder exceto o que vem de Deus", na esperança de que nada de mau lhe sucedesse. O sultão o recebeu em seu palácio de inverno, no chamado Salão dos Corais. Examinou-o com calma e então disse:

— Seja bem-vindo, Maaruf. Nas minhas caminhadas noturnas, escutei com meus próprios ouvidos os elogios dos servos de Deus a sua pessoa, e isso me deixou com muita vontade de vê-lo.

Controlando o pulsar de seu coração, Maaruf disse:

— A bênção deste encontro é mais cara para mim que o próprio anel de Salomão, Majestade.

— Um sentimento nobre de um homem nobre.

Maaruf inclinou a cabeça e o tempo todo estava se perguntando o que faria se o sultão lhe pedisse para operar um milagre. Nesse caso, Maaruf, você iria direto do palácio para o patíbulo?

— Como você veio a deparar com o anel, Maaruf? — perguntou o sultão.

— Prometi a mim mesmo guardar segredo, Majestade — respondeu com o coração estremecendo.

— Você tem toda a razão de não me contar, Maaruf, mas será que não posso olhar para ele de longe, sem tocá-lo?

— Nem mesmo isso, Majestade. Como me sinto miserável por minha incapacidade de realizar seu desejo!

— Não importa.

— Agradeço por sua bondade, Majestade.

— Eu estou admirado com você — disse o sultão após refletir um pouco. — Se quisesse sentar-se em meu trono, nenhuma força do mundo poderia impedi-lo.

Maaruf exclamou em repúdio:

— Deus me livre, Majestade. Não passo de um fiel servo de Deus, e nenhuma força pode me tentar a me opor à vontade de Deus.

— Realmente, você é um fiel, e é uma bênção que o anel esteja na mão de um fiel.

— Graças a Deus, o Senhor dos Mundos.

— Você alcançou a felicidade, Maaruf? — perguntou o sultão com interesse.

— Uma felicidade ilimitada, Majestade.

— E o passado, às vezes, não estraga sua felicidade?

— O que passou foi uma série de ocorrências infelizes que sofri pelas mãos de outros, mas por mim mesmo não fiz nada de que pudesse me arrepender.

— Você desfruta do amor, Maaruf?

— Graças a Deus, sim. Tenho uma esposa que me transmite felicidade a cada vez que respira.

— E tudo isso graças ao anel?

— Graças a Deus, Majestade.

O sultão ficou calado por um momento e depois perguntou:

— Você é capaz de conceder felicidade aos outros?

— Não existe limite para a força do anel, mas ele não pode invadir o coração das pessoas.

No fundo dos olhos de Shahriar surgiu uma apatia que revelava seu desapontamento. Entretanto, ele sorriu e disse:

— Deixe-me ver você subir no ar até seu turbante tocar os enfeites do teto do salão.

O pedido caiu sobre ele como uma montanha derrubada por um terremoto. Suas esperanças se espalharam como pó e teve a certeza de que estava condenado.

— Não é adequado — disse, veemente — agir sem decoro na presença do sultão.

— Você irá voar somente por meu pedido.

— Majestade, sou seu escravo Maaruf, o sapateiro.

— Você não me deve obediência, Maaruf?

— Deus é testemunha que sim — disse, num grasnido.

— Então estou lhe dando uma ordem, Maaruf!

O sapateiro levantou-se de onde estava sentado e sentou-se de pernas cruzadas no meio do salão. Secretamente, entrou em comunhão com seu Senhor: "Meu Senhor, que seja feita Vossa vontade. Não deixe que tudo desapareça como num sonho". E com um coração ferido e desesperado, murmurou:

— Levante-se, corpo meu, até meu turbante tocar o teto.

Fechou os olhos, entregando-se ao seu negro destino. Quando nada aconteceu, soltou um grito de seu coração atormentado:

— Misericórdia, Majestade!

Mas antes que pudesse pronunciar qualquer outra palavra, uma energia inspirada invadiu seu coração, seu peso diminuiu e seu medo desapareceu. Então, uma força desconhecida o levantou no ar, silenciosa e suavemente, tal como estava sentado, de pernas cruzadas sobre o nada, até que seu turbante tocou a cúpula de coral. Enquanto isso, o sultão o acompanhava com o olhar em desamparado espanto, deixando de lado a compostura. Então, devagar, Maaruf começou a descer até estar novamente acomodado em seu lugar.

— Como é trivial ser um sultão! Como é trivial toda vaidade! — exclamou o sultão.

Maaruf foi incapaz de dizer uma só palavra, pois seu próprio espanto era ainda maior que o do sultão.

IX

Maaruf estava totalmente impossibilitado de entender o que estava lhe acontecendo. Tentou explorar seu poder oculto em casa mas ele não o atendeu. Entretanto, agradeceu a Deus pela salvação. Que seu poder fosse como quisesse. Ele que desaparecesse o quanto quisesse, desde que viesse correndo em seu socorro nas situações críticas. Expulsou suas dúvidas e depositou sua confiança em Deus.

Estava sentado ao sol no jardim de sua casa, quando um estranho pediu para vê-lo. Julgando que ele poderia estar necessitando de algo, Maaruf mandou trazê-lo. O forasteiro entrou pavoneando-se em um luxuoso roupão persa. Usava um turbante alto, a barba bem aparada e tinha um olhar arrogante; sem dúvida, era alguém de condição social elevada. Maaruf o cumprimentou e o convidou a sentar-se.

— Quem poderia ser nosso respeitável hóspede? — perguntou ele.

— Eu sou o dono deste palácio — respondeu bruscamente o homem, em um tom semelhante às batidas de um martelo no metal.

Maaruf ficou surpreso e disse, furioso:

— Que tolice!

— Eu sou o dono deste palácio! — repetiu o homem, com força ainda maior.

— Eu sou seu único dono.

— Você não passa de um charlatão e um mentiroso — disse o outro, desafiando-o com um olhar insolente.

— Você é um maluco, um louco sem vergonha! — gritou Maaruf, furioso.

— Você enganou a todos, inclusive o estúpido sultão, mas eu o conheço melhor do que você mesmo se conhece.

— Está em meu poder reduzi-lo a farelo para que seja espalhado pelo vento.

— Você não é bom em nada além de remendar e consertar sapatos. Eu o desafio a fazer algo para me prejudicar.

Seu coração se encolheu, roubando-lhe a autoconfiança. Então, em um tom de voz que o traiu a despeito de sua firmeza, perguntou:

— Por acaso, não ouviu falar do milagre no Café dos Príncipes?

— Não ouvi falar dele porque fui eu quem o fez; por isso, não tente me enganar. Fui eu também quem o salvou do fracasso na presença do sultão.

Secretamente, Maaruf suplicou ao anel de Salomão que fulminasse aquele homem. E como nada acontecesse, seu corpo desabou sob o peso do desespero.

— Quem é você? — perguntou, temeroso.

— Sou seu senhor, o seu benfeitor.

Gemeu e se encolheu em silêncio.

— Está em suas mãos reter a bênção, se o desejar — disse o outro.

— O que você quer? — perguntou, com uma voz quase inaudível.

— Mate Abdala Al Balakhi e o louco! — disse calmamente o estranho.

Tomado pelo terror, Maaruf disse, com repulsa:

— Sou incapaz de matar uma formiga.

— Eu arranjo as coisas para você.

— Por que busca minha ajuda se você é o poderoso?

— Isso não é da sua conta.

Lembrou-se da armadilha em que Fadel havia caído. Lembrou-se também das tragédias de Sanaan Al Jimali e Jamsa Al Balti.

— Eu lhe suplico, por Deus, liberte-me de suas exigências.

— Nada seria mais fácil para mim — disse o outro com desdém — que convencer o governador sobre sua fraude. As pessoas não se sentem a salvo de você e saudariam sua morte para se livrarem de seu domínio sutil. Você logo será chamado a fazer um milagre diante deles e se não conseguir — e não vai conseguir — saltarão sobre você como tigres.

Um olhar desesperado, triste e cego, acorreu aos olhos de Maaruf, mas o outro não teve nenhuma piedade dele e disse:

— Estou aguardando sua decisão.

— Saia da minha frente. Não posso me concentrar em sua presença.

— Vou me ausentar por um momento — disse ele, levantando-se. — Se você não me chamar, o chefe da guarda virá em meu lugar.

Tendo dito isso, partiu.

X

O homem deixou Maaruf queimando no inferno. Teria de matar Abdala Al Balakhi e o louco? Sim, estava preocupado em manter sua boa sorte, mas era um homem bom, dócil e um crente verdadeiro. A imaginação o impelia para um lado e para o outro, mas ele sempre se manteve firme no chão bem à beira do abismo. E na escuridão do sofrimento acendeu-se um pensamento feliz: por que não fugia com Husnia e o dinheiro?

Correu para dentro de casa e mandou sua esposa vestir seu manto para sair e guardou o dinheiro numa trouxa. Ela lhe perguntou o que significava tudo aquilo e ele respondeu que ela ficaria sabendo logo que chegassem em segurança a seu destino. Montaram sobre duas mulas e saíram, com a intenção de chegar ao porto do rio. Mas, quando se aproximavam do fim da rua, ele viu Kalil Fares, chefe da guarda, vindo em sua direção à frente de uma tropa de soldados.

XI

O escândalo irrompeu anunciado ao som dos tambores que ressoaram por todos os cantos da cidade. Os faladores espalharam a notícia sobre as confissões de Maaruf, o sapateiro. Alguns corações se reanimaram, enquanto outros rolaram pelo abismo. Sabia-se que a esteira da execução logo estaria recebendo Maaruf e que este iria se juntar a Fadel Sanaan e Aladim. Os pobres e os miseráveis saíram de suas cabanas rumo às praças da cidade. Precipitaram-se, seguindo sua inquietação e sentimentos profundamente arraigados e viram-se transformados em um imenso corpo sem limites, rugindo seus protestos e temores quanto ao futuro. Com a morte de Maaruf, seu pão cotidiano desapareceria. Mais uma vez, o desalento cresceu nos rostos e trocaram-se gemidos de lamentação em roucos cochichos. Tamanha era a força engendrada, tamanha a raiva desassistida, que se sentiram como uma enchente irresistível que podia arrojar-se adiante:

— Maaruf é inocente.

— Maaruf tem compaixão.

— Maaruf não pode morrer.

— Ai daqueles que o maltratarem.

Nem bem uma voz havia gritado que deviam seguir para a casa do governador e a multidão disparou como uma inundação despejada da mais alta montanha, soltando um enorme grito. Na primeira rua, seu caminho foi bloqueado por soldados fortemente armados. Logo se seguiu uma batalha de flechas e pedras, uma batalha travada com violência sob nuvens que ameaçavam chuva. Antes do crepúsculo, um rufar de tambores foi ouvido e um pregoeiro gritou:

— Parem o combate. Sua Majestade o sultão está chegando.

Os dois grupos recuaram e o silêncio reinou. A comitiva do sultão vinha com uma grande tropa da cavalaria. Shahriar entrou no palácio do governo acompanhado de outras autoridades do Estado. O inquérito oficial durou a noite inteira. Um pouco antes da alvorada um pregoeiro surgiu, enquanto caía uma garoa, mansamente lavando as faces contraídas pela ansiedade. O povo fazia muitas suposições, mas nem mesmo a imaginação mais extravagante poderia conceber o que realmente se passava. O pregoeiro gritou:

— É vontade do sultão que o governador seja transferido para outro bairro e que o governo deste bairro seja assumido por Maaruf, o sapateiro.

Aplausos e gritos se elevaram, enquanto o povo se embriagava com sua retumbante vitória.

SINDBAD

I

Maaruf, o governador do bairro, com muito acanhamento sugeriu ao sultão que transferisse Sami Chucri, o secretário, e Kalil Fares, o chefe da guarda, para outro bairro, e que tivesse bondade suficiente para nomear Nuredin como secretário pessoal e o louco como chefe da guarda, com um novo nome: Abdala Al Akel.

Por mais estranho que pudesse parecer, o sultão atendeu ao seu pedido, embora tivesse perguntado:

— Você é realmente favorável a que o louco seja seu chefe da guarda?

— Totalmente — respondeu Maaruf, confiante.

Desejou-lhe muito sucesso e depois perguntou:

— Como será sua política, Maaruf?

— Majestade, passei toda minha vida — disse o homem, humilde — consertando sapatos até que o conserto se alojou no meu sangue.

O vizir Dandan ficou preocupado com isso e disse ao sultão, após a saída de Maaruf:

— Majestade, não acha que o bairro caiu nas mãos de um grupo totalmente inexperiente?

— Vamos arriscar — disse o sultão, manso — uma nova experiência.

II

Os freqüentadores do Café dos Príncipes estavam passando a noite em conversas agradáveis e em harmonia com a mudança ocorrida no bairro, quando um estranho apareceu na entrada do café. Era de conformação magra, tendendo para o alto, com barba preta e elegante, e vestia uma túnica de Bagdá, um turbante damasceno e sandálias marroquinas, trazendo nas mãos uma fieira de contas persas para oração, feita com pérolas valiosas. As línguas se travaram e todos os olhares se voltaram para ele. A despeito de ser um estranho, deixou que seus olhos sorridentes passeassem com familiaridade pelos presentes. De repente, Rajab, o carregador, de um salto, levantou-se gritando:

— Louvado seja o Senhor, não é outro senão Sindbad!

O recém-chegado soltou uma gargalhada sonora e recebeu em seus braços o velho companheiro. Os dois se abraçaram calorosamente e logo as mãos se agarravam amistosamente. Em seguida, Sindbad dirigiu-se para um lugar vazio ao lado de mestre Sahlul, arrastando consigo Rajab, que protestava envergonhado e num sussurro:

— Este lugar é para a elite.

— A partir de agora você é meu agente de negócios — disse Sindbad.

— Quantos anos você esteve fora, Sindbad? — perguntou-lhe Chamlul, o corcunda.

— A verdade é que me esqueci do tempo — disse ele, confuso.

— Parecem dez séculos! — disse Ajar, o barbeiro.

— Você viu muitos mundos — disse o médico Abdul Kadir Al Mahini. — O que você viu, Sindbad?

Saboreou o grande interesse que despertara e então disse:

— Tenho histórias maravilhosas e edificantes, mas tudo a seu tempo. Tenham paciência até eu me estabelecer.

— Então lhe contaremos nossas histórias — disse Ajar.

— O que Deus fez com vocês?

— Muitos morreram e se fartaram com a morte — respondeu Hassan Al Atar —, e muitos nasceram e não ficaram satisfeitos com a vida. Alguns caíram das alturas, e outros se ergueram do fundo do poço; alguns enriqueceram depois de passar fome, e outros mendigam depois de terem sido muito ricos. Alguns dos melhores e dos piores gênios estiveram em nossa cidade, e a última notícia é que Maaruf, o sapateiro, foi designado governador de nosso bairro.

— Imaginava que os prodígios apenas aconteceriam em minhas viagens, mas agora é que estou admirado.

— Sem dúvida — disse Ibrahim, o carregador de água — você ficou rico, Sindbad!

— Deus dá a fortuna a quem Ele quiser, e sem fazer contas.

— Conte-nos — disse Jalil, o negociante de tecidos — sobre as coisas mais extraordinárias que encontrou.

— Tudo a seu tempo — disse ele, balançando o rosário persa. — Eu preciso comprar um palácio, e abrir um local para colocar à venda os objetos raros e preciosos que trouxe das montanhas, do fundo dos mares e das ilhas desconhecidas. Em breve, vou convidá-los para um jantar onde servirei as comidas e as bebidas mais estranhas e depois contarei minhas fantásticas viagens.

III

Imediatamente, sua escolha caiu sobre um palácio no campo da cavalaria e confiou a Sahlul a tarefa de mobiliá-lo e decorá-lo. Abriu também um novo estabelecimento comercial no mercado, cuja direção entregou, desde o primeiro dia, a Rajab, o carregador. Enquanto isso, visitou o governador e, quando ficaram sozinhos, abraçaram-se como velhos companheiros. Maaruf contou a ele sua história, ao passo que Sindbad relatou o que lhe havia sucedido em suas sete viagens.

— Você é digno dessa posição — disse-lhe Sindbad.

— Sou o servo dos pobres, sob os cuidados de Deus — respondeu Maaruf com convicção.

Sindbad visitou o mestre de sua juventude, o sheik Abdala Al Balakhi. Beijando suas mãos, disse:

— Estive sob sua tutela apenas o tempo necessário para aprender o básico de minha educação, mas ganhei nesse período palavras que iluminaram a escuridão na hora das dificuldades.

— É inútil ter boa semente sem terra boa — disse o sheik, afável.

— Mestre, gostaria de ouvir minhas aventuras?

— Não se alcança sabedoria com narrativas numerosas mas buscando e utilizando o conhecimento — disse o sheik, sorridente.

— Mestre, você encontrará nelas coisas que o agradarão.

— Bem-aventurado aquele que tem uma só preocupação — respondeu o sheik, com pouco entusiasmo — e cujo coração não está preocupado com o que seus olhos vêem e seus ouvidos ouvem. Quem conhece Deus se abstém de tudo que Dele se desvia.

Tendo se estabelecido, Sindbad convidou seus amigos para o banquete, onde contou a todos o que lhe acontecera nas sete viagens. Dali as histórias se espalharam pelo bairro e depois pela cidade, atiçando os corações e inspirando as imaginações.

IV

Certo dia, Maaruf, o governador do bairro, convidou Sindbad para uma visita.

— Alegre-se, Sindbad, pois Sua Majestade o sultão Shahriar deseja vê-lo.

Muito contente, saiu logo para o palácio, em companhia do chefe da guarda, Abdala Al Akel. Mas como se apresentou ao sultão apenas no início da noite, levaram-no para o jardim. Ali foi-lhe indicado um assento em meio a total escuridão, e a brisa da primavera levou até o íntimo de seu ser uma mistura de aromas de flores sob um teto reluzente de estrelas. O sultão falava mansamente, e isso o colocou à vontade, substituindo sua sensação de temor por sentimentos de afeição e familiaridade. Shahriar lhe perguntou a respeito de sua ocupação inicial, dos conhecimentos que havia adquirido e do que o levara a decidir viajar. Sindbad respondeu com a devida brevidade, de modo franco e confiável.

— As pessoas me falaram de suas viagens — disse Shahriar —, mas eu gostaria que contasse o que aprendeu com elas e se conseguiu uma sabedoria prática. Mas não repita nada, a menos que seja necessário.

Sindbad pensou um pouco, então disse:

— É de Deus que se busca ajuda, Majestade.

— Estou ouvindo, Sindbad.

Encheu o peito com o delicioso aroma, e então começou:

— A primeira coisa que aprendi, Majestade, é que o homem pode ser enganado pela ilusão e pensar que ela é verdade, e que a única salvação para nós é quando estamos em terra firme. Assim, quando nosso navio naufragou na primeira viagem, nadei agarrado a um pedaço de madeira até que cheguei a uma ilha negra. Eu e os que estavam comigo agradecemos a Deus e nos pusemos a procurar frutos. Como não encontramos, reunimo-nos na praia, concentrando nossas esperanças em algum navio que pudesse estar passando por ali. De repente, alguém gritou: "O chão está se movendo!". Olhamos e descobrimos que estávamos sendo sacudidos pelo chão. Ficamos apavorados e outro homem gritou: "O chão está afundando!". De fato, estava submergindo na água. Então, atirei-me no mar e descobrimos que aquilo que havíamos pensado que fosse a terra era apenas o dorso de uma enorme baleia que se incomodara com nosso movimento em cima dela e estava se retirando para o seu próprio mundo, com toda sua dignidade. Continuei a nadar, entregando-me ao destino, até que minhas mãos bateram em rochas e por elas me arrastei até uma ilha verdadeira, onde havia água e muitas frutas. Vivi ali por um tempo até que um navio passou e me salvou.

— E como você pode diferenciar entre ilusão e verdade? — perguntou o sultão.

Após alguma hesitação, respondeu:

— Temos de usar quantos sentidos e inteligência Deus nos deu.

— Continue, Sindbad.

— Aprendi também, Majestade, que não se pode dormir quando a vigília é necessária, e que enquanto há vida, não há motivo para desespero. O navio bateu em rochas pontiagudas e se arrebentou, e todos os que estavam nele foram parar numa ilha. Uma ilha árida, que não tinha água ou árvores, mas levamos conosco comida e água. Vi uma grande rocha a pouca distância e pensei em dormir um pouco sob sua sombra. Dormi e quando acordei não vi sinal nenhum de meus companheiros. Chamei e ninguém respondeu. Corri para a praia e vi um navio deslizando para além do horizonte; vi também ondas se avolumando e cantando um hino de desespero e morte. Entendi que o navio havia recolhido meus companheiros e estes, na euforia da salvação, haviam se esquecido do amigo que dormia atrás da rocha. Não havia som de criatura viva, não havia nada sobre a árida superfície da terra, exceto a rocha. E que rocha! Com os olhos aguçados pelo terror, olhei e descobri que não era uma rocha, como parecera aos meus olhos cansados, mas um ovo: um ovo do tamanho de um casarão. Mas de qual ave? Tomado de pânico diante daquele inimigo desconhecido, mergulhei no vazio de uma morte lenta. Então, a luz do sol se apagou e um escuro crepuscular se espalhou. Levantei os olhos e vi uma criatura como a águia, mas centenas de vezes maior, pousando devagar até se firmar sobre o ovo. Percebi que o estava apanhando para carregá-lo consigo em seu vôo. Ocorreu-me uma idéia maluca e amarrei-me na ponta de sua pata, grande como o mastro de um navio. O pássaro levantou vôo comigo, voando sobre a terra, e a meus olhos tudo parecia muito pequeno e insignificante, como se nenhuma esperança ou dor pulsassem ali, até que a ave pousou no topo de uma montanha. Desamarrei-me e rastejei para trás de uma árvore gigantesca, como nunca antes havia visto igual. A ave descansou um pouco e depois continuou sua viagem rumo ao desconhecido, enquanto eu era vencido pelo sono. Quando acordei, o sol estava ardente, masquei um pouco de capim para aplacar a fome e matei minha sede num poço cheio de água pura. Notei então o solo espargindo raios que me ofuscavam os olhos. Quando o examinei descobri que a superfície da terra era de puro diamante. Apesar de meu estado deplorável, minha ambição se assanhou e arranquei o máximo de diamantes que pude e os amarrei em minha calça. Desci então da montanha até que fui parar na praia, onde fui resgatado por um navio que passava.

— Era o pássaro Roc, do qual já ouvimos falar, mas nunca vimos — disse calmamente Shahriar. — Você é a primeira pessoa que o utilizou para uma finalidade pessoal. É bom que também saiba disso, Sindbad.

— É a vontade de Deus Todo-Poderoso — disse Sindbad, com modéstia. E então prosseguiu com o que tinha a dizer:

— Aprendi também, Majestade, que a comida é alimento quando ingerida com moderação, mas um perigo quando ingerida por gulodice; e isso é verdade também para os apetites carnais. Como da outra vez, o navio naufragou e fomos parar numa ilha governada por um rei gigante. Entretanto, era um homem generoso e hospitaleiro, e nos deu uma recepção que superou todas as nossas expectativas. Nada fazíamos lá além de relaxar e passar a noite conversando. Ele nos oferecia todo tipo de comida, e passamos a comer como loucos. Mas algumas palavras que aprendera em minha infância, com meu mestre, o sheik Abdala Al Balakhi, impediram-me de comer em excesso. Dispunha de muito tempo para fazer minhas devoções enquanto meus companheiros gastavam o tempo devorando comida e dormindo um sono pesado depois de se fartarem, de sorte que seu peso aumentou tanto que assumiram a forma de barris, cheios de carne flácida e gordura. Certo dia, o rei apareceu e nos examinou, um a um, e depois convidou meus amigos ao palácio, dirigindo-se a mim e com desprezo: "Você é como terreno rochoso: não dá frutos". Fiquei desapontado com aquilo e me ocorreu que eu podia me esgueirar até lá à noite para ver o que meus amigos estavam fazendo. Foi então que vi os homens do rei retalhando o capitão para ser servido ao rei. Este o devorou com selvagem prazer e imediatamente entendi o significado de sua generosidade e fugi para a praia, onde fui salvo por um navio.

— Que Deus o conserve em sua devoção, Sindbad — murmurou o sultão. Em seguida, como se estivesse falando sozinho, disse: — Mas o rei também está necessitando de devoção.

Sindbad guardou o eco do comentário do sultão por um instante, e depois continuou a conversa, dizendo:

— Aprendi também, Majestade, que continuar com tradições desgastadas é uma perigosa tolice. O navio naufragou a caminho da China. Eu e meus companheiros de viagem nos abrigamos em uma ilha de vegetação abundante e clima ameno. A paz vigorava e a ilha era governada por um bom rei, que nos disse: "Vou considerá-los como se fossem meus súditos: vocês terão os mesmos direitos e os mesmos deveres". Ficamos muito contentes com isso e rogamos a Deus por ele. Em mais uma demonstração de hospitalidade, ele nos presenteou como esposas algumas de suas belas escravas. Dessa forma, a vida ficou fácil e prazerosa. Aconteceu então que uma das esposas faleceu e o rei mandou prepará-la para o enterro e disse a nosso companheiro viúvo: "Lamento que você tenha que separar-se de nós, mas nossos costumes exigem que o marido seja enterrado vivo com sua esposa morta, e isso também vale para a esposa caso o marido morra antes". Nosso amigo ficou apavorado e disse ao rei: "Mas nossa religião não nos manda fazer isso". E o rei lhe disse: "Nós não temos nada a ver com a religião de vocês, e nossos costumes são sagrados". Enterraram o homem vivo com o cadáver de sua esposa; nossa tranqüilidade se abalou e olhamos horrorizados para o futuro. Comecei a vigiar minha esposa com aflição, e cada vez que ela se queixava de uma pequena indisposição, todo meu ser se abalava. Quando ela começou a sentir as dores do parto, seu estado de saúde piorou e rapidamente fugi para a floresta. Lá fiquei até que um dia um navio cruzou a ilha perto da praia e me atirei na água, nadando em sua direção e gritando por socorro. Quando estava a ponto de morrer afogado, retiraram-me da água.

Como se falasse consigo mesmo, o sultão murmurou:

— As tradições são o passado, e existem coisas do passado que devem ser superadas.

Pareceu a Sindbad que o sultão tinha algo mais a dizer e ficou calado, mas Shahriar disse:

— Continue, Sindbad.

E ele disse:

— Aprendi também, Majestade, que a liberdade é a vida do espírito, e que o próprio paraíso não tem nenhum valor para o homem se este perder sua liberdade. Nosso navio enfrentou uma tempestade que o destruiu e fui o único sobrevivente. Fui jogado pelas ondas numa ilha perfumada, abundante em frutas e riachos e com um clima aprazível. Matei minha fome e sede, banhei-me e fui para o interior da ilha fazer um reconhecimento. Encontrei um velho estendido sob uma árvore, no final de suas forças. "Como vê, estou decrépito. Pode me levar até minha cabana?", disse ele, apontando com seu queixo. Não hesitei em carregá-lo. Levantei-o em meus ombros e o levei para onde ele havia apontado. Não vendo nenhum sinal de sua cabana, perguntei: "Onde está sua casa, meu tio?". Numa voz forte, diferente daquela que usou para falar comigo da primeira vez, ele disse: "Esta ilha é minha casa, é minha ilha, só que estou precisando de alguém para me carregar". Eu quis abaixá-lo de meus ombros, mas não consegui desprender suas pernas de meu pescoço e de minhas costelas; eram como uma estrutura escorada com ferro. "Solte-me", supliquei, "você vai descobrir que estarei às suas ordens sempre que necessitar." Mas ele caçoou de mim, ignorando minhas súplicas. E assim fui obrigado a viver como seu escravo, e não gostava da vida, nem quando eu estava acordado nem quando estava dormindo, e não tinha prazer nem em comer nem em beber, até que tive uma idéia. Espremi uvas em um buraco e deixei o suco a fermentar. Depois dei-lhe de beber até ele ficar bêbado e relaxar seus músculos de aço, quando, então, consegui tirá-lo de cima dos meus ombros. Peguei uma pedra e quebrei-lhe a cabeça, salvando o mundo de sua maldade. Passei então um tempo feliz na ilha — não lembro quanto — até que fui salvo por um navio.

Shahriar suspirou, dizendo:

— De quanta coisa neste mundo somos escravos! O que mais você aprendeu, Sindbad?

— Aprendi, também, Majestade, que o homem pode ser contemplado com um milagre, mas não basta que ele o utilize e dele se aproprie; ele deve também abordá-lo guiado pela luz de Deus que brilha em seu coração. Como antes, meu navio naufragou e eu me abriguei numa ilha que merece ser chamada de "ilha dos sonhos": uma ilha cheia de mulheres lindas de todos os tipos. Meu coração foi roubado por uma delas, com quem me casei e fui feliz. Quando as pessoas sentiram confiança em mim, colocaram penas sob meus braços e me disseram que eu podia voar sempre que desejasse. Fiquei eufórico com isso e me precipitei para a experiência que nenhum outro homem havia tentado antes. Porém, minha esposa, reservadamente me disse: "Cuidado para não dizer o nome de Deus enquanto você estiver no ar, senão você será consumido em chamas". Imediatamente entendi que o diabo estava no sangue daquele povo e, esquivando-me deles, voei decidido a fugir. Fiquei no ar flutuando por muito tempo com o único objetivo de chegar até minha cidade e a alcancei depois de quase ter perdido a esperança, e graças a Deus, o Senhor dos Mundos.

O monarca ficou em silêncio por um momento e depois disse:

— Você viu maravilhas do mundo que nenhum olho humano viu antes, aprendeu muitas lições e, portanto, regozije-se com o que Deus lhe concedeu no caminho da riqueza e da sabedoria.

V

Shahriar levantou-se e seu coração inflava de emoções avassaladoras. Mergulhou no jardim acima do corredor real como um frágil espectro em meio aos vultos gigantes das árvores sob incontáveis estrelas. Vozes do passado invadiam seus ouvidos, apagando as melodias do jardim. Os aplausos da vitória, os urros da ira, os gemidos das virgens, os rugidos dos fiéis, a ladainha dos aduladores e o chamado no nome de Deus do alto dos minaretes. A falsidade da glória enganosa se fez clara para ele, como uma máscara de papel puído que não esconde as víboras da crueldade, da tirania, do saque e da pilhagem por trás dela. Amaldiçoou o pai e a mãe, os emitentes de sentenças legais nocivas e os poetas, os cavaleiros da ilusão, os ladrões do tesouro real, as prostitutas de famílias ilustres e o ouro saqueado e gasto nos copos de vinho, os turbantes sofisticados, paredes e mobílias decorativas, corações vazios e alma suicida, e a gargalhada desdenhosa do universo.

Retornou de suas andanças à meia-noite. Mandou chamar Scherazade, pediu que ela sentasse ao seu lado e disse:

— Como as histórias de Sindbad são parecidas com as suas, Scherazade!

— Todas elas têm a mesma fonte, Majestade — disse ela.

Calou-se como se tentasse ouvir o murmúrio dos galhos e o chilrear dos pássaros.

— Majestade, pretende sair para uma de suas excursões noturnas?

— Não — disse ele, indiferente. E continuou com a voz baixa: — Estou a ponto de me sentir entediado com tudo.

— O sábio não fica entediado, Majestade — disse ela, preocupada.

— Eu? — perguntou, aborrecido. — A sabedoria é uma qualidade difícil. Não é herdada como um trono.

— Hoje, a cidade aprecia sua justa sabedoria.

— E o passado, Scherazade?

— O verdadeiro arrependimento apaga o passado.

— Mesmo se o monarca se envolveu pessoalmente no assassinato de moças inocentes e dos melhores homens de opinião?

— O verdadeiro arrependimento... — disse ela com voz trêmula.

— Não tente me enganar, Scherazade — interrompeu Shahriar.

— Mas, Majestade, estou falando a verdade.

— A verdade — disse ele com decidida grosseria — é que seu corpo se aproxima enquanto seu coração se afasta.

Ficou assustada: era como se tivesse sido despida na escuridão.

— Majestade! — gritou ela, protestando.

— Não sou sábio mas também não sou estúpido. Quantas vezes senti seu desprezo e sua repugnância!

— Deus sabe... — começou ela, a voz dilacerada de emoção, mas ele a interrompeu:

— Não minta, e não tenha medo. Você conviveu com um homem que se encharcou do sangue de mártires.

— Todos nós louvamos seus méritos

Sem dar importância ao que ela dissera, continuou:

— Sabe por que mantive você perto de mim? Porque descobri em sua aversão o tormento contínuo que eu merecia. O que me entristece mais é que acredito merecer castigo.

Ela não conseguiu deter as lágrimas, e ele disse com mansidão:

— Chore, Scherazade, pois chorar é melhor que mentir.

— Não vou poder mais levar uma vida de sossego e conforto depois desta noite — exclamou ela.

— O palácio é seu — disse ele, protestando — e de seu filho que amanhã estará governando a cidade. Sou eu quem deve ir embora, carregando meu passado sangrento.

— Majestade!

— No período de dez anos, vivi dividido entre a tentação e o dever. Lembro-me e finjo ter esquecido. Aparento refinamento e levo uma vida dissoluta. Faço e me arrependo, avanço e recuo, sofro em todas as situações. Para mim chegou a hora de ouvir o chamado da salvação, o chamado da sabedoria.

— Você está me rejeitando quando meu coração se abre para você — disse ela, em tom de confissão.

— Não estou mais interessado no coração da humanidade — disse ele, com severidade.

— É um destino adverso que está zombando de nós.

— Devemos nos contentar com o que nos foi reservado.

— Meu lugar natural é ser sua sombra — disse ela, com amargura.

O sultão — disse ele, com uma calma isenta de emoção — deve partir assim que perde sua competência; quanto ao homem comum, deve encontrar sua salvação.

— Você está expondo a cidade aos horrores.

— Ao contrário, estou abrindo para ela a porta da pureza, enquanto vago sem rumo, procurando minha salvação.

Ela estendeu a mão procurando a mão dele no escuro mas ele se esquivou, dizendo:

— Levante-se e continue sua missão. Você disciplinou o pai e agora você deve preparar o filho para um destino melhor.

VI

Sindbad pensou que seria capaz de desfrutar do prazer do trabalho e das conversas noturnas até o fim da vida, mas teve um sonho. Quando acordou não conseguia esquecê-lo e seu efeito não desaparecia. Que anseio era esse? Estaria fadado a passar a vida ao sabor das ondas dos mares? Quem era aquele que o estava chamando além do horizonte? Desejava mais do mundo do que este já lhe havia dado? Ele fechou seu estabelecimento à noite e foi para a casa de Abdala Al Balakhi, dizendo a si mesmo que o sheik teria a solução. No caminho para a sala do sheik captou um olhar de Zubaida, sua filha, e o chão tremeu sob seus pés. Sua visita assumiu uma nova perspectiva, que não havia lhe ocorrido antes. Encontrou o sheik acompanhado do médico Abdul Kadir Al Mahini. Sentou-se, hesitante e confuso, e então disse:

— Mestre, vim pedir a mão de sua filha.

O sheik perscrutou-o sorridente e disse:

— Nada disso. Você veio por outro motivo.

Sindbad ficou surpreso e não disse nada.

— Desde que seu marido Aladim foi morto, minha filha se devotou ao Caminho.

— O casamento não priva ninguém do Caminho — murmurou Sindbad.

— Ela já deu sua palavra final sobre isso.

Sindbad suspirou lamentando, e o sheik perguntou:

— Por que realmente veio me procurar, Sindbad?

Houve um longo silêncio, que pareceu separar suposição e verdade. Então, Sindbad murmurou:

— Inquietação, mestre.

— Houve alguma baixa em seus negócios? — perguntou Abdul Kadir.

— É a inquietação de quem não encontra motivo concreto para se inquietar — disse Sindbad.

— Explique, Sindbad — disse o sheik.

— É como se eu tivesse recebido um chamado do além-mar.

— Viaje — disse Abdul Kadir, com simplicidade. — As viagens trazem inúmeros benefícios.

— Tive um sonho em que o pássaro Roc batia suas asas — disse Sindbad.

— Talvez seja um convite para os céus — disse o sheik.

— Sou um homem do mar e das ilhas — disse Sindbad, resignado.

— Fique sabendo — disse o sheik — que você não alcançará o estágio do devoto até que tenha passado por seis obstáculos. O primeiro é fechar a porta do conforto e abrir a da dificuldade; o segundo é fechar a porta da fama e abrir a da insignificância; o terceiro é fechar a porta do descanso e abrir a do esforço; o quarto é fechar a porta do sono e abrir a da vigília; o quinto é fechar a porta da riqueza e abrir a da pobreza; o sexto é fechar a porta da esperança e abrir a porta da prontidão para a morte.

— Não sou dessa elite — disse Sindbad, educadamente. — A porta da devoção está escancarada para outros.

— O que você enunciou é a verdade — disse o médico Abdul Kadir Al Mahini.

— Se você quer ficar tranqüilo — disse o sheik a Sindbad, — deve comer o que o destino lhe trouxer, vestir o que estiver ao alcance da mão e aceitar o que Deus traçou para você.

— Basta que eu adore a Deus, mestre — disse Sindbad.

Deus examinou os corações de seus santos e alguns deles não são adequados para carregar uma só letra da sabedoria. Portanto, a estes, Ele ocupou com a adoração — disse o sheik.

— Ele viu e ouviu — disse o médico, dirigindo-se ao sheik.
— Eu o invejo.

— Bem-aventurado aquele que tem uma única preocupação, e cujo coração não se ocupa com o que seus olhos viram e seus ouvidos ouviram — disse o sheik.

— Os chamados caíram de mil e um lugares maravilhosos.

O sheik recitou:

No exílio eu choro.
Não deve o olho de um forasteiro chorar!
No dia em que deixei meu país,
não tinha a mente no lugar.
Que estranho para mim e minha partida
uma pátria onde está minha amada!

O médico olhou para o sheik por algum tempo e então disse:

— Ele está viajando, mestre. Despeça-se dele com uma palavra bondosa.

O sheik sorriu com delicadeza e disse a Sindbad:

— Se sua alma está a salvo de você, é porque você lhe garantiu os direitos, e se as pessoas estão a salvo de você, é porque você lhes garantiu os direitos.

Sindbad inclinou-se sobre sua mão e a beijou. Depois olhou para o médico, agradecido. Fez menção de levantar, mas o médico colocou a mão em seu ombro e disse:

— Vá em paz, e depois volte carregado de diamantes e sabedoria, mas não repita o erro.

Um olhar confuso surgiu nos olhos de Sindbad e o médico disse a ele:

— O pássaro Roc nunca tinha voado antes com um ser humano, e o que você fez? Deixou-o na primeira oportunidade, atraído pelo brilho dos diamantes.

— Eu mal estava acreditando que iria me salvar.

— O pássaro Roc voa de um mundo desconhecido para um mundo desconhecido, e pula do topo da montanha Wak para o topo da montanha Kaf. Por isso, não se contente com nada, pois essa é a vontade do Sublime.

Sindbad sentiu-se como se tivesse bebido dez garrafas de vinho.

OS LAMENTADORES

I

Abandonou o trono e a glória, a mulher e o filho. Ele se depôs, derrotado diante da revolta do seu coração em uma época em que seu povo havia esquecido de seus antigos crimes. Sua educação exigira um tempo considerável e ele apenas empreendeu esse passo decisivo quando o medo dentro dele escapou ao seu controle e quando seu desejo de salvação prevaleceu. Vestindo uma capa e portando um bastão, abandonou o palácio à noite e entregou-se ao destino. Havia três possibilidades à sua frente: viajar como Sindbad havia feito, ir para a casa de Balakhi ou fazer uma pausa para reflexão.

Seus pés o guiaram até um espaço vazio perto da ponta verde da margem do rio, onde um som estranho chegou aos seus ouvidos. Sob uma lua crescente e um céu claro, ficou a escutar e teve certeza de que era o som de um grupo de pessoas chorando. Como podia alguém estar se lamentando nesse espaço aberto? Moveu-se cautelosamente na direção do som, até ficar atrás de uma tamareira. Viu uma rocha em forma de cúpula e homens sentados sobre as pernas diante dela, formando uma linha reta. Continuavam em sua lamentação. Sua curiosidade aumentou e diversos pensamentos se alternavam em sua mente. Então, um dos homens se levantou, foi até a rocha e despejou uma chuva de golpes sobre ela com seu punho. Depois voltou para seu lugar e continuou seu lamento com os demais. Shahriar olhou atentamente para eles e reconheceu no grupo alguns de seus antigos súditos: Sulaiman Al Zaini, Fadel Ben Khakan, Sami Chucri, Kalil Fares, Hassan Al Atar e Jalil Al Bazaz. Pensou em interromper a sessão para ver do que se tratava, mas a prudência o reteve. Perto da alvorada, um deles se levantou e disse:

— Chegou a hora de voltarmos para a morada do tormento.

Pararam de chorar e se levantaram, prometendo se encontrar no dia seguinte. Depois, como fantasmas, partiram em direção à cidade.

II

Qual era o significado disso?

Aproximando-se da rocha, deu uma volta ao seu redor. Era apenas uma rocha em forma de uma cúpula irregular, um lugar que ninguém notaria ao passar. Chegando mais perto e tocando sua superfície, descobriu que era áspera. Bateu várias vezes seu punho sobre ela e depois, quando já se dispunha a ir embora, produziu-se um barulho forte que parecia vir de diferentes direções. Na base da rocha abriu-se uma entrada em forma de arco. Shahriar recuou, tremendo de medo, mas viu uma luz suave e sentiu um aroma agradável e inebriante. O medo desapareceu. Era essa porta que os homens ansiavam abrir e pela qual derramavam lágrimas. Aproximou-se e introduziu sua cabeça; olhou ao redor e foi seduzido pela atmosfera reinante. Mal havia entrado, a porta se fechou atrás dele. Viu-se em uma passagem cujo encanto se apoderou completamente dele: ainda que sem nenhuma luz aparente, era iluminado; conquanto sem janelas, tinha um ar agradável e recendia uma fragrância cativante que não vinha de nenhum jardim. O chão era branco brilhante, entalhado de algum metal desconhecido, as paredes eram de esmeralda, o teto enfeitado com corais de cores complementares; ao final da passagem havia um portão brilhante como se incrustado de diamantes. Esquecendo-se do que estava atrás dele, avançou sem hesitar. Pensou que alcançaria o portão em poucos instantes, mas viu-se caminhando por muito tempo sem que parecesse diminuir a extensão da passagem, cujos lados derramavam tentações. Receou que pudesse ser um caminho sem fim, mas não pensou em voltar nem em parar: desfrutou da interminável e infrutífera caminhada. Quando estava prestes a se esquecer de que sua caminhada tinha um objetivo, percebeu que se aproximava de uma lagoa límpida, atrás da qual havia um espelho polido. Ouviu uma voz dizendo:

— Faça o que lhe parecer bom.

Rapidamente se pôs a obedecer a seus súbitos desejos: tirou a roupa e mergulhou. A vibração da água o massageou com dedos angelicais, indo direto ao seu íntimo. Saindo da água, ficou em pé diante do espelho e viu-se na pele de um jovem imberbe com um corpo forte e perfeito, um rosto bonito que transpirava virilidade juvenil, cabelo negro repartido e um bigode que começava a despontar.

— Louvado seja o Todo-Poderoso, que é capaz de tudo — murmurou ele.

Olhou para onde estavam suas roupas e viu uma calça de seda damascena, uma capa de Bagdá, um turbante persa e chinelos egípcios. Vestiu-se e tornou-se uma maravilha digna de ser contemplada.

Continuou caminhando e encontrou-se diante do portão. À sua frente estava uma jovem angelical que não havia visto antes.

— Quem é você? — perguntou ela com um sorriso.

— Shahriar — respondeu, confuso.

— Qual é o seu ofício?

— Um fugitivo do passado.

— Quando saiu do lugar em que mora?

— Uma hora atrás, no máximo.

— Como você é fraco em aritmética — disse ela, sem conseguir conter o riso.

Trocaram um olhar demorado, e então a jovem disse:

— Nós o esperamos há muito tempo. A cidade inteira o aguarda.

— A mim? — perguntou ele, espantado.

— Está esperando o noivo prometido para sua grandiosa rainha.

Ela fez um gesto com a mão e o portão se abriu, produzindo um som parecido com o lamento choroso da flauta.

III

Shahriar viu-se numa cidade que não parecia humana: pela beleza, esplendor, elegância, limpeza, aroma e clima. Havia prédios e jardins, avenidas e praças em todas as direções, decorados com todos os tipos de flores, o solo da cor do açafrão entremeado por lagoas e riachos. Os habitantes da cidade eram todos mulheres, nem um só homem entre elas, e todas eram jovens e possuíam uma beleza angelical. Percebendo o recém-chegado, correram para a avenida real que levava até o palácio.

IV

Como se fosse um vagabundo entre sua própria gente, ficou deslumbrado com o palácio. Acreditava agora que seu antigo palácio não passava de uma cabana imunda. A jovem o conduziu até a sala do trono, onde a rainha resplandecia sentada em seu trono entre duas alas de jovens donzelas da cor de pérola. A jovem se prostrou diante da rainha, e disse:

— Seu noivo prometido, Majestade.

A rainha deu um sorriso que lhe arrebatou o coração. Por sua vez, ele se prostrou, dizendo:

— Sou apenas o servo de Sua Majestade.

— Não, você é meu parceiro no amor e no trono — disse a rainha com uma voz que soava como a mais doce melodia.

— O dever me obriga a lhe contar que, no passado, vivi uma longa vida até quase chegar à velhice.

— Eu não sei do que você está falando — disse a rainha carinhosamente.

— Estou falando das garras do tempo, Majestade.

— Conhecemos o tempo somente como um amigo fiel, que jamais oprime ou trai.

— Louvado seja o Todo-Poderoso, que é capaz de tudo — sussurrou Shahriar.

Durante quarenta dias, a cidade comemorou o casamento.

V

O tempo se passava em amor e contemplação — e havia tempo também para a adoração, que podia se expressar na bebida, no canto e na dança.

Shahriar julgou que necessitava de mil anos para descobrir os mistérios que se ocultavam no jardim e mil anos ou mais para conhecer o salão de recepção do palácio e seus pavilhões. Então, certo dia, em companhia da rainha, passou por uma pequena porta de puro ouro, em cuja fechadura havia uma chave de ouro, decorada com diamantes. Numa placa, escrito à mão em tinta preta, estava escrito: "Não se aproxime desta porta".

— Por que este aviso, minha querida? — perguntou à rainha.

— Vivemos aqui em total liberdade — respondeu ela com sua habitual doçura —, por isso consideramos o mero conselho como uma ofensa imperdoável.

— E isso emanou de você como uma ordem real?

— A forma do imperativo — disse ela, serena — é empregada entre nós apenas em questões de amor, e este já existe, como você sabe, há milhões de anos.

VI

Uma vez perguntou a sua esposa, enquanto a abraçava:

— Quando vamos ter um filho?

— Você pensa nisso quando faz apenas cem anos que estamos casados?

— Apenas cem anos?

— Não mais que isso, meu amor.

— Eu achei que foram alguns dias.

— O passado ainda não se apagou de sua cabeça.

— Seja como for — disse ele, como se pedisse desculpas —, sou mais feliz que qualquer outro ser humano jamais foi.

— Você vai conhecer a verdadeira felicidade — disse ela enquanto o beijava —, quando esquecer totalmente o passado.

VII

Sempre que passava pela porta proibida olhava para ela com interesse, e sempre que se encontrava distante daquela ala, para lá retornava. Aquilo acossava seu pensamento e suas emoções e ele começou a dizer a si mesmo:

— Tudo está claro, menos esta porta!

VIII

Certo dia, sua resistência enfraqueceu e ele se entregou a um chamado secreto. Aproveitou que as criadas estavam distraídas e girou a chave. A porta se abriu com facilidade, produzindo um som mágico e liberando um aroma delicioso. Entrou, o coração agitado, mas cheio de esperança. A porta se fechou e surgiu diante dele um gigante mais terrível que tudo o que já havia visto. Atacando-o, o gigante o levantou como se tivesse um pássaro entre as mãos. Shahriar gritou, arrependido:

— Solte-me, em nome de seu Senhor!

Atendendo ao seu pedido, ele o devolveu ao chão.

IX

Shahriar olhou ao seu redor, aturdido.

— Onde estou? — perguntou.

O deserto, a noite, a lua crescente, a rocha, os homens, e o choro contínuo. Shahriar e seu bastão e o ar poluído da cidade.

— Piedade! Piedade! — gritou com o coração ferido, e bateu muitas vezes na rocha com seu punho até que sua mão sangrou.

Mas curvou-se diante da verdade e foi tomado pelo desespero. Suas costas se curvaram e ele ficou velho. Não havia escolha. Caminhou em direção aos homens com passos tortuosos e jogou-se no final da fila. E logo começou a chorar como eles, sob a lua crescente.

X

Antes da alvorada, como de costume, os homens partiram. Ele não foi embora e também não parou de chorar. Então, alguém que caminhava sozinho pela noite aproximou-se dele e perguntou:

— O que o faz chorar, homem?

— Não é da sua conta — disse Shahriar, irritado.

— Sou o chefe da guarda — disse o outro, examinando seu rosto —, e não ultrapassei os limites de minha autoridade.

— Minhas lágrimas — disse Shahriar — não irão perturbar a paz.

— Isso cabe a mim julgar. Responda-me — disse Abdala Al Akel, enquanto continuava a perscrutar seu rosto.

— Todas as criaturas choram pela dor da separação — disse Shahriar após certo silêncio. Era como se estivesse alheio a toda a situação.

— Você não tem nenhum lugar para morar? — perguntou-lhe Abdala Al Akel com um sorriso misterioso.

— Nenhum.

— Gostaria de morar sob a tamareira, perto da ponta verde da margem?

— Talvez — disse com indiferença.

E o homem disse, com delicadeza:

— Passo a você as palavras de um homem experiente que disse: "Uma indicação do zelo da verdade é o fato de que ela não traçou para ninguém uma trilha até ela, e não privou ninguém da esperança de alcançá-la, deixando as pessoas correndo nos desertos da perplexidade e se afogando nos mares da dúvida; e aquele que pensa que a atingiu, dela se afasta, e aquele que pensa que se afastou dela, perdeu seu caminho. Portanto, não há como alcançá-la e não há como evitá-la: ela é inescapável".

Depois, Abdala Al Akel partiu em direção à cidade.

Naguib Mahfouz nasceu no Cairo em 1911. Começou escrever aos dezessete anos. Estudou filosofia na Universidade do Cairo. Autor de relatos, romances e roteiros de cinema, foi um escritor politicamente comprometido, com posições assumidas sobre o conflito árabe-israelense. Seus romances mais conhecidos são *Miramar* (1967) e os que compõem *A trilogia do Cairo* (1956-7), em que cada um dos volumes é batizado com o nome de um bairro da capital egípcia. Suas obras foram traduzidas para o inglês, o francês, o alemão, o russo e o italiano. Em 1988 tornou-se o primeiro escritor de língua árabe a receber o prêmio Nobel de literatura. Morreu no Cairo, em agosto de 2006.

COMPANHIA DE BOLSO

Karen ARMSTRONG
Uma história de Deus

Marshall BERMAN
Tudo que é sólido desmancha no ar

David Eliot BRODY, Arnold R. BRODY
As sete maiores descobertas científicas da história

Italo CALVINO
O cavaleiro inexistente
Fábulas italianas
Por que ler os clássicos

Bernardo CARVALHO
Nove noites

Jorge G. CASTAÑEDA
Che Guevara: a vida em vermelho

Ruy CASTRO
Mau humor

Jung CHANG
Cisnes selvagens

Catherine CLÉMENT
A viagem de Théo

Joseph CONRAD
Nostromo

Rubem FONSECA
Agosto
A grande arte

Meyer FRIEDMAN, Gerald W. FRIEDLAND
As dez maiores descobertas da medicina

Jostein GAARDER
O dia do Curinga

Jostein GAARDER, Victor HELLERN, Henry NOTAKER
O livro das religiões

Luiz Alfredo GARCIA-ROZA
O silêncio da chuva

Eduardo GIANNETTI
Auto-engano
Vícios privados, benefícios públicos?

Edward GIBBON
Declínio e queda do Império Romano

Carlo GINZBURG
O queijo e os vermes

Marcelo GLEISER
A dança do Universo

Tomás Antônio GONZAGA
Cartas chilenas

Philip GOUREVITCH
Gostaríamos de informá-lo de que amanhã seremos mortos com nossas famílias

Milton HATOUM
Dois irmãos

Albert HOURANI
Uma história dos povos árabes

Henry JAMES
Retrato de uma senhora

Ismail KADARÉ
Abril despedaçado

Franz KAFKA
O processo

John KEEGAN
Uma história da guerra

Amyr KLINK
Cem dias entre céu e mar

Jon KRAKAUER
No ar rarefeito

Danuza LEÃO
Na sala com Danuza

Paulo LINS
Cidade de Deus

Naguib MAHFOUZ
Noites das mil e uma noites

Ana MIRANDA
Boca do Inferno

Vinicius de MORAES
Livro de sonetos
Nova antologia poética

Vladimir NABOKOV
Lolita

Friedrich NIETZSCHE
Além do bem e do mal
Humano, demasiado humano
O nascimento da tragédia

Michael ONDAATJE
O paciente inglês

Malika OUFKIR, Michèle FITOUSSI
Eu, Malika Oufkir, prisioneira do rei

Amós OZ
A caixa-preta

Adauto NOVAES (Org.)
Ética

José Paulo Paes (Org.)
Poesia erótica em tradução

Fernando PESSOA
Livro do Desassossego
Poesia completa de Alberto Caeiro
Poesia completa de Álvaro de Campos
Poesia completa de Ricardo Reis

Décio PIGNATARI (Org.)
Retrato do amor quando jovem

Darcy RIBEIRO
O povo brasileiro

Philip ROTH
Adeus, Columbus

Oliver Sacks
Um antropólogo em Marte

Carl SAGAN
O mundo assombrado pelos demônios

Edward W. SAID
Orientalismo

José SARAMAGO
O Evangelho segundo Jesus Cristo
A jangada de pedra

Moacyr SCLIAR
A mulher que escreveu a Bíblia

Susan SONTAG
Doença como metáfora / AIDS e suas metáforas

I. F. STONE
O julgamento de Sócrates

Drauzio VARELLA
Estação Carandiru

Erico VERISSIMO
Clarissa
Incidente em Antares

XINRAN
As boas mulheres da China

Edmund WILSON
Rumo à estação Finlândia

1ª edição Companhia das Letras [1998] 1 reimpressão
1ª edição Companhia de Bolso [2008]

Esta obra foi composta pela Verba Editorial
em Janson Text e impressa pela RR Donnelley em ofsete
sobre papel Pólen Soft da Suzano Papel e Celulose